述往

述往事，思来者

述往

诗与远方的
往事今宵

李大兴

著

北京出版集团公司

北京出版社

图书在版编目（CIP）数据

诗与远方的往事今宵 / 李大兴著 . — 北京：北京
出版社，2019.4
ISBN 978-7-200-14484-0

Ⅰ. ①诗… Ⅱ. ①李… Ⅲ. ①散文集—中国—当代
Ⅳ. ① I267

中国版本图书馆 CIP 数据核字（2018）第 262545 号

总 策 划：安　东　吕克农　　责任编辑：严　艳
责任印制：陈冬梅　　　　　　封面设计：京版众谊

诗与远方的往事今宵
SHI YU YUANFANG DE WANGSHI JINXIAO
李大兴　著

出　　　版　北京出版集团公司
　　　　　　北京出版社
地　　　址　北京北三环中路 6 号
邮　　　编　100120
网　　　址　www.bph.com.cn
总 发 行　北京出版集团公司
印　　　刷　北京华联印刷有限公司
开　　　本　880 毫米 ×1230 毫米　1/32
印　　　张　10.625
字　　　数　220 千字
版　　　次　2019 年 4 月第 1 版
印　　　次　2019 年 4 月第 1 次印刷
书　　　号　ISBN 978-7-200-14484-0
定　　　价　58.00 元

如有印装质量问题，由本社负责调换
质量监督电话　010-58572393

目　录

七号大院

留日断片

美国笔记

序：田园将芜

李 锐

此前曾读过大兴的《在生命这袭华袍背后》，最近又读了他的书稿《诗与远方的往事今宵》。读了这两部散文集后，不由得感叹作者个人阅历的丰富多样和一言难尽的心路历程。尽管作者一再表述自己的自我边缘化，甚至调侃自己抱着种种怀疑的随遇而安。但你还是能在他一个又一个的故事背后，在他弥漫全书的感叹之中，体味到一种对生命的深深眷恋和比眷恋更深的无奈和荒芜。是的，无奈和荒芜。无常而短暂的生命在剧变的时代和永恒的时间里，留下了永远无法弥补的无奈和荒芜。

许多年来，在许多人眼里，一个中国人凭了自己的打拼，能在美国定居，有房，有车，有家，还有一份很好的白领工作，那他肯定是位成功人士了。更何况，闲时能牵着爱犬在湖边散步。假日有朋友、邻里一起聚会，酒酣耳热之际大家会忘情欢唱。一人独处，则可以尽情沉浸在老唱片的旋律之中……真的是身在福中，夫复何求？但是，太阳底下虽无新事，却有多如星辰难以计数的"但是"。正所谓人心难料，越是身在福中，越是年深日久，越是远隔重洋，也就越是安放不下一个人的心。异国他乡的风声雨声，大洋彼岸的晨风昏雨，鬓发之间日渐生出的灰白，越来越无法安顿一颗"幸福"的心。身边真实的拥有，却慢慢地唤醒了一个人内心深处方块字的记忆。于是，就有了眼前这一篇又一篇的真人真事。于是，就有了许多也是发自真心的时而感动，时而叹息。

或许因为自己是个写小说的，常常就把大兴的散文当成小说来读。尤其是这本《诗与远方的往事今宵》，简直就是所谓大河体的长篇小说，而且是多卷本的系列长篇小说：比如诸多家族的追根溯源和解体消散；比如不知所终的大家闺秀沈如卿；比如躲在深楼里弹钢琴的外国老太太；比如那个失踪的老三届；比如地下暗道里那具变成森森白骨的女尸；再比如那位曾经精明干练的"陈桑"，最终却归寂于荒村古寺的青莲法师；更不用提，还有作者自己20世纪80年代初就被幸运地选中留学日本，转而又意外地被迫远渡重洋，流落他乡的种种悲欣交集……在时代变迁动荡激湍的洪流之下，家族的变故，个人的抉择和遭遇，生命的有声有色和无声无息，鲜花和凋零，拼搏和绝望，爱和恨，生和死，归来和流放，刻骨的记忆和无迹可寻的遗忘，永远的歌唱和永远都无法抵达的心灵的深渊，都在这激流中升降沉浮，并最终消逝于莽莽大荒。和这莽莽大荒相比，人间真小，人生真短。

说起来，我们家和大兴家两代人的交往，也是一个百感交集的故事。1935年两个年轻人先后考入川东师范。其中一个叫李成之（后来改名李直），是我的父亲。一个叫李新，是大兴的父亲。

1906年在重庆创建的川东师范学堂，很长一段时间里曾是川东地区的最高学府。1935年底的"一二·九"抗日救亡运动期间，重庆市也呼应全国成立了重庆学生联合会，学生们推选三人担任执行委员会的负责人，轮流担任执行主席，当时李成之、李新和另外一位李姓学生同时当选。发宣言，传通电，印传单，上街游行。学生中间一时流传"三李执政"的说法。紧接而来的就是抓捕、通缉和开除。学潮退去，可年轻人的热血并未降温。经过一段时间的藏匿、躲避，已经是中共地下党员的李成之秘密联络同学们，一致决心奔赴抗战前线，身无分文的学生们决定分批徒步走向延安。后来，大兴的父亲进了陕北公学，我父亲进了抗日军政大学。毕业之后，一个去了太行山抗日根据地，一个返回四川，就此一别消息全无。就仿佛一个电影桥段，二十年后，新中国成立十周年的庆典上，他们竟然在天安门的同一个观礼台迎面相遇。兴奋喜悦无以言表，两家人就此相互来往。再过近二十年，我的父母都在"文革"浩劫的冤案中去世。又过三十年，2008年我从山西出版社拿到李新叔叔的回忆录《流逝的岁月》的书稿，要我来作序。那时，李新叔叔也已经去世。许多关于我父亲的往事都是从这本回忆录里第一次看到的。捧读书稿，感慨万端。至今记得一个画面般的场景，他们那一群热血青年在菩提关上联句题诗，李新叔叔回忆说，第一句是李成之脱口而出的：菩提关头燕横斜……读到此处热泪横流。

后来，我去过重庆。菩提关还在，朝天门码头还在，嘉陵江、长江也在，只是居于山间河谷中的重庆，早已变得危楼耸立高低错落，飞桥架江华灯璀璨，人流、车流潮涌不断，仿佛一个再版的香港。所谓的"物是人非"早已经支离破碎，早已经不能表述你看到的和你看不到的。

　　一个人过了天命之年还念念不忘"诗与远方"，还在"往事今宵"之间徘徊不已，依我之见多半不是因为自恋，而是因为惧怕，因为老之将至，因为一个时代的人和事都在老去。如果再不写，或许就永远没有机会再写，一切的一切或许就此湮没于时间的废墟和荒莽之中。田园将芜，不在于耕者归来。千岁之忧，挡不住逝者如斯。

　　人唯有在记忆中暂且寄存。

　　或者就像大兴自己所说的，"我们除了相信记忆又还能怎样呢？"

2018年7月5日写，9日改定于北京

　　80年代初国门刚刚开了一条缝，外国还是一个很遥远的概念。在那样一个时期，我就被保送去日本留学读本科，真的是很幸运，我常怀感恩之心。此后三十五年，我在国外读书、工作，岁月静好，但是一直不能忘怀往事，一直惦记少年时写作的梦想。

　　留学的头两年，周围很少同胞，连说中文的机会都不是很多，更极少看中文书。大三时开始在图书馆打工，终于又看见一排排中文书时，感到一阵陌生的惊喜。多年以后我才意识到，在与母语的疏离中，自己的思维与视角在不知不觉中有所改变。一个民族的思维方式是由其语言所界定的，对于个人也是如此。出走过，然后归来，对于母语就有了新的感觉。经过长期在生活中直接感受日语的暧昧之美、英语的逻辑之美，我似乎更能体会到中文的意象之美，也更感慨自己囿于早年教育的缺失，功力未足以传达其一分。

　　这种疏离感现今是很难再体会到了。1982年我刚到仙台时，听说全日本的中国留学生还不到一千，去年在日华人包括已经入籍的据说将近九十万，其中至少七十多万来自中国大陆。后来我到美国也经历了相似的变迁：90年代初我在芝加哥西北郊公寓里遇见一个中国人，彼此都很惊喜；现在学区好的小镇，一条街上住着好几家同胞，往来反而不多了。全球化、信息通信发达的进程里，在芝加哥和在北京感觉上已没有太大差异。我居住的郊区小镇上，开车不到十分钟就有中国食品杂货铺，店面不大，什么都有，周末还有来自城里的新鲜点心和熟肉，比如豆沙包、卤猪肝。晚上如果我想看，打开电视就可以收看风靡一时的连续剧《风筝》。

然而这种贴近感未始不是一种错觉，让我无视久已远离故国的事实，钝感于"来日绮窗前，寒梅著花未"的心情。人很容易在琐碎日常和周围影响下营营碌碌，渐渐失去对生活本相的敏感，待到忽然醒来时，许多时光已经流过。我这一代人里，出国较早的往往忙于生活本身，不再追问我从何处来、向何处去这样古老而永恒的问题；也更多活在当下，不再回想不仅在时间，更在心理上已经遥远的过去。

我也曾经这样度过岁月，但内心深处总有另一个声音在提示我：我有一个梦，也有一种责任，记录我度过的时代、曾经有过的诗与远方。我是个随遇而安的人，这种性格的弱点是不够努力，容易随波逐流。过了知天命之年后，越来越感觉时不我待，终于在2015年，以在《经济观察报》"个人历史"专栏发表文章为契机，以定期交稿的压力为动力，开始加速写作。这部小书是2017年出版的《在生命这袭华袍背后》的姊妹篇，而涵盖的时空范围更广：记忆中的一个个故事，穿过一个世纪的光阴。书里收集的二十九篇文章，是2016年到2017年发表在《经济观察报》《读书》《财新周刊》上的部分作品，每一篇独立成篇，但在时间和内容上有着内在的联系。

我从小生长在大院，是如今人们常说的"大院子弟"；中间搬过家，也不过是从一个大院搬到另一个大院。"红楼往事"从父辈的经历到少年的感受，儿时居住的红楼时不时呈现，在记忆与梦想之间蓝星星冉冉升起。"七号大院"则是以小时候居住过的大院为原型，一组真名隐去的大院人生故事。

我带着生命中最初二十年的深深刻痕东渡扶桑，国度与环境的变化开启我经历与内心的另一扇窗。我出国本是偶然，到美国更是偶然，个人经历并不足道，却让我见证生活的轱辘总是朝着想不到的方向拐弯。在周而复始的安定中年告一段落之际，却遭遇了2016年美国以特朗普为标记的突变，历史也在朝着想不到的方向拐弯，我们的一生曾经亲历，也还会目睹更多的故事发生在这个许多人原以为会风平浪静的世纪。

在这本小说即将付梓之际，感谢北京出版集团曲仲、吕克农二位对拙作的肯定，感谢高立志、严艳等诸位老师为本书出版所做的大量工作。北京是我的故里，北京出版集团是北京的名片，拙作能够在这里出版是我的荣耀。

红楼往事

梦醒时分是苏州

一

　　人文荟萃的江南，久闻有不少家民间书店，果然这次来苏州，匆匆一日就邂逅了两家。第一夜住在慢书房开设的旅舍，一家由独立书店经营，市区老屋改造的民居式酒店。房间精致温馨。小小的酒店前厅书架上是毛姆、乔伊斯和格里耶等作家的小说，"80后"书店老板健谈而富有人文情怀，庭中有老树伫立，温暖的风习习吹来，闲话过午夜才睡。

　　通向旅舍的青石板小巷，让我回想起1985年，陪母亲去寻找儿时故居，就是从观前街走进这样的小巷。经过当时还没有拆除的老苏州监狱，又拐了几道弯，我母亲凭着半个多世纪前的模糊印象，竟然找到了老院子。当年的大宅门早已经变成几十户同居的大杂院，然而在第四进院子见到的一位退休中学教师，说起来竟然是母亲的亲戚。去年写母亲的回忆，才考证出母亲从上海搬到苏州居住，大约是在1926年。究竟住了多久不可确认，但是最晚1930年，母亲已经搬到北京读小学。

小时候母亲经常对我进行原则性教育，这种教育最终有多少效果相当可疑，至少母亲在往年有时会批评我缺乏原则，我自然不会去说这是她教育的结果。有两项母亲教导的原则我时常会想起：第一条是"事无不可对人言"，第二条则是"防人之心不可无"。这两条是她时常挂在嘴边的，然而我总觉得有自相矛盾之处。"事无不可对人言"这句话如今已经很少听到了，肯定着对他人的坦诚与不设防，和当今这个时代似乎不大合辙。"防人之心不可无"则是人情世故的基本原则之一，从来是代代相传，广为人知。

将近百年前出生的那一代人，往往笃信自己的某些原则，至死不渝。比起更加功利主义的后来人，不知是可敬还是可悲。但凡人相信什么，就多半不会去想，也不会察觉其中是否有不合逻辑处。我也一直相信坦诚是一个人的基本品质，虽然我越来越能够理解，每个人都有可能藏起自己的一些秘密。很多时候人们有意无意地沉默，历史的意义就在于发现那些不曾说出的真相。

1978年的苏州是一个安静的城市，除了每天上下班时涌动一道自行车的河流，街上商店不多，行人稀少，隔十几分钟才来一辆的公共汽车上都是空空荡荡。夏天无论男女，大多是白衬衫、蓝裤子，那还是一个无性的年代。我十七岁出门远行，戴一副近视墨镜，脖子上挎一条毛巾，穿一双拖鞋行走江南，不知是自己在梦中，抑或江南是少年的梦。好像是在7路公共汽车上，看见一个穿浅蓝色印花连衣裙的女孩，美得不可方物，让我当时就看呆了，坐过了好几站而浑然不觉。那是一个后来反复在记忆里出现的下午，可是我一点也想不起来她究竟长什么模样。记得很清楚的是那辆破旧的公共汽车、温度与风的感觉和即使在翠绿的夏天也有些萧瑟破旧的街道。关于美、关于少年的记忆本身是美好的，模糊一些也许会更加走向内心深处。

十七岁的我在一个夜晚乘船从运河离开苏州。那时还没有几个人旅游，开放杭州的夜船上，横七竖八睡满了皮肤黝黑的民工。我在舟声和汗味里看着灯光稀少的河岸，皎洁的月光穿过岸边深深的树影照在水面上。我写下了少年时代最满意的一句："一弯水月落谁家？"

坐落在斜塘老街的坐忘书屋，集仿古与小资于一体，华灯初上时坐在河边喝一杯咖啡，看貌似岁月悠久的老屋，真觉得自己是一个什么都忘了的观光客，不必再想庄子《大宗师》，就这样直接走向属于个人的感觉与境界。

晚上友人在书屋谈诗，听者寥寥，却是一次暖心的聚会：愿意听这样安谧的对话本身就是一种选择。诗意本来就在远方，坐忘原是古人的念想。梅雨季节的早晨，在老街上散步，天刚亮不久，寂无一人。在龚巷桥边一个小亭子歇脚，柱子上刻着"尽揽园中景，静观世外天"。我们一生经历多少风景，又见过多少天地呢？

行尽天涯谁坐忘？

巷桥碧树雨清晨。

静观世外天无语，

独步园中第几人？

二

在1985年，母亲并没有告诉我，她小时候为什么到苏州，这所大宅又和她的先人有怎样的关系。她只是告诉我，她的外伯祖父齐耀琳曾经在清末民初任江苏布政使，驻节苏州，后来升任省长。我当时的理解是，她小时候是住到齐耀琳在苏州的宅子来了。然而不久前我才确知，她和姐姐是在生母去世后到嫁在苏州周家的姑母家暂住。

老一代人凋落后，周家的家世境况如今没有人说得清楚。以外祖父娶了历任省长、内阁总长的齐耀珊长女推断，周家应也是显盛望族吧。我和母亲当年邂逅的亲戚，应该就是周家的人。母亲和她攀谈时，彼此曾经问得很细致，我是对中国的复杂亲缘关系不甚了了的人，当时就没有完全听明白。无论如何，那位和母亲年龄相仿的退休老师风度教养俱佳，她唤出儿子来见并留下姓名地址，随手写出的一笔字，让我的三脚猫钢笔字无地自容。

几个月前，外甥女寄给我外祖父写的简单自传，应该是1949年后不久，向组织递交的交心材料一类。这是我第一次见到外祖父的墨宝，工整的小楷，用半生不熟的革命语言自我批判，读来有一种令人心酸的啼笑皆非。在诚惶诚恐的态度背后，外祖父其实是个世情练达的人，在避重就轻方面显然下了些功夫。他没有提起他的祖父曾经是巡抚，先人在吉林有大量的资产，而强调自己一直是工薪阶层，东北的田租由于战争早就收不到了。

从简历上看，外祖父其实出道很早：他清末入北京贵胄法政学校，到了民国，这家贵族学校停办，他后来转入中国大学法律科。（他自己写的是"北京私立中华大学法律别科"，然当时位于北京的私立大学是中国大学，中华大学则是后来成立于武汉）外祖父在1915年毕业于法律系，不久就到江苏省署任职，冯国璋当总统以后回京在总统府任职，冯下野后回到江苏，在地方上当税务所长。这样他在江苏上海当了十多年小官，直到北伐时丢了官，妻子也在这时去世，之后的五年里，他一直在上海北京当寓公没有工作。由此可见，他早年基本上走的是贵胄公子的道路，随着清廷和北洋的覆灭，此路不通，家道中落，才走上了执业律师之路。不过估计他并不是一个成功的律师，以至于抗战结束后要去地方上担任法院书记官。这种每况愈下的结果，1949年后划分成分时他居然没有成为剥削阶级的一员，而因为律师这个行当被划入自由职业者。

这件事大概是外祖父晚年最大的幸运，在时代的天翻地覆里，能够平平安安地活下来不是一件容易的事。他这时还不到六十岁，但从文字里可以看出态度已经十分谦卑低调。此后三十年，他没有做任何事，只是从北京的胡同回到南京的青石板小巷，随着季节变换活到米寿，然后悄无声息地离开了这个世界。

我从来没有见过外祖父，据说我多少继承了他的相貌，虽然一点没有他的英俊高挑。他在我心中一直是一个遥远的符号，少年时每个月发工资后，我就会去邮局替母亲寄十块钱给他。"浮桥一枝园"是个很美的地名，这个地址我写得越来越熟练，写的时候会想象那里究竟是什么样子。若干年后当我抵达那里时，却已经物换星移，面目全非，当年巷陌，不知何处，取而代之的是一排排公寓楼。

三

小桥流水的姑苏老城，算来一别也近二十年了。如今是旅游胜地，熙熙攘攘。翰尔园茶楼闹中取静，原先应该也是一处园林式民宅。在这里蒙苏州著名青年评弹名家伉俪盛情，上午专为我们演唱，唱功极好，音色优美，是十分难得的体验。

"春如旧，人空瘦，泪痕红浥鲛绡透"唱得回肠荡气，中国的传统里爱情故事其实相当稀少，沈园里的春波、惊鸿一瞥的回忆，在梅雨时节，静无一人的茶楼，忽然飘浮在空气里，充满江南气息的伤感，遥远又熟悉。好像苏州的园林，曲折而精致，美丽而看不到背后是怎样的景象。

往往在听到别人的故事时，我会感激父母对我的自由放任。当然这更多并不是因为他们推崇这样的教育理念，而是由于孩子太多、政治运动更多，无暇顾及。在野放中长大，自然没有凡事预先向父母报告的习惯。不过我一般事后会告诉他们，也算是秉承无事不言的原则吧。虽然没有倾诉的愿望，我也并不是想要藏起自己的人；虽然为数极少，但还是有几个人了解我的经历。不久前再次和见证了我的半生的朋友吃饭，说起尘封的往事，他照例微微一笑，并非认同，有些无奈，更多的是理解。

然而在母亲去世后，当我想追溯她的生平和家族史时，却发现大片大片的空白、岁月风化后的斑驳。有意无意之间，很多话不曾说出；大风大浪过后，许多事久已沉埋。上个世纪30年代，母亲在北京读教会学校。从北伐结束到卢沟桥事变，是民国时期经济高速成长的黄金十年，母亲从贝满中学到慕贞女中，然后被保送到燕京大学。珍珠港事变后，日军关闭燕京大学。此后直到她1946年参加革命，母亲曾否工作，怎样生活，我一无所知，她也从未提起。

母亲晚年其实喜欢在国际长途电话上和我絮叨往事，尤其是少年与燕京岁月，这也是我早早就改用网路电话的主因。我和母亲之间，从少年时就形成了直来直去、无所不谈的沟通方式。但是有些年代、有些事情她绝口不提，我怎么问都没有用。她走了以后，我越来越感到，上一代的历史很大一部分就是这么湮没的。现在能够确认的是，1946年父亲在任中共军调部北平办事处中校秘书时，还负责发展青年学生参加革命的任务。内战还没有开始，出城还没有管制，一拨一拨的学生乘着马车向西，在嗒嗒嗒嗒马蹄声中心怀梦想，去了解放区。

我1985年去苏州是陪同父亲讲学，先后在苏州大学和复旦大学旁听了他的讲演。虽然是父子，但这是我第一次听他讲演，也是最后一次。他在公共场合的口才确实出色，不打腹稿就滔滔不绝两个小时，很自信也有气势，引来热烈的掌声。不过每次他讲完我都会不以为然，他深信不疑或者认为是不言自明的东西，在我看来相当可疑。毕竟我在二十四岁上不太理解上一代人的局限，更看不到自己认识的局限。

我问过母亲，你为什么去解放区，为什么嫁给父亲，你们是否曾经相爱。不记得母亲是怎样回答的，或许她没有回答。我也不曾看到她的同龄人回答这样的问题，然而我更希望知道在一个大时代，个人的尤其是女性的选择是怎样做出的。

母亲抵达解放区后不久即结婚，第二年生下一个儿子，生下来不久就死于战乱之中。上大学时她就曾经因为肺结核休学一年，身体素来羸弱。部分因此，部分因为他们那一代人孩子生得多，母亲虽然性格刚强，才貌出众，却早早走上了相夫教子的传统道路。在50年代末，她干脆辞去公职，把户口本上的职业从"革命干部"改为"家庭妇女"。在社会身份十分重要的环境里，母亲的这一选择二十多年后还不被人理解，时常听到惋惜的声音。的确，没有收入、没有经济独立会使人缺少安全感，到了晚年也没有任何社会福利。不过母亲自己反倒是越来越释然：以她的性格，如果有单位的羁绊，历次运动里不死也会脱层皮，更何况她换来了更多自己的时间，有可能保持内心的批判精神。

我写这篇文章时，正好是母亲逝世六周年忌日。她在九十岁时油尽灯枯，无疾而终，连医院都没有去，躺在自己的床上走向了彼岸。

1998年夏天，我在一个午夜入住竹辉饭店，这是当时苏州人气最高的酒店。某场有齐达内出场的世界杯足球赛正在举行，酒吧里一阵又一阵的嘶吼。我看了一会儿球，忽然感到厌倦，就去了歌厅，歌厅里只有一个服务员，我要了一杯饮料，点了一曲《梦里水乡》：

暖暖的午后，闪过一片片粉红的衣裳

谁也载不走那扇古老的窗

玲珑少年在岸上，守候一生的时光……

在公交车上看见往昔

一

大概是七岁的时候吧，革命运动正在如火如荼，大院的小孩子没人管，自由自在，到处乱窜。考验男孩子勇气的一个测试是敢不敢不买票乘公交车，铁狮子胡同1号门口当时有两个车站，一个是13路公共汽车，一个是13路无轨电车。我记得第一次不买票坐公交车是上的13路无轨电车，往东坐一站到小街下车。从没有售票员的后门上车，听着"上车买票"的吆喝，腿有点儿哆嗦，但是装得若无其事，一到站就跳下来，溜到车背后去了。第一次就这么轻易成功给我巨大的鼓励，还真就觉得自己勇敢了不少。也是在那一年，平生第一次抽烟呛得涕泗交流。

不过三年以后我就没有再蹭公交车，而是用着哥哥的学生月票在北京满城乱逛。用他的月票也是不得已：我辍学在家，没有学籍，户口本上的职业写着"无业"。少年时经常被称作"无业游民"，长大以后才明白这种心理暗示可能影响深远：有相当长一段时间，我的梦想是做一个流浪的游吟诗人。小时候多半是因为严重营养不良，有轻度的软骨病，平衡机能也很差，所以不会骑自行车，只能坐公交，但也因此走过许多地方。那时候北京市内有二十八条公共汽车路线和十三条无轨电车路线，70年代初增加了一条29路。郊区车起初是31路到58路，后来增加到60路。我不仅每条线路都坐过多次，而且能够背诵所有的站名。

当我走在这里的每一条街道
我的心似乎从来都不能平静

在海外生活的三十多年里，我时不时会想起在哐当作响的公共汽车上，吹着风看着城市缓缓移动的感觉。1972年第一次搭乘26路车到蒲黄榆，那里几乎还是农村，窄窄的路两旁是高高的柳树。当时间游走到2016年，蒲黄榆已经是相当老的城区，曾经的北京少年变成了开始老去的远方来客。想要重新回归这个城市，起点之一就是回到公交车上，听那"上车买票啦"熟悉的声音。感谢智能手机和高德地图，带着我一点一点进入陌生的城市。

这是一个潮热的上午，我在空空荡荡的车上慢慢悠悠地穿过大半个城市去亚运村。在公共汽车上，其实很有回到人群、回到城市的感觉。在这种真切里，忽然收到一张照片，是大姨和母亲的合影，时光于是倒流八十年，映出两个穿旗袍的妙龄女郎，一个在清华大学，一个在燕京大学读书。看老照片，读大姨留下的片段回忆，遥远的往事也变得真切起来。

二

　　大姨的文字写在八十多岁，要言不烦，可惜覆盖的岁月太短，然而从中提供与印证了不少旧事。"1914年农历七月十八日，我出生于北京宏庙胡同中的一个小院里。当时我父母都生活在我外祖家，但由于旧风俗——女儿不能在娘家生小孩，故此我不能落生于兵马司西头路北的齐宅，满月后才迁回。"外祖父时年二十一岁，还是私立中国大学法科学生，娶了齐耀珊的长女。齐耀珊（1865—1946）是光绪十六年进士，清末授湖北提学使，入民国后先在北京做官，1918年至1921年任浙江、山东省长，1921年至1922年历任内务总长、农商总长兼署教育总长等职。外祖父1915年毕业，第二年任江苏督军冯国璋的副官，举家迁南京，住在时任江苏省长的齐耀珊的长兄齐耀琳的公署里。一家人在这里住了一年，冯国璋在袁世凯去世后被选为副总统，在1917年夏天平息张勋复辟后出任代总统，外祖父自然跟着回到北京，又住在齐耀珊府邸。其实他的父亲于翰笃也住在北京西城后英子胡同，但是一直住在外家，固然由于齐家更是望族，也可见身为长女婿颇得关爱与栽培。冯国璋只代了一年总统就在段祺瑞策动下被徐世昌取代，又享寿不永，1919年底突然病故。外祖父在冯国璋下野后又回到江苏，在北伐前历任武丹税务所长、江苏烟酒事务稽查、督办署军法课长、安徽临淮税关总办、上海绥靖处负责征收鸦片税的课长等官阶不高但颇有实权的职位，然而大姨的回忆录却说他"赋闲在家"四载，究竟他是一个能吏还是仅仅挂名已不可考。

他的家人先在省长公署里住了两年，这时大姨已经记事了："公署的西院是办公地区，东院是家属住宅。两边乃在一道街的对面，有个过街楼（实际只有几米见方的一间房）相连，其中有一名警察持枪站岗。偶有大人带我去西部办公院内走走，记得有盛开的绣球花。住宅这边也很宽敞，大姥娘（我们管姥姥叫姥娘）和两个姨姥娘住西边几间，我娘带我们姐妹住东边。"齐耀琳在1920年秋辞去省长职务，第二年外祖父迁居苏州，"住胥门内三多巷，门牌号可能是70号或71号，院内房屋不少，属于半旧房。有轿厅大厅，还有几个石库门小院。我们家是一座有南北房的院落，南房为客厅，北房双亲住。院内有假山石，种有芭蕉，还有一口小井……我姊妹和带我们的女用人住后面一座石库门小院，院内三间房，一堂屋，两边正屋带厢房，形成一个小院。屋顶无顶棚，上开有小小的天窗"。这样惬意的安居在1924年秋被齐（燮元）卢（永祥）战争粉碎："我家逃往上海租界。先住四马路（公共租界）振平旅馆，后来就租白克路敦谊里一所两楼两底房居住。几个月后又迁往法租界古板路一所两上两下三层小洋房内。"

大姨的回忆到此戛然而止，里面却也点到齐家"红楼梦"的错综繁华："我外家是一个大家族。外曾祖（太姥爷）弟兄九个。我太姥爷行二，二和五是亲哥们，故到姥爷辈接着排。二房中有我大姥爷、我姥爷、三姥爷、五姥爷；五房则有四、六两位姥爷。五房还有一位姥爷过继出去，另排为大五姥爷。另外还有大六姥爷。住南京省长公署院内的还有一位大三姥爷。"20世纪20年代初，齐耀琳、齐耀珊兄弟相继下野到天津租界做寓公，"七岁冬天，大姥爷致仕回津，我家也随之北返。这时外家以天津意租界小二马路住宅为大本营，大、二两房比邻而居。三、五两房都和我姥爷同居共同陪侍我太姥娘"。到苏州后，"每年冬天我们全家回天津外家过年。主要是给太姥娘祝寿。她的生日在腊月二十三日。一般在公馆唱三天京剧，请名伶如王瑶卿、梅兰芳等。还请票友参加，如天津名票王君直就曾被邀请。凡是票友在红折本写'某君某某'，王君直就写'王君君直'。后来他的儿子王全池与七舅在南开同学。毕业时，两人合唱《四郎探母》一场，王饰四郎，七舅饰公主"。由此我才知道，原来齐家曾经请梅兰芳来家里唱过。难怪文中所言客串扮演公主的七舅齐崧，后来成为著名京剧研究家。1990年在芝加哥中文图书室，我偶然遭遇所著《谈梅兰芳》，由此读到他1949年去台后的情况，又由此略微知道了齐家在风云岁月后飘向何处散落。

三

大姨的回忆明确记录，母亲1920年1月9日（农历1919年十一月十九日）出生于江苏省长公署，童年在苏州和上海度过，母亲对我也是这样讲的。1985年我陪同她去探访的苏州故居，应该就是三多巷吧。可惜我当时没有记下来地址。母亲说那里是省长的房子，我也不知道是否确切，从她在故居的最深一进院子里巧遇亲戚来看，似乎整个院子都是齐家的房产。我们去的时候这里已经是大杂院了，只是从格局来看曾经是一处大宅。

母亲和大姨（右）合影于30年代末

外祖父全家福，大约摄于1932年

我终于厘清母亲是在苏州长到四岁多去的上海，但是后来又回到苏州住过一段时间，所以对这个美丽的城市有很清晰的记忆。她第二次到苏州和家里的变故有直接的关系：大约在1926年外祖母去世，1927年北伐军占领上海后外祖父遁入租界，在丧妻失业的双重打击下，这位前清时代的贵胄、成家后又被外家荫护的公子哥无力照顾三个女儿，遂托付她们由嫁入苏州周家的姊妹照看。

大姨对这一时期没有留下文字，母亲也讲述得语焉不详。外祖父有一段时间似乎相当颓唐，据说曾经与一位秦淮河的名舞女相爱同居，但是在外家的激烈反对下无疾而终。现在能够知道的是，外祖父在1929年秋已经再婚，并开始准备搬回北京。这一年他的父亲去世，他是独子，应该继承了一笔遗产吧。根据他亲笔写的简历，到1932年失业五年以后他才在北京开业挂牌做律师。

外祖父的第一次律师生涯时间不长，1934年他转任宋哲元的第29军军法官。卢沟桥事变后，因为家室之累，他没有随军南下，而是重新当起了律师，但是仅仅从事订立文书和证明契约等非诉讼案件。母亲说外祖父的律师做得也是三天打鱼，两天晒网。母亲晚年偶尔会想念她的父亲，不过她提起外祖父多少有一点调侃的口气。母亲性格坚强，一生爱憎分明，十分自律，但是对自己要求很严格的人，会自觉不自觉地对别人要求也高。所谓严于律己，宽以待人，我是不信的。一般说来，对自己宽容的人反而可能宽容别人，当然也不一定，只能说是必要条件吧。

抗战胜利后，外祖父似乎家道彻底中落，去河北当一个县法院的书记官。后来虽然升了书记官长，仍然只是一个县法院的文员。

这时已经年过半百的外祖父，大约因为家境，不得不离开北京到县城打工。

外祖父的原配夫人去世后，恐怕齐家的经济资助是指望不上了。回到北京以后，有上一辈留下的房产，相当一部分收入则是来自东北祖产的田租。外祖父自己写的是一年两千元，1931年"九一八"事变后减为一千五六百元。鉴于他晚年写的这一份交代材料性质的自传有避重就轻之处，所以这个数额有些可疑。从这份自传里可以了解到的是，1937年卢沟桥事变以后，不再能够收到关外的地租。1940年外祖父不得不卖掉后英子胡同的于家老屋，照他的说法，此后经常需要变卖衣物贴补家用。

实际情形可能并不像他说得那样严重，不过外祖父的前半生，无论仕途还是收入，都是每况愈下这一点，倒是无可怀疑的。然而也正因为如此，在1950年划分阶级成分时，他因为没有多少财产，又挂牌过很多年律师，竟然跻身于自由职业者这一个既非革命也不反动的阶级。当然不排除当时有高人指点的可能，但是这一结果堪称是命运的眷顾。

外祖父在五十六岁上成了一介平民，既无财产，也无职业，生活费用靠三个女儿赡养。他和外祖母在1958年随小女儿迁居南京，从此远离政治中心，安安静静、不声不响活到八十七岁，在他的同代人里算得上是相当幸运吧。我从来没有见过他，我从小就经常听母亲和大姨提起他，"姥爷""姥娘"也是我从小习惯的称呼。我经常去邮局给他们寄钱。默念着"旧时王谢堂前燕，飞入寻常百姓家"，想象着乌衣巷的风景。

四

表姐从手机传来一张我从来没有见过的外祖父全家福照，以我的推断大约拍摄于1932年，这是根据照片中年龄最小的四姨的样子猜测的。我也是第一次看到外祖母年轻时的样子，这么悠远的时光穿过智能手机来到眼前，而公共汽车的节奏依然仿佛1968年。

以科举发迹的官宦世家，大多十分重视教育。于家曾经"叔侄五进士，兄弟两翰林"，自然更是如此。到外祖父这一代，新式教育已经深入人心。虽然膝下只有女儿，外祖父仍是从小就给她们延请家庭教师教授英语、钢琴等，然后送进教会学校读书。四个女儿除了二姨早逝，分别上了清华、燕京与北京师范大学。

大姨初中毕业于著名的上海中西女中，这家学校由美国卫理公会创办，宋氏三姐妹都曾经在这里读书。大姨然后来到北京读高中，1934年毕业后同时考上清华与燕京大学。由于当时家里虽然殷实，但已经不如往日富庶，她选择了学费相对低的清华大学。她学习成绩十分优秀，原本计划毕业留校，之后出国留学。然而抗战爆发，清华南迁，大姨却在此时患上了严重的肺结核，不得不休学疗养。两年后病好了，却已经关山远隔，战乱中无处复学。漫长岁月中，她的具体经历与心路历程不得而知，她自己也从不曾提起。当抗战结束时，大姨已经嫁为人妻，生下了第一个孩子。

到了1949年，眼见得旧时代相夫教子的生活方式难以延续，在刚刚进城的父亲的帮助下，大姨去参加了一个速成干部培训班，结业后被分配到郊区，从此在区委和街道工作了三十年。她又生了几个孩子，早年所学尽付九霄云外。

我出国以后很少见到大姨，世纪之交的初冬时返京，听母亲说她已近米寿，因为过于肥胖，不良于行。我屈指一算，已经十多年没有见过大姨，而母亲因为体弱，几乎闭门不出，也好几年没有见过她了。一个不太冷的灰色黄昏，在我的鼓动下，母亲带我去看望大姨。肺结核痊愈后，她其实身体一直都很好，胃口尤其佳，到老都不忌口，终于吃成一尊气色很好的弥勒佛，满面笑容坐在床上。亲戚的久别重逢自然是非常高兴，但谈话的内容多半是琐碎家常。我不记得那一天待了多久，只记得道别时都很开心，依依不舍。隐约之间，其实我已经意识到也许这就是最后一面。两三年后的一天，母亲在电话里告诉我大姨很安详地走了。

我看着照片，眼前模糊起来，没有什么比时光的流淌与生命的旅程更令人感动无语。在某一站上某一辆公交车，又在某一站下车，一切都是偶然，一切都是命运。我这样想着想着，就错过了车站。

父亲的世纪

一

父亲生于农历戊午年八月十一，西历1918年9月15日。2017年9月30日是他九十九周岁阴历生日，按传统的虚岁算，这天是他百岁冥诞。想到一个世纪就这样流逝，自己也无可挽回地走向黄昏，有点儿不寒而栗的感觉。所以我本来觉得不必纪念的，不过家兄的一些朋友弟子热心筹备、父亲的门生故旧纷纷应允出席，于是有了10月2日的"李新百岁诞辰座谈会"。

出席座谈会年龄最大的长者是八十六岁的李义彬先生，他手写了长达七页的发言，由女儿代读。父亲的第一位研究生、著名现代史学家陈铁健先生也已经八十三岁高龄，虽然看上去比实际年龄年轻近二十岁。他和李义彬先生从60年代初就是父亲的助手，有四十多年的师生之谊。半个世纪前，导师与研究生的关系更加亲密无间，如同半个家人。难得的是，他们在十年浩劫那样的磨难时，依然尊师重道，一直保持联系与问候。父亲对他们的研究也是全力帮助，陈铁健先生1979年发表《重评〈多余的话〉》和后来的《论西路军》都是具有开拓性的文章，也因此曾经承受很大压力，但是他得到了父亲的坚决支持。

父亲去世后，所有的文稿都交给陈铁健先生整理，其中大部分收入《流逝的岁月——李新回忆录》，2008年出版后颇受好评。2016年陈铁健先生又为我的散文集《在生命这袭华袍背后》作序，其中提到考上研究生后，适逢我幼年多病，李义彬先生和他三天两头带我去医院。对于我说来，他们也不仅仅是父亲的学生，而是更为亲密的长者。1981年在长春学习日语时，李义彬先生已被父亲从吉林大学调入北京，留下两间小屋。冬天的时候我几乎每天都去住在那里，和他的次子小和时不时对酌。那段冰天雪地里的温暖时光记忆犹新，然而十多年前小和已归道山。

杨天石先生是著名民国史大家，尤以研究蒋介石著称。他在座谈会上说，曾经有媒体采访问他，一生中谁对他的生命和学术影响最大，他的回答是李新。杨天石先生早年毕业于北大中文系，有志于研究，却被打成"走白专道路"，分配到中学教书，十八年后才被调入社科院近代史研究所参与编写《中华民国史》。我去年曾拜访他的办公室，办公室里堆满了书，几乎没有落脚的地方，挪开堆在椅子上的书我才能够坐下。三十多年没有见面，杨天石先生当年颀长挺拔、神采飞扬，如今也已年过八旬，但精神矍铄，依然是江南口音，娓娓道来，整整说了两个小时。原来他一直住在研究所附近，几十年来只要没有其他安排，每天上午到办公室，读书写作直到晚上10点左右。他说得很平静，淡淡的，然而80年代到现在发生了多少变化啊，回想起来，恍如隔世。能够从那时到现在一直坚持书斋生活的人并不多见，何况他还时不时卷入或被卷入各式各样的纷争中。研究历史，首先如傅斯年所言，"上穷碧落下黄泉，动手动脚找东西"；其次如范文澜所言，"板凳需坐十年冷，文章不写一句空"。去斯坦福大学胡佛研究院读蒋介石日记的人不止杨天石先生，但是很少有人像他那样花十个半月时间把五十三年日记一个字一个字看完，还手抄了很大一部分。

原本要来出席座谈会的还有耿云志先生，因微恙作罢。耿云志先生是大陆近四十年来胡适研究的第一人，也是1972年父亲出任《中华民国史》主编、成立民国史研究组时的元老，他撰写的《胡适与五四时期的新文化运动》，发表在《历史研究》1979年第5期，是改革开放以来重新评价胡适的第一篇文章。

另一位原定要出席也未能来的是黄修荣兄，他是父亲在"文革"后招收的诸多研究生中最年长者，今年已经七十五岁，夏天回国时见到他，满头银发，说起来他是我北大历史系的大师兄。最年轻的一位是汪朝光教授，和我年龄相仿，是当今著名民国史学者，也是这次座谈会的主持者。他的名字我已经听父亲和家人说了三十多年，至今缘悭一面。另一位久仰大名却从未见过的是章百家师兄，他不仅是父亲的研究生，还是我北大同系同专业的师兄。

我因为在芝加哥的日程安排没有能够参加这次座谈会，只看到一些录像片段。虽然只看到很少一部分，作为后人，对各位师友的发言和汪朝光兄的精彩主持点评自然十分感激。他们由于父亲的渊源，又是在百年冥诞这样一个时刻，难免过誉。其实，在我这样一个也是学历史出身的人看来，他们之中的很多人早已青出于蓝而胜于蓝，是当代学人的佼佼者。大抵父亲并没有留下多少有分量的个人研究著作，而是领衔主编了若干大部头的通史著作。诚如汪朝光兄所言，父亲是民国史这一学科的开拓者，有组织能力且善知人用人。他想必很高兴看到，晚年最付出心血的事业历时四十多年而日益成为显学；不过我想更值得他欣慰的，是门下弟子和晚生所取得的学术成就吧。

二

如果仅听座谈会的发言，不免一种在缅怀一位书斋里的前辈学者的感觉。然而这次座谈会的地点是北京永年会馆，会场挂的横幅是"纪念永年城解放70周年暨李新百年诞辰座谈会"，提示着父亲的前半生是一种完全不同的经历。

1947年10月5日，国民党在冀南最后一个据点永年城被攻克，守军被全歼，父亲时任中共永年县委书记兼围城指挥部政委。他从1946年到1948年当了两年永年县委书记，指导当地土改、征兵、打仗、恢复经济等。据其回忆录，他与本地干部关系融洽，有时被上面批评有些右倾。离开永年以后，父亲和几位当年的同事一直有来往，80年代初还曾经去永年为当地的经济发展出谋划策。

我从70年代初就熟悉永年的口音，但是因为时空的远离，到现在还是有些地方听不明白。读他的回忆录，可知革命不是请客吃饭，而是残酷的战争。父亲在永年曾经历遭遇战，在几十米的距离内短兵相接，幸得大部队赶来支援才脱险。困守永年城的王泽民、许铁英两支部队原本是当地土匪和盐商出身，有奶便是娘，早期曾经抗日，但很快就投降做伪军，抗战结束后被国民党第11集团军司令孙连仲收编。由于民愤很大，王、许拒不投降，国民党委任的县长杨异才是中共叛徒，因此也坚决负隅顽抗。永年城破后，杨投井自杀，王、许突围逃走，被赶上击毙。攻克永年城时，父亲去参加中央会议不在，由于围城、破城的长久与艰辛，群情愤激之下，违背俘虏政策，枪毙了被俘的军官，导致后来攻打元氏时遇到更顽强的抵抗，永年县委因此被中央批评。

母亲在1946年和父亲结婚，不久就随他乘着颠簸的平原乡村嫁新娘铁轮轿车来到永年。第二年，她在动荡中生下了一个儿子，但是还没有满月就夭折了。这个孩子本应是我的长兄，我却连他的名字，或者他是否有过名字都一无所知。父亲从来没有提过他。我上高一时和母亲两个人住在永安南里，大概她觉得我已经长大，在某些安静的夜晚，她会回忆并告诉我久远的往事。她提到第一个孩子夭折时很平静，反而是我听了以后有些难过。

与父亲是实际领导者这一角色不同，母亲更多是一个旁观者。她甫抵永年，就参加了公审汉奸宪兵队长宋品忍大会，目睹宋被杀的全过程。愤怒的群众力量，想必给她留下了深刻的印象。以女性天然的同情心和亲和力，她很快就用那时的话语讲"和群众打成一片"。虽然母亲出身于几代官宦之家，自幼生活优渥，但她一直上教会学校，注重朴素自律，遂能很快适应生活条件的简陋。近三十年后我见到她"坐村"所在村的妇女主任，当年和母亲同吃同住，

1948年初秋，父亲李新卸任中共河北永年县委书记，在当时县委所在的原广平府武氏太极拳创始人武宇襄故居内与母亲于川合影。

久别重逢，十分亲切。这位妇女主任身材结实，说话豪爽，烟瘾很大；而母亲一直瘦弱，从年轻时就戴着眼镜，说话温文尔雅，一望而知是来自大城市的知识分子。

父亲也是从年轻时就戴眼镜，看上去也像是知识分子。他口才很好、下笔如飞、能写一点旧体诗词，因此被视为党内才子，还有一个清谈家的外号。他实际工作的历练其实很丰富，从十九岁到延安后，父亲当过《中国青年》杂志助理编辑，西北青年救国会第二剧团团长，中共北方局青委书记、组织科长，还在豫东做过杞县县委书记，独当一面，其时年方二十六岁。抗战胜利后，他参加过中共军调代表团，在北平时他与社会上层、青年知识分子交往颇多，鼓动了相当多的人去了解放区。著名作家王蒙在他的回忆录《半生多事》里详细记述了他在十一岁半时见到的第一个共产党和听到的全新话语。据说父亲是在翁独健先生家第一次见到母亲，母亲显然是被他的话语所影响，不仅去了解放区，而且不久就嫁给了他。

三

刚刚过去的10月3日，举行了隆重的庆祝人民大学八十周年校庆活动。读到报道我一愣：人民大学不是1950年10月3日成立的吗？不过我马上反应过来，这是从1937年陕北公学的成立算起。陕北公学后来变成华北大学，合并了北方大学后成为华北联合大学。父亲的人生转折点始于1948年去华北联大工作，不过他自己当时并没有意识到这一点。本来他已经被调任华北局青委书记，但是他不想再做青年团工作，就主动申请和不想去华北联大工作的荣高棠对调。

我不知道父亲想去大学工作是否与母亲有关，读过燕京大学历史系的母亲多少让父亲感觉有压力。他们二位都是很好强、自我主张也很强的人，由此可以想象，父亲很早就感到知识充电的必要性。不过这只是我的推测，他的回忆录仅仅提到母亲很高兴去华北联大，"觉得大学里都是知识分子，有道理总可以讲通"。母亲不是党员，却被地委下令参加整党，而且被刁难。原因父亲没有提及，从上下文看应该是由于地委某些负责人与他的关系。

父亲在回忆录和平常谈话中并不怎么讳言派系的存在，他和他的老朋友们聊天时，彼此都会使用"某某是哪个山头的"这样一种语言。地方上如此，学校也一样。人民大学由华北联大和华北革命大学合并而成。从一开始原华北联大和原革大就因为办学理念和人事互不相能。陕北公学创校校长成仿吾调走后，父亲成为唯一来自原华北联大的党组成员，所幸他深得吴玉章校长知遇。

在华北联大和后来的人民大学，父亲一直是教学行政领导，没有人把他看成做学问的知识分子。人民大学是红色大学，像父亲这样半路出家闯进来的不在少数。我小时候住的人民大学宿舍里，传统意义上的知识分子相对而言并不太多，老一辈学者更少，有相当多经历复杂的资深革命者和红色知识分子。由于人民大学这样一种特殊的环境和独特的科目配置，父亲得以一边主持教务工作，一边开始从事中国革命史的教学与教科书编撰。他对历史向来很有兴趣，虽然没有接受系统教育，但是博闻强记，装了一肚子野史。

非始料所及的是，原本出于兴趣的教科书编撰，竟然成了他进入学术界的敲门砖与后半生的起点。父亲在1957年反右运动中险些落马后萌生去意，离校闲居东厂胡同1号院内八角亭编写《中国新民主主义革命时期通史》，因这部书的完成他被评为三级教授。1962年，他辞去所有职位调入近代史所任研究员，辅佐范文澜编写《中国通史》。

迁入社科院宿舍以后，与博学鸿儒颇有接触，更觉得父亲不怎么知识分子，倒有些领导才能，深知照顾同侪、奖掖后进的重要性。这样的能力多少来自他早年的从政经验，尤其是在永年任县委书记的那两年。这种能力用于集体编撰巨制史书，却也是适得其所。

父亲在受命编写《中华民国史》后，重视程度远过于其他。他曾经说过，研究历史首先要有史料，这一点民国史相对更有优势，不像党史，很多资料还没有解密看不到。在他去世后，编撰了三十八年的《中华民国史》终于完成了。

1998年底父亲第二次中风后，神智和生命缓缓枯萎。虽然卧床延续了五年多，但他实际上工作、生活的时间都属于20世纪。在父亲的世纪里，发生了新文化运动、战争与革命。父亲在新文化运动的沐浴中长大，经历了战火，选择了革命之子的道路。这个世纪"学术"与"革命"同为关键词，学术往往被湮没，许多人从书房走向革命。父亲一半出于自我选择、一半误打误撞地走上一条相反的道路，最后回到了书房。

1999年夏天我回国看望父亲，他已经说不出话，眼神也有些涣散，紧紧地抓住我的手。

那是他最后一次认出我。

一

如今说起东四六条38号院，几乎没有人知道，这是因为门牌号已经改了。当年的38号现在是65号和63号，也就是当年的37号一起成为全国重点文物保护单位，门口挂着一块"崇礼住宅"的大牌子。崇礼是清末慈禧太后宠臣，官至大学士。他虽然官声平平，但由于曾任粤海关监督，宦囊充裕，所建府邸自然占地广阔、房屋精致。这个十四亩半地、建筑面积约一万平米、有三百间屋的大宅子由三个院落组成，东西两个大四合院，中间是一个花园。东院是现在的63号，花园没有门，西院就是现在的65号。这么大的私宅，位于东四六条这样一个中心位置，在清末便是非常少见的豪宅，所以有"东城之冠"的美名。

不过这座豪宅的风水似乎并不太好，崇礼去世后，几经易手。1935年为29军宋哲元部下第二师师长刘汝明购得，重新修茸一新。抗战期间，伪新民会副会长张之洞之子张燕卿和华北日本侵华驻军司令冈村宁次先后占用。国共内战末期由迁移到北平的长白师范使用。1949年，华北大学进京，从长白师范接管了这所宅院。母亲口述过此事，说当时长白师范方老大不情愿。我家有一个书柜，上面烫着长白师范的字样，一直用到1970年搬家时才留给行将解散的人民大学。

华北大学的前身是1937年创办的陕北公学，1939年合并鲁迅艺术学院等校迁往后方，改名华北联合大学。从陕北公学到华北联大，创造社元老、著名左翼文人成仿吾一直担任校长，办学的重中之重，是对参加革命的大小知识分子进行短期政治培训，将他们培育成方方面面的干部。1948年，随着战争的节节胜利，中共中央决定合并华北联大和北方大学，成立华北大学，吴玉章任校长，成仿吾和原北方大学校长范文澜任副校长，下设四个部，绝大部分学员在进行培训的一部，钱俊瑞任主任。先父李新时任中共华北局青委负责人，在任弼时领导下参与重建共青团。父亲在"一二·九"运动后被学校开除，因此参加革命，但一直怀有回到大学里的梦想，对仕途看得不重。他向任弼时请求，和不愿意去大学工作的荣高棠对调，去华北大学工作，任一部副主任。

华北大学进京后，有多年办学经验的成仿吾深知校舍的重要性，第一时间在东城区接管了大批房屋，最主要的两处，就是铁狮子胡同1号原段祺瑞执政府和崇礼故居。后者成为华北大学校部，1950年10月3日，华北大学与华北革命大学合并成立中国人民大学，这里继续是人民大学校部，直到1957年迁往西郊。这一段历史，不知什么原因，在有关崇礼住宅的记载里未见提起，如今已经很少有人知道，幸好长兄在这里度过童年，对院中景象和住在里面的人们还记得相当清楚。

东院37号的大门是个广亮大门，仅次于王府大门，是高官规格，比较气派，外墙上还有拴马的凹槽。但是里面的房子却不如西边的院子，并且只有一进门与中院花园相通，不像西院有好几个通道与中院花园相通。所以华北大学接管以后，就把东院给了相对不那么重要的研究部；人民大学时期，这里是研究部和函授部。东院的这个广亮大门也被封闭，统一从西院38号大门出入，因此人民大学校部称东四六条38号院。38号大门是金柱大门，比广亮大门低一个档次，但里面的房子却比37号讲究而且宽大，所以校部的主要部门如教务部、校长办公室、人事处和学校几位负责人的家都在这边。

38号的金柱大门里的影壁墙上竖挂着中国人民大学白底黑字的大木牌，1956年前是繁体字。由于校长吴玉章兼任文字改革委员会的主任并在1956年主持公布了第一批简化字，自然要率先垂范，大木牌很快改成了简化字。

二

吴玉章是中共延安五老之一，早年参加同盟会，辛亥革命时参加四川保路运动，领导荣县起义，时间在武昌起义之前。他生了1878年，在党内年高望重，虽然不过问日常运作，但以中央委员之尊出任大学校长，足见华北大学、人民大学地位之重要。华北大学的校务由成仿吾负责，人民大学成立后，原华北革命大学副校长胡锡奎任副校长兼党组书记、教务长（当时称教务部长）。成仿吾也是副校长，但排名其后，兼研究生院院长（当时称研究部长）。

据父亲回忆录《流逝的岁月》所述，从陕北公学到华北大学各级干部多是来自城市的知识分子，被称为"洋包子"，而华北革命大学的主力是一批"三八式"干部，被称为"土包子"。两位副校长积不相能，也是原"华大"干部和原"革大"干部之间摩擦的反映。在历次整风审干中，"洋包子"多半倒霉，然而人民大学建校之初，请来大批苏联专家，作风洋化，办学方向是苏联式的正规大学。"洋包子"对此比较接受，他们能比较快就说俄语、唱苏联歌曲、吃面包黄油、跳舞。

"三反"运动中，"洋包子"颇受打击。不久，成仿吾调任东北师范大学校长，邹鲁风、聂真先后调入任副校长，崔耀先任党组领导下的党委书记。（人民大学从1950年到1956年，既有校党组又有校党委，党组在党委之上）

人民大学成立后父亲任党组成员兼教务部副部长，由于胡锡奎主持全校工作，他是实际教务负责人。父亲后兼任党委副书记，继续负责教学行政工作，是华北大学旧人里唯一留下来的校级领导，也是党组和党委里最年轻的成员。据母亲回忆，他工作十分勤奋，几乎每天都在十二小时以上，并业余自修，从教学进而写书，终于在1960年当上教授，深得吴玉章欣赏。

除了吴玉章，其他负责人都住在东四六条38号。这是因为人民大学校部还保留着战争时代的传统，不分办公区和生活区，办公室

1964年父亲（右）与吴玉章（中）、王宗伯（左）摄于成都

和宿舍比邻而居。比如我家就紧挨着教务部办公室，煤球炉子放在走廊上，锅碗瓢盆和作料放在窗台上，地上堆满煤球、劈柴，一层炉灰。住在东四六条38号的七年多，我的三个兄长先后出生，几乎总有一个在使尿布，走廊两根柱子之间拴着的绳子上经常挂着这类东西。再过去两根柱子，则赫然挂着"教务部"的木牌。

虽然更换了几任主人，但是到20世纪50年代，东四六条38号仍然保护得很好。除了假山下的水池没有水以外，亭台楼阁，雕梁画栋都焕然一新，庭院总是洒扫得整洁，鱼缸和盆花摆放得错落有致。大院一进门左手的倒座房按照北京四合院的惯例是传达室和客厅，这里也不例外。因为院子大，倒座房西头的跨院也不小，好像人事处长李逸三在这里住过。其子李小峰很淘气，曾经在春游时从颐和园的高处摔下，伤得很重。后来他改了名字，成为北京大学著名教授李零。

进二道门是前院，三间北屋和三间西屋是校长办公室，三间东屋和屋后的东跨院是人事处。北屋后面是一个很漂亮的垂花门，两边是带透空玻璃窗的白墙。白墙后面便是后院，这是整个宅子的核心。高大的五间北屋，东西各有两间耳房。北屋是会议室，东耳房是顾问办公室，西耳房是副校长邹鲁风家的一部分。三间东屋是会客室，西屋则是聂真的家。西跨院是崔耀先家。后院西头有一个月亮门，又隔出一个小院，几间北屋是邹鲁风家的另一部分。东北角有一条走廊通到后罩房，是教务部和父母居家所在。后罩房一排十几间，是一个长条院，从西头到中间归教务部办公，父母安家在东头。

从西院进入中院，气派的花园中有水池、有假山，山上有一幢四面是窗的房子。花园北面的大戏台和后面的厅堂是三个院子中最宽敞的一座建筑，被用作彼时校部餐厅。再往北则是大院里最漂亮的院子：一排北屋，院子里种满花草树木，东头有一座小假山，山上有个亭子，亭子里还有藻井，胡锡奎就住在这里。

与38号相隔一条小胡同就是39号，住着吴玉章和教务部副部长李培之两家，这是一所中型住宅，有前后两个院子。进门的倒座房，住的是警卫班，西头是车库，停放着吴玉章乘坐的吉姆车。倒座房和前院的垂花门之间有短短的一段走廊，前院的西屋和耳房是李培之家，东屋北头的一间独立小屋也是她家的。除此之外的北屋、东屋和南屋由吴玉章和他的家属使用，后院是秘书厨师等工作人员和他们的家属住的地方。

三

人民大学是中共自己创办的第一所大学，领导阵容极为强盛，当年是中国高校之冠。1955年供给制取消后，政府制定了严密的行政级别体系，行政八级以上为部级。校长吴玉章不仅是中央委员，更因为是中共元老，级别是国家领导人的行政三级；副校长兼党组书记胡锡奎和另外两位副校长成仿吾、聂真都是行政六级；另一位副校长邹鲁风是行政七级。

这些人里，如今还比较广为人知的是中共元老吴玉章和创造社发起人之一成仿吾。胡锡奎（1896—1970）是1925年入党的早期党员，曾留学苏联，回国后从事地下工作任北平市委书记，1931年被捕入狱五年，在北平草岚子监狱中曾任秘密党支部书记，领导抗争。他1963年调任西北局书记，十年浩劫中却由于坐牢经历而被打成所谓"六十一人叛徒集团"重要成员，受迫害致死。

邹鲁风（1910—1959）是"一二·九"运动领袖之一，当时是北平学联总纠察。他接替成仿吾任副校长，后转任北大副校长兼副书记。1959年，邹鲁风率领北大、人大两校人民公社考察团赴河南、河北考察，写出了反映"大跃进"虚报后农村实际情况的调查报告。然而，庐山会议揪出"彭、黄、张、周反党集团"后，开展"反右倾机会主义斗争"，原本支持他的北大党委书记陆平和胡锡奎、聂真都格于形势变化，转而对他严厉批判。邹鲁风和考察团主要成员一起被打成"右倾反党分子"，愤而自杀。1962年"七千人大会"后，中央为错划的"右倾机会主义分子"摘帽，胡锡奎因此被调离人民大学。

聂真（1908—2005）20年代投身革命，早在抗日战争后期，就曾担任中共太岳区党委书记。不过他后来仕途不顺，反而是他的贴第一张大字报的妹妹更出名，甚至他的妻子王前知名度都要高一些。多少是因为她们，聂真十年浩劫期间有八年是在监狱里度过，不过他性格豁达，又出身于中医世家，善于自我调理，因而高龄九十八岁才仙逝。

崔耀先（1917—2005）调入华北革命大学前做过邢台市委书记，在人民大学负责党务。"文革"中人民大学被撤销，他转任北京师范学院（现首都师范大学）革委会副主任。崔耀先最著名的事情是，1977年恢复高考，他以四两拨千斤的方式，化出身问题为体检问题，录取刘源入北京师范学院。崔耀先后来任北京师范学院院长多年。

四

人民大学校部时期的东四六条38号是一道很独特的风景：大人与小孩、办公与住家、工作与生活全都混在一起，而且还有许多大鼻子的苏联专家进进出出。父辈的回忆录里，那些年创校奔忙，还一个运动接一个运动，充满张力；儿童的记忆却简单得多，保留着或美好或惊悚的时刻。

长兄在这里度过了童年，他清晰地记得，幼儿园、小学放学回来，从大门走到坐落在大院最深处的家，要穿过一段长长的成人世界：几重院落、若干机构、多少人家、各色人等。住在这么复杂的一个环境中，不需父母的教诲，也容易早熟敏感。不过，大人之间的人际关系虽然有起伏变动，却未曾波及孩子们的友谊。人民大学的几位负责人所受的传统和民国教育，让他们都还保留了谦谦君子风度，争论起来对事不对人，面子上彼此过得去，留有将来再见的余地。

长兄经常去玩的地方除了门前的长条院，就是胡锡奎家的那个院子，远则到餐厅前、假山后。和他午龄相仿的玩伴有胡锡奎的女儿春春、聂真的女儿贝贝和邹鲁风的儿子西西，他们一起在这些地方的树木花草间穿行，餐厅前东墙根还有一片竹林和一眼手压水井，也是他们出没的所在。胡锡奎夫人石水是人民大学幼儿园的园长，对孩子特别好，长兄在她家吃过很多次孝感麻糖，那是胡锡奎老家的特产。石水还带领他和春春在后院的地里种向日葵和玉米，胡锡奎笑呵呵站在旁边，背着手。聂真好像从来不会发脾气，对孩子非常和善。邹鲁风家是近邻，长兄和西西是童年亲密玩伴。崔耀先和父亲年龄资历相仿，还同是来自晋冀鲁豫，他住的西跨院有一块地，种满了西红柿，果实累累，一看便知是会种地的人侍弄的，每次去都让长兄带走一些。

苏联顾问的办公室就在后罩房东头正前方的东耳房，他们每天都来上班。夏天窗子打开，叽里呱啦的俄语声声入耳，间或字正腔圆的汉语则是由翻译徐滨发出的，她是母亲的中学同学，也是当时在中宣部工作的黎澍的夫人，穿一身西服套装和高跟鞋，不做口头翻译时，便坐在窗前的桌旁打字。

那时的中苏关系正值蜜月期，标语口号多是"牢不可破"或者"坚如磐石"一类的形容词。人民大学的苏联顾问很受尊重，从吴玉章到胡锡奎、李培之，都在苏联待过不短的时间。1955年12月31日，父亲带长兄参加为专家举办的新年联欢会，那是一场俄罗斯式的狂欢。吴玉章年纪大，致完辞后就先走了，这样所有人都很放松，开始喝酒、跳舞、唱歌，气氛越来越热烈，许多苏联专家推开椅子，在过道里跳起他们的民族舞蹈，很是地道。那一夜人们尽欢而散，过了个非常快乐的新年。

五

这一年早些时候发生反"胡风反革命集团"的运动，吴玉章在父亲陪同下去杭州休假，在报上看到公布胡风来往信件中有人民大学著名才子谢韬的几封信，这些信件又被定性为"反革命集团分子"的勾结。吴玉章立命父亲赶回北京保护谢韬。然而父亲抵京到学校查问时，才知道谢韬已被捕。此时邹鲁风和崔耀先正和公安部派来的人员谈话，研究逮捕另一著名教授何干之。父亲当即强烈反对，抗辩"证据不足"，终于说服来人没有实施逮捕。不久吴玉章说情，何干之幸免于难。

谢韬被捕后，吴玉章亲自出面保释，将谢韬接到东四六条39号自家院中东厢房监视居住，后转人大宿舍。但是那时纠正错误是不可能的，到了1960年，谢韬终究还是没有能够免牢狱之灾，只不过在监狱里不是作为囚犯，而是担任给国民党战犯宣讲马列主义的教员。

吴老很喜爱我的几个兄长，连他们的学业都亲自过问。长兄对39号院里的人和事很熟悉，比如专用厨师老赵，厨艺精湛，且身材高大，不怒而威，有首长的做派，经常碰到哨兵给吴玉章敬过礼以后又给他敬礼。就连我都还记得吴老去世前不久的样子、1966年秋天那所落木萧森的四合院。那是一位身材不高、相貌清癯的老人，声音已经衰弱，但仍然目光如炬。

父亲对吴玉章终身充满尊敬与感激，他说过多次，如果不是吴老，自己的后半生不知道会是怎样。1957年反右运动中，是吴玉章解救父亲，父亲才没有被打成人民大学最大的"右派"。当时各单位都在积极抓"右派"分子，抓得越多、级别越高，就显得越有成果，既有利于自保，还有可能升迁。父亲当时正在校外编写大学教科书，人不在往往是巨大的不利因素，于是被别人上报市委，说他擅自召开校务委员会并让大"右派"参加。幸得吴玉章保护，并指点他回到学校参加运动，得以过关。

就在这如火如荼的岁月，人民大学校部终于在1957年10月迁往西郊，东四六条38号院移交给轻工业部。

1953年，长兄有一天吃完杏子，把核埋在长条院的花池里，后来生根发芽，长成一棵小树。桃三杏四梨五年，树长到1957年开了满树杏花，芬芳馥郁，结了不少杏子。1968年，他曾经回到这里，看到这棵树已经成长为一棵大树。再一次来，已是1995年，树已经不见了。

2001年，吴玉章的骨灰从八宝山迁回故乡安葬，长兄在护灵的队伍中见到了春春和西西的哥哥。举行仪式的当晚，他约上春春等人一起去看望谢韬。谢韬见到他们，十分激动，滔滔不绝地说到午夜。2005年夏天，长兄参加聂真的遗体告别仪式，见到了贝贝，这是从东四六条38号搬走四十八年后的重逢。

改革开放以来，北京风貌变化之大，令我往往有走在一个陌生城市的感觉。市区许多熟悉的街道、胡同、小院都已了无踪迹。然而38号院基本上保留了下来，只是换了门牌号码，如今已经成为北京四合院文化的范本之一，不过仍是私人住宅，里面有很多住家，不对外开放。紧闭的大门内，据说设有保安，将慕名而来的观光客拒之门外。

在一个夏天的傍晚，我经过那里，想象着一甲子前胡同的黄昏景象。65号的大门忽然开了，走出一个年轻女郎，穿着短裙，长发在晚风中飞扬。真的是"雕栏玉砌应犹在，只是朱颜改……"

父亲与人民大学的半生缘

一

1972年，成仿吾来到北京，住在北京饭店。这时距他因与人民大学副校长兼党组书记胡锡奎不和，被调离人民大学去东北师范大学做校长已经过去了整整二十年。由于他在20年代和鲁迅的笔墨交锋，后转任山东大学校长的成仿吾在十年浩劫里被打成"反鲁迅的反动学术权威""反革命修正主义分子"，被抄家批斗乃至被打。直到1972年开始大量"解放""文革"中被打倒的老干部，毛泽东在一份山东报送的名单中，看到了成仿吾的名字，在下面批示"此人来北京"，成仿吾才从厄运中翻身，这一年他已七十五岁。

先父李新1937年曾经就学于成仿吾任校长的陕北公学，陕北公学后来发展为华北联合大学，1948年合并北方大学成立华北大学，成仿吾是主持工作的副校长。华北大学下设四个部，其主体是培训青年知识分子的一部。只上了两年川东师范（后西南师范大学，现并入西南大学）就因为领导"一二·九"学生运动被开除的父亲想回大学充电，自愿请辞华北局青委负责人，转入华北大学任一部副主任，进京后兼正定分部主任。华北大学以一部为主，成为新建的人民大学一部分后，他实际负责教学行政工作。

父亲既是成仿吾的学生，也是他的部下，半生亦师亦友。这时他刚刚从"五七干校"回到北京，和母亲带着我一起去看望。这是我第一次见到成老：他身材不高，看上去很结实，满头白发，两颊却红扑扑的。那时候正流行朝鲜电影《摘苹果的时候》，我是那种喜欢给别人起外号的孩子，回到家里，就给成老起了一个"红苹果"的外号。

父亲也是和成老劫后初次重逢，成老的确是创造社元老，感情丰沛，他紧紧握住父亲的手，半天说不出话来。大人之间那种激动的心情，我能够感到，却不知就里也不关注。这也是我第一次进入北京饭店，那时候这里可不是随便什么人都能进来的地方。镏金的柱子、赭红的地毯，在儿童的眼里是如此辉煌，以至于四十五年过去，合上眼仍清晰如昨。

那年我十一岁，辍学在家，因为没有同学、缺少玩伴，就经常乘着公交车满北京晃荡。因为不属于一个同龄人的圈子，就经常混迹于大人或者大孩子的聚会中。偶尔会忽然喜欢上一个小孩子，比如那年在北京饭店遇见的成老的外孙东东。很多年以后，我有时会诧异，究竟是因为什么，我会在二十岁时就决心"断子绝孙"，而且真就做到了！我曾经很喜欢小孩子，而且和他们在一起更加快乐和有耐心。

东东性格开朗，摔疼了也不哭，长得敦实，虎头虎脑。我经常去北京饭店找他玩，东东叫我哥哥，我称呼他的外祖母也就是成老的夫人张琳"伯母"，辈分全乱了。我和东东在北京饭店里走来走去，饭店里看不见别的孩子，服务员对我们都很友善。经常发生的事情是，在饭店楼道里，我趴在地上给东东当马，他骑在我脖子上，嘴里发出"嘟嘟嘟"打枪的声音。

快乐时光总是短暂，有一天我听说成老马上就要回济南。他没有被安排在北京工作，而是黯然归去，两年以后才得进京。我后来又见过东东，他已经长大，完全认不出来，他也一点记不得我了。

二

父亲年轻时，大概反应机敏，工作勤奋，又幼承庭训，知道敬长尊师，因而颇得年长者的赏识。在大学和研究所工作时，中共元老吴玉章、成仿吾，著名史学家范文澜都对他信任有加。在这三位长者之中，又以成仿吾与父亲的渊源最深。父亲对吴玉章、范文澜都十分敬重，他们二位的年纪也确实是他的父执辈；而在成仿吾面前，他相对随意一些，意见不同时会直接提出甚至争论。在他的文章和回忆录里，也可以看出他对吴玉章的爱戴，对范文澜偶有观点上的不同，对成仿吾有时并不赞同。在回忆人民大学"三反运动"时，父亲很坦率地说：成仿吾因为怕别人说他偏袒华北大学的干部，不敢为他十分了解与信任的两位部下说一句话。结果一个被撤职，另一个更被打成"大老虎"关进监狱，虽然不久就都被纠正，但是伤害已经造成。

人民大学是在1950年10月3日中华人民共和国成立一年之际成立的第一所大学，目标十分明确，就是培养红色知识分子。当时是中苏友好的"蜜月期"，苏联派遣的教学专家绝大多数进入人民大学，从科系设置到课程安排，都留下了斯大林时代的痕迹。

人民大学前身主体是华北大学，拥有从陕北公学时期以来积累的一批党内知识分子干部。成仿吾一直是负责人，但是被认为不够突出政治，因此原华北革命大学负责人胡锡奎被任命为人民大学排名第一的副校长兼党组书记，他带来了一批参加革命前受过中小学教育，努力工农化的干部。

胡锡奎虽然入党更早，却没有多少办学经验。成仿吾是著名文化人，又从事教育多年，自然不服气。两人之间的矛盾并不仅是一个人际关系问题，也反映出原华大干部与原革大干部风格的不同与分歧。用50年代的术语讲，这还牵涉到"红"与"专"的关系问题。据当时苏联顾问的报告说，苏联顾问主张人民大学应该培养自己的红色知识分子，而不是试图改造在旧社会受过较好教育的青年知识分子。这一点连胡锡奎都明白实际上并不可行，因为当时政治上资深的年轻干部，大多数文化水准不够。不过，或许由于苏联顾问这种倾向的影响，50年代的人民大学培养大量调干生，虽然在教学上更多依赖来自华大的知识分子，但是党务行政上更多倚重革大和后来调入的干部。

父亲陕北公学毕业后从事组织工作、青年工作，还当了几年县委书记，和不少革大的干部有同门之谊。用当时的流行语讲，都是一个山头的。另一方面，他一进入华北大学就被赋予重任，人民大学成立后，虽然教务部上由胡锡奎任部长、王若飞遗孀李培之任副部长，但是胡锡奎主持全校工作，李培之身体不好，所以他实际上负责教学管理。各系的主任和教授大多来自华大，和父亲工作上有更多的交集、相对密切的关系。成仿吾离开人民大学后，父亲是校长吴玉章以外，唯一来自华大的校级负责人，不过他当时是其中最年轻的，很多系主任或教授都比他年长资深。

在时隐时现的两派分歧中，他更多是一种调和的力量，而不是也不曾想做一派的代表。因为年轻、肯干又能干，吴玉章欣赏他，胡锡奎也倚重他。然而父亲注重专业业务，与50年代一个运动接一个运动的风气并不合拍。他不愿整人，尽量保护挨整的知识分子，所以自己被批为"右倾"也是其来有自。

反右运动中差一点成了"右派"这件事，似乎在父亲心中留下很深的阴影。此后，他以编撰《中国新民主主义革命时期通史》为理由，不再实际参与校务。1960年，父亲索性离开人民大学，去吴玉章任主任的中国文字改革委员会任秘书长、党组副书记。1962年，他调入近代史研究所，专心历史研究，不再担任行政职务，协助范文澜编写《中国通史》。

虽然不在人民大学工作，但我家仍然住在张自忠路3号人大宿舍，邻居朋友都是以前的同事。1962年"七千人大会"后，高教部派工作组进驻人民大学，对"反右倾机会主义分子"运动的扩大化纠偏。高教部长杨秀峰严厉批评胡锡奎，几年来蓄积的不满至此爆发，校系各级负责人与教师纷起批判。在这样的情况下，不愿离开的胡锡奎专程到家里与父亲长谈，希望他回人民大学承担更多职责，父亲没有答应。不久后胡锡奎被调到西北局任书记（当时设有第一书记），由郭影秋接任。

三

十年浩劫中的1970年，人民大学被撤销解体，西郊校园被"二炮"接管，我家也被迫从人大宿舍搬走。有好几年时间，"人民大学"成为一个历史名词。吴玉章已去世，郭影秋被打断了腿，那些曾经参与创办学校的人，偶尔在一起说到往事，不免郁闷叹息。

1976年11月，著名教授胡华乘从动物园到颐和园的32路公共汽车路过人民大学车站，百感交集，写下了这首诗：

> 伤心惨且过人大，站在校亡痛咨嗟。
>
> 军阀专政林三虎，生灵涂炭亿万家。
>
> 男宠女宠狼当道，是耶非耶鹿为马。
>
> 十年一觉黄粱梦，天安门血已开花。

这一年10月，"四人帮"被抓，"文革"结束。据胡华传记"胡华登门拜访郭影秋、李新、宋涛、胡林昀、尚钺、马奇、戴逸等许多人民大学的老领导、元老和教师骨干"，呼吁复校。我也清楚记得，那年冬天父亲多年未见的人大老友络绎来访，除了胡华，还有张腾霄、胡林昀、尚钺、宋涛、罗列、徐伟立等原校级负责人、系主任。

一时间，我家成了策划人民大学复校的据点。时不时有老先生谈得兴起，一直说到再不走就赶不上末班车时才离去。胡华先生是浙江奉化人，长身玉面，风度儒雅，语音绵软，然而却富于激情，说到沉痛处几乎声泪俱下。

父亲和郭影秋"文革"前并不熟悉，只是回去讲课时有过交往。郭影秋出任人民大学副校长、党委书记后，几位资深校级负责人如聂真、李培之、李逸三先后调离，这也是为了有利于郭影秋开展工作。对父亲这样的前校级负责人，郭影秋很客气，但也保持一定距离。"文革"中，两家成为不远的邻居，郭影秋被整得伤病交加，父母为他介绍医生，由此开始有了私交。郭影秋是一个异数，50年代宁肯辞云南省长，去做南京大学校长，到人大后注重教学、待人宽和。他和父亲一样，喜欢自己也带学生、写文章，所以一旦走近，便觉意气投合。1977年他和父亲一起为人民大学复校奔走，还彼此吟诗唱和，结下了深厚友谊，在他晚年的口述回忆录《往事漫忆》里有颇为详尽的记述。

父亲在90年代中期撰写回忆录时，原本想写到80年代。可以想见，"文革"后与人大有关的故事是其中一章。然而他写完"文革"前夜的"四清"记后不久，就一病不起，许多细节因此湮没无闻。早春时分，郭影秋强支病体，和父亲分头拜访各自熟悉的有关部门负责人，比如时任教育部副部长的李琦等。据胡华回忆，郭影秋当时就写信寄中央请求复校，但是没有得到明确答复。

这一年夏天，由郭影秋领衔，父亲负责联系，部分原人大同人共同起草，联名上书呼吁恢复人民大学。7月中旬，邓小平复出，郭影秋和父亲都曾经是他的部下，大受鼓舞。这封信据宋涛回忆，"委托吴玉章老生前的秘书设法送到邓小平的家里"。这里提到的是我从小熟悉的王宗伯，他在上人民大学以前曾经是二野副政委张际春的秘书，军中的团级干部。他1955年一从工业经济系毕业，就被吴玉章选为秘书，直至其逝世。王宗伯忠厚淡泊，和父母无话不谈，是"文革"中的患难之交。很有可能这封信是父亲委托他送到邓小平家的。

不久就有了传闻，说邓小平已经同意恢复人民大学。郭影秋因为自己身体不好，希望父亲回人民大学参与复校工作。父亲在成仿吾1974年回到北京后经常去拜访，又考虑到联名上书，请求复校的同人多半是成仿吾的老部下，因而希望成仿吾和郭影秋都回到人大主持工作。

1978年3月，中共中央正式同意恢复人民大学，由成仿吾、郭影秋共同负责。复校筹备组成立之际，成、郭两位要求父亲参与负责筹备组的具体工作，成仿吾专门派他自己的司机每天来接送父亲上班。

父亲自己虽然没有明确讲过，但他从一开始就深度参与人大复校的种种活动，显然是想回人民大学工作的。然而，当他向社科院院长胡乔木提出这一请求时，胡乔木没有答应。胡乔木是父亲1937年在延安办《中国青年》时的上级，其时刚刚出任社科院院长，正打算重用父亲，自然不会放他走，而父亲也只有服从。

虽然没有回到人民大学，但是父亲仍然很关注。人大复校前两年最重要的问题是校舍，虽然原则上说好"二炮"退还，但是实施起来困难重重，历时经年。我曾经随父亲去拜访时任"二炮"政委的陈鹤桥，他是父亲抗战期间在中共北方局工作室的同事。父亲应该是受人之托去谈退还校舍的事，陈鹤桥很热情，但是只叙旧。我记得父亲回家路上颇为郁闷的样子，不过印象最深的是夜色里陈家的院子，将军府邸自有一种凛然森严的气象。

四

成仿吾出任人民大学校长时，已是八十一岁高龄；郭影秋一直有病，长期住在医院，而且"文革"中腿伤没有得到及时治疗，不良于行。他们两位一老一病，但是为了恢复停办八年的学校，不辞辛劳，殚精竭虑，对于人民大学的重生有筚路蓝缕之功。他们彼此原本不大熟悉，也不曾共事，但晚年合作互相尊重，实属难得。人大复校头几年，物质条件之艰苦，在北京高校中大约是数一数二的。据说七七级学生有时因为食堂里没有地方，站在冷风里吃饭。然而"文革"后那些年的人大毕业生人才辈出，也印证复校后办学的成功。

随着时光流逝，成老真的老了。我留学前和父母去拜见他，他已不记得我是谁。听说那一年成老去看望李培之，因为好久不见，一激动就哭了起来。郭影秋身体更加不好，后来就很少管学校的事。大约是在1982年，因为当时管事的副校长不足以服众，部分教师干部联署签名，要求父亲回人民大学主持工作，约十位系主任轮

父亲（后排右二）与人民大学的同事（前排左三成仿吾；左四李培之）

番到父亲的办公室陈情请愿。父亲后来提起这件事，深为感动也引以为傲。他应该是又一次想要调回人大工作，但是他没有留下记录为什么这次又没有成功。1983年成仿吾、郭影秋双双改任名誉校长，校长职位空悬。1984年成仿吾仙逝，父亲旧日同人这一次以多名系主任领衔的联名公开信请他出任校长，教育部也征求父亲的意愿。

我那时已经留学，第二年回国时才听父亲讲起。父亲在苏州大学讲学，我白天在游人还不多的院阁亭榭徘徊，晚上回到宾馆，忍受父亲如雷的鼾声。不过父亲和我都睡得很晚，入夜时分有时聊聊天，是我青年时代不多的父子交流的记忆。我对他婉拒出任人大校长的决定颇为不解："你不是对人大很有感情吗？前几年你那么想回去，现在有机会回去，为什么又不去呢？"我不记得他是怎么回答的，最大的可能是语焉不详，然后进入梦乡。

有时，不明确回答本身就是一种回答。我自己年龄越大，就越能体会到沉默的内容。父亲经历多次运动、残酷斗争，尽管他本性好摆龙门阵、富于讲演天才，到老仍未能完全管住自己的嘴，但毕竟深知谨言慎行的必要，而且努力实践。母亲也时常教育我说话要走脑子，"言多必失""祸从口出"这一类成语似乎特别适用于我，从小听得耳朵起茧子，以至于我后来经常心怀感激地想：我是多么幸运，在生活中一直可以想到什么就说什么，无须有所顾忌。

没有说出的回答，只好任后人以"同情之理解"推测。父亲曾经说过，人需要了解自己的能力，然后量力而行。他长年高血压，"文革"中又中了一次风，此后一直挂杖而行。担心自己不堪繁巨，大约是他辞谢出任校长的首要原因。另一个可能的原因是，他的旧日同事对他有太高期望，这既令父亲感激，也让他不安。父亲是个清醒的人，私下里他并不高估自己的能力。也许是因为熟悉历史吧，他明白一所大学能否办好，毕竟跟所在的时代有关，校长的作用其实有限。父亲与人民大学的近半生缘分，就这样以他的急流勇退告终。从此以后，他似乎断了念想，据说很少再关注人大的具体情况，只是偶尔与老友叙旧而已。而人大早年校史经过曾经的断裂，就连"文革"后的"新三届"学生都不甚了了，又由于重生之后的转型，渐渐很少被回忆与提起。

去年初在一个爱乐人群的聚会上，我遇见一位很有才华的女郎，说起她的外祖父和胡华先生是好友，后来成为姻亲。由于这一重因缘，她小时候经常见到晚年的胡华，记得他的慈爱。那是我从不熟悉的一面，在我的印象里，胡华先生诗酒风流，和他那本著名的《中国革命史》给人的感觉大相径庭。不过人是很多面的，我读创造社时期成仿吾的批评文章，与他的《长征回忆录》像是出自完全不同的两个人笔下，与我熟悉的那个有些容易激动流泪的矮壮老人也全然无法联系到一起。

那晚聚会的聊天，让我想起1980年乘着332路末班车从城里回北大或者父亲办公室时，橘色路灯下的寂静街道。归去时，恰好在人民大学换地铁。我忽然想起胡华先生的诗，就走出地铁看街景，霓虹灯闪烁之间，学生模样的戴眼镜男孩女孩不时走过。站名没有变、街道的方位也依稀可辨，然而在雾蒙蒙的2016年繁华夜色里，已经找不到1976年穿中式对襟棉衣的胡华先生曾经看到的风景……

石狮上洒满斜阳

一

　　我出生的大院，曾经是清朝的海军部和陆军部，北洋时代后期是段祺瑞执政府。整整九十年前，"三一八"惨案就发生在大门口。鲁迅因此写下了著名的《记念刘和珍君》，段祺瑞据说也因为铸成大错而终生吃素。1949年以后，这里先是中国人民大学所在地，后来是人民大学宿舍、清史研究所等等。大院的地址是张自忠路3号，但是民国时的旧地址铁狮子胡同1号沿用至今，仍然被称为铁一号大院。我去东厂胡同近代史研究所拜访杨天石先生后，后面的饭局在南新仓，正好有一点时间去故居走一走。

　　主楼也就是原来的执政府大楼重新装修，完全封了起来，于是去我出生时住的位于西侧的红一楼。因为是全国文物重点保护单位，执政府里的每一幢楼房都尽量保持原样。三栋红色的宿舍楼建于1956年，是执政府里最晚近的楼，也是整整六十年一甲子了。在日新月异的北京，这样古老的宿舍楼相当罕见。而且更加稀罕的是，红楼从没有装修，看上去还是我出生时的样子，只是旧了许多，布满岁月的灰尘。

我走进幽暗的楼道，楼梯扶手仍然是枣红色的漆，大半剥裂无光。楼道的墙很多年没有重新粉刷，竟然有些黑白相间的感觉。我仿佛看见五岁的我，穿着一件棕色棉猴，一不留神就从楼梯上滚下来，却好像没有摔疼，只是坐在楼道中间发呆。红一楼戊组门牌换了新的，字体依然；4号的三扇窗也都换了现代化的窗户，形状却一点没有改变。1966年夏天，我从最右边那扇窗刚刚能够探出一个脑袋看院子里。如今一辆挨一辆停着车的院子，那天挤满了黑压压的人，口号喊声震天，有人在丁组单元门口跪着被批斗。

在这个春日阳光明媚的下午，从窗外一点儿看不见窗里，我却已经回到那间大屋，用书柜隔成两间。书柜的玻璃门在抄家后被贴上"×"字形的封条，面目狰狞。入夜，我常常关上灯，在黑暗中从窗户往外看，院里的路灯和单元门口的灯也大多灭了，在微薄的月光下看人影幢幢。每到夜深人静，偶尔会从一个单元门溜出一两个人影，一闪就进了另一个单元。在高压时代，邻居朋友之间的串门，往往就这样鬼鬼祟祟地进行。而我的童年时光，也往往就这样消磨。

在这种看上去古旧的楼里，当时的住户不少走进了历史。戊组三楼6号里中文系芦荻老师，1975年为毛泽东讲《水浒传》名动一时，"文革"后倒也没因此受到影响，晚年听说养了许多流浪猫。芦荻的先生刘明逵大学毕业后一直在近代史所工作，又住在上下楼，所以两家来往比较多。刘明逵是一位老好人，和强势的夫人倒也很般配。他们的一对子女，一个比我大，一个比我小，从小都是好孩子，听说也都在美国。我曾经做过一个粗略的统计，童年、少年在人民大学、社科院两个大院里比较熟悉的同龄人，有来往的高中同学、大学同学，后来有将近一半留学，没有留学的，如今有一半把孩子送出去留学。我们这一代人当年为什么要出国，又有怎样的际遇沧桑？三十多年来的留学史，与时代的变迁交错在一起，似乎还很少有人去探索。更多的情况是，当年的邻居或者同学彼此成为过客，消失在天涯故国的某个角落。

丁组来往较多的是老中文系主任何洛先生，辈分很高，也很擅长摆龙门阵。诗和书画俱佳的是冯其庸先生，我十几岁的时候曾经看他作画，水墨挥洒，然后题一阕七绝，最后一句是"五千年事上心头"。冯先生是无锡人，我初见他时正当儒雅中年，极具江南文士的安静温和。他在"文革"中和父母过从颇多，我印象深的是有一次他在我家说得非常激动，几乎声泪俱下，是因为什么事情我却不记得了。大约是在1977年和1978年，我经常去冯先生家讨教一些有关古诗词的问题。如今大致还记得的是，冯先生曾经给我讲解过司空图的《二十四诗品》、王国维的《人间词话》，句析过易安居士的两阕词。"落日熔金，暮云合璧，人在何处？"十二个字讲了整整半小时，我第一次明白原来短短几句里可以写出这么多意思。独自去南方旅游的时候，在无锡我住在冯先生岳母家里，白泥墙的小楼，吱呀作响的地板，推开窗看见江南的小河。那是我十八岁第一次出门远行，一路走一路写下诗句，虽然没有像《菩提树》里唱的那样"刻在树干上"，而是早已不知流失到何处。此刻我走过冯先生旧居门口，突然回想起梅山下、太湖边，在行走中书写的感觉。

二

这次回去仔细一看，红楼虽然只有五层，但是50年代的楼高度恐怕不止三米，所以比现在六层楼可能都高。楼顶是一个大平台，与小时候唯一不同是修了栅栏，让我不至于再一上去就恐高症发作。半个世纪前这里是儿童登高望远的地方，故宫景山远望去十分清晰，如今则是薄雾中还有不少高楼挡住视线。

第一次看烟花就是从红楼之顶，放烟花前，探照灯穿过北京的天空，交叉出三道弧线。那是梦即将开始的信号，楼顶上欢声此起彼伏。一场烟花，好像一场延续在整个童年的梦。我站在楼顶上，天色黄昏，空气中微尘指数一百八十四，是中度污染，给过往的岁月盖上一层弥漫。楼顶上空无一人，放着几把落满灰尘的椅子，栏杆拐角处，拉起一根废电线。有一个女孩子走上来在那里晾衣服，斜阳里她的背影和微微飘动的衣服，提醒着生活的递嬗。

半个世纪前晾衣服是用一根根的长竹竿，几乎每家都有这么几根。"文革"开始后家长都忙着运动，造反或者被批判，不管在哪边都顾不上管孩子。中小学都停课了，中学生们当了红卫兵抄家闹革命，小学生们只好在院子里面自己玩或者打架。有那么一阵子，忽然流行用竹竿当枪打仗，各家孩子纷纷高举自家晾衣服的竹竿，列队分拨，一时蔚为壮观。这些孩子大的十二三岁，小的六七岁，还没有竹竿一半高，但多半是受《三国演义》小人书影响，用竹竿大战三百回合兴奋不已。我也曾经拖着一支竹竿，路都走不快地去打仗，在灰一楼回廊拐角被人一竿刺倒在地，不仅被判定当场"阵亡"，而且真的疼得哇哇大叫。

从楼顶下来，出丁组后门，拍摄了一张红二楼的正面。当年这里前面的院子最为开阔，如果我记得不错，那个自杀的人也是趴在院子中间，触目惊心。试图遗忘苦难与残酷似乎是人的本能，中国人尤其如此。等认识到需要打捞史实，追寻真相时，我却甚至已经不能确认自己是否真正看到过那具脑浆迸裂的尸体。也许仅仅是传闻，也许我自己已经成功地遗忘，从而或多或少走出了童年的阴影。离开铁一号四十多年后，父母和他们的同代人绝大多数已经过世，和当年的邻居们也几乎没有联系，我不知道去问谁才能够知道那个死者的名字，他为什么要死，等等。我曾经问过几个人，可是每个人的说法都不一样。学历史的人知道，记忆往往是不可靠的。然而在那个变动不居的时代，很多时候除了记忆什么都没有留下来，我们除了相信记忆又还能怎样呢？

有一段日子，我几乎每天都去红二楼丙组。吴玉章的儿媳带着她的四个子女住在那个单元的4号，我因为辍学，不再和同龄孩子在一起，就去和她两岁的外孙玩，被当马骑在地上爬。那是我第一次感觉到自己喜欢一个小生命，据说我是一个脾气出奇好的哥哥。许多年以后，我开始养狗，经常趴在地上和狗狗一起玩。想起1968年的夏天，我意识到那是爱心的觉醒。然而早在80年代初，我就公开宣称要"断子绝孙"，闻者以为我就是说说而已，在一定程度上连我自己也没有想到会坚持到今天。这种选择有时代的因素、个人的感觉、当年所读西方思想文学比如存在主义和卡夫卡的影响，然而归根结底，是内心深处一种莫名的关于生活的悲观，关于成长的艰辛。就像铁一号一进门那幢执政府大楼，在多云的天空下抬头仰望时，有时会感到巨大的压抑。90年代中期在芝加哥认识一位朋友，闲聊之中原来是一个大院里长大的。但是当我想和他聊铁一号旧事时，他很直率地告诉我，他已经记得不多，而且当年没有什么美好记忆。

在同一个单元里住着新闻系的创系主任罗列，也是资历很深，由于年代久远渐渐被淡忘。父亲50年代时在人民大学任教务长等职时一直主管新闻系，包括反右运动。大约有这层关系，他虽然离开人大，我小时候仍然时不时跟着他去罗列家和百岁高龄刚刚去世的甘惜分家。新闻系前身是燕京大学新闻系，加上部分红色新闻工作者。1952年院校调整，燕京大学消失。新闻系此后一会儿是北大中文系的一个专业，一会儿归人大，身份归属一直不甚清晰。在北大它是很少见的新建红色专业，在人大却是不够又红又专。罗、甘二位都是弱冠入党的老党员，但是比较注重业务并不保守教条。甘先生晚年提出的"三角"理论，也是用心良苦。再加上高考录取分高，生源质量有保证，新闻系因此声名鹊起，一时间与传统悠久的复旦新闻系形成掎角之势。

红一楼、红二楼的孩子们还有时候一起玩，红三楼我去得比较少，大抵只是随父亲串门。60年代很少人家有私人电话，所以如果想要联系或者聊天就只有彼此登门拜访。红三楼去得比较多的是尚钺先生家和胡华先生家，两位都是著名红色知识分子，前者还是金日成的老师。不过我因为父亲和他们的私人交往，记住了他们的另一个侧面。两位都是长身玉面，温文倜傥，能言善辩。胡华先生撰写的《中国革命史》和父亲主编的《中国新民主主义时期通史》都是教化了一代人的大学教科书，我从小叛逆，又因为辍学与留学，反而一本都没有仔细读过。这样也好，他们在我的记忆中是鲜活的人，而不是某种身份或者符号。

无论在怎样的时代，怎样的围城里，风流人物总是有许多的逸事。如果以为人民大学是一所红色大学，里面都是些冬烘先生，那就大错特错。即使在"生活作风问题"动辄被上升到政治高度，影响身家前途时，种种故事也依然在发生，流言自然也就传播，比如某位年轻教师是"破鞋"一类。美丽甚至丰满都成为一种罪过，漂亮女孩子被幻想成女流氓。当年东城区著名的"九龙一凤"里独一无二的凤凰，倒也真是从这里飞出来的。我至今难忘的是，有一家朋友的保姆，在"文革"中批判男女主人的"资产阶级生活作风"，揭发他们"在一起洗澡"。这种揭发批判的杀伤力，完全可能是致命的，幸好被揭发的伉俪还足够坚强，没有一时想不开。母亲直到去世，连小时工都坚决拒绝，我虽然劝过她几次，但也能够理解她为什么会这样。

三

在美国由于地理距离多年不见的朋友相聚在北京，回想起1996年他回国探亲，骑着平板三轮车去看望家母，母亲因此对他印象十分深刻，去世前不久还向我提起。如今平板三轮车已几乎成为文物也无处可骑了，东总布、赵家楼、大雅宝这些传说中的胡同里挤满汽车。走在市中心这些街巷里，我忽然明白穿越何以如此流行。然而穿越毕竟仅仅是一种幻觉，以我们的想象力，想把它变得实在只有诉诸于吃的文化。这次回到北京，但见北平食府、北平楼、京味楼等连锁店盛极一时，虽然里面的食客恐怕有一半并不是北京人。卤煮、豆汁、驴打滚其实在60年代并不那么经常吃，真实的记忆是每个月一家两斤肉、一斤蛋、两斤白糖的票证岁月。某一个晚上10点半，大约九岁的我跟着一起上中班刚刚下班的青年工人在东四青海餐厅吃炸粉肠，第一次啜了一口白酒。前几天又吃了一次炸粉肠，里面有肉，蒜味十足，相当可口，应该远胜当年的味道。那时候炸粉肠里是没有一点肉的，在副食品商店里卖四毛八一斤。

位于执政府大楼背后的灰二楼名不副实，其实是红框白墙的楼房，新的时候想必十分好看，可惜年久失修，虽然重新漆过，斑驳碎裂还是随处可见。和前面的执政府大楼一样，在"文革"期间不是筒子楼就是储藏室，"文革"后似乎成了许多单位的办公室或者宿舍。因为归属不明或者几度易主，这些楼显然不曾修缮，看上去凋敝倒也多了几分文物的气息。从灰二楼旁边走进后花园，如今倒是葱郁，喷水池从60年代就已经干涸，中间变成了高高的钟乳石雕，有年轻父母带着孩子在那里戏耍。

灰楼铁皮顶的楼梯，唤起我童年的记忆：捉迷藏或者官兵捉贼时，一走上这中空而且摇晃作响的楼梯，就忍不住两腿发软。我看见一个"90后"的小伙子，给在楼梯上摆pose的女友拍照。我问他怎么想到来这里照相，他说这里好有名好有历史感。历史感有多少是一件见仁见智的事情，如果我记得不错，电影《阳光灿烂的日子》的一部分外景是在这里拍的，电视剧《一地鸡毛》更是很大一部分在这里展开，据说还有若干部民国题材的影视也曾经在这里取景。我是向来没有摄影留念意识的人，却也忍不住拿出手机拍了几张。在一个月牙门遇到一位年龄相仿的人也在拍照，就和他聊了几句。原来他也曾经在这里住过很多年，只是算起来是在我家搬走以后，而且是在北边的灰三楼。他说一口特别地道的北京话，如今在北京街上反而不易听到，一问他果然一辈子都住在城里。他听说我从芝加哥来在国外三十多年，就夸了一句："哟，您这北京话说得还可以啊，您这都美国人儿了……"老北京的这种话有时候需要反着听，我忽然明白，在流水光阴里，少小离家的人乡音其实是不可能无改的。

当我走出大门，看到两边的石狮子沐浴着夕阳，不禁想起刚刚在小店买水时传来汪峰的歌声：

> 那一天我漫步在夕阳下
> 看见一对恋人相互依偎
> 那一刻往事涌上心头
> 刹那间我泪如雨下
> ……

一切皆为隐喻，连同我们的记忆，我们的生命。

诗与远方多无奈

往

一

大约1985年我回国探亲时，买到刚刚出版不久的《赫索格》。读罢再回到扉页上，"一个人的性格就是一个人的命运"。这是我第一次读到赫拉克利特的箴言，有一种掩卷叹息的感觉。这句话当时还很少有人知道，也不能说和赫索格很合辙。赫索格是一位大学教授，本应有一份安稳光鲜的生活，却经常处在不安、焦虑、怀疑、追求之中。他不时写一些从未发出的信，和不同的人讨论各种问题，与此同时，他的个人生活不时被他自己搅得支离破碎。这一切自然不仅仅是因为他的性格：赫索格这样的知识分子是在战后"垮掉的一代"延长线上，对既存的秩序有深刻的批判，然而在现实生活中充满无力感，并且由于自身充满矛盾、没有方向而过得乱七八糟。

索尔·贝娄笔下的主人公多半是这样一些"晃来晃去的人"，他们拒绝轻信，对生活的荒谬高度敏感，他们珍视也追求内心的自由，但往往因此在各自的旅程中更加无所适从。怀疑精神虽然是知识分子应有的安身立命之本，却也容易诱发人性中固有的破坏性乃至于自我毁灭的冲动。

也是在1985年夏天，我上大学四年级，每天去研究室读史料写论文之余，往往步行三公里去市中心看晚场电影。那一年梅里尔·斯特里普（Meryl Streep）是世界上最红的女演员，《走出非洲》是她和一代帅哥罗伯特·莱德福德共同演绎的经典。也许正因为如此，大多数人已经忘记，那一年斯特里普还主演了英国电影*Plenty*。这部电影的中文名字翻译成"谁为我伴"，基本上词不达意。

*Plenty*的基调，是一幅黑白画面的雨蒙蒙英国丘陵风景，底色是忧郁的文艺片，因为是大牌演员才进入了商业电影市场。七八十年代欧洲文艺片节奏更慢，一般观众很容易觉得沉闷。*Plenty*节奏还好，电影叙事相当散漫，其实背后有导演设下的悬念。我那天晚上去看应该是有点困吧，第一场看得昏昏沉沉的。直到最后，忽然明白其中深意，心中震撼，于是留下来又看了那夜最后一场。散场后青叶通大街已行人稀少，间或有一身酒气的中年男人喧哗着走过。

苏珊是一位年轻貌美的英国女特务，被派到法国帮助抵抗运动。战后她重返伦敦，嫁给一位十分体贴她的外交官，进入上层社会，有时她会想起在法国时和她上司一段无疾而终的恋情。苏珊依然美丽而且富有魅力，然而看上去很好的生活总是有些不对劲的地方，她也时常有无法解释、失去理性的怪异行为。

初看这部电影，或许以为是对战争的回忆，或者是战争中女性的感受，还有战后人心理调整的困难。是的，经历过战争的悲欢、丑陋与荣光，和平年代彬彬有礼、循规蹈矩的生活显得苍白。苏珊的不可思议，自虐虐他行为，也仿佛是某种战争后遗症。

然而最后你突然发现，这不是一部关于战争、关于战后生活、关于爱情的电影，而是关于一次无可挽回的经历与之后的悲哀、岁月的空旷。

二

1967年初一个冬夜，有人轻轻敲我家门。运动正在高潮，气氛一直紧张，父亲早在前一年夏天就被点名批判、抄家，后被办"学习班"关入"牛棚"，门庭冷落已久。母亲听见敲门声，先轻声问是谁，听到回答才迅速开门，让来人闪进屋，然后迅速把门关上，压着声音问："你怎么来了？""我就是来看看你啊！"来人笑呵呵地回答。

那是我第一次见到荀姨，她看上去一点也不紧张，说话声音很好听，表情很丰富，脸色白得仿佛有病，很不符合流行的革命标准，一望而知不是劳动人民出身。更让人难忘的是，在穿得越朴素越破就越安全的年代，她竟然还穿着一件紧身呢子大衣，围着毛围脖，戴一顶针织毛线帽。

想必是她的到来让母亲感动吧，自从被抄家贴大字报以后，大院里有些以前的熟人见面都不打招呼，更不用说不避嫌、不怕风险地深夜来访了。那个夜晚母亲和荀姨轻轻谈了很久，道别时已经像是多年老友。我能记得的，是荀姨苍白颀长的手指夹着香烟的样子。

几年以后，看了朝鲜反特电影《看不见的战线》，还有电影小人书《徐秋影案件》，我不禁惊呼：荀姨演女特务完全不用化妆啊！时间到了70年代中，人们都从"五七干校"回到北京。时局多少有所松动。虽然运动还是一个接一个。但是人心大多转向日常生活、柴米油盐。荀姨回到北京不久后就来看母亲，正是炎热的夏天，她竟然穿了一件布拉吉，昂首挺胸地走在街上，在蓝制服的海洋里鹤立鸡群。

母亲告诉我，荀姨是她的学妹，不过不是一个系的。她还告诉我，荀姨一直是单身一人，没有子女，但是常常帮助朋友带孩子。有两次她到我家来，带着一个和我年龄相仿的女孩子茜茜，一句话也不说，眼神带着几丝惊惶，和荀姨恰成对比。我起初以为她是荀姨的女儿，后来才知道她的母亲是荀姨的同学，几年前自杀了。

我在1974年变声并开始唱歌，背诵《战地新歌》和《外国民歌二百首》。有时去一位声乐教授家旁听他给学生私人授课，在那里听卡鲁索、吉利和比约林。有一天回到家，荀姨在和母亲聊天，看见我回来，就说你给阿姨唱首歌吧。那一年我很喜欢唱舒伯特的《菩提树》：

在门前清泉旁边

有一棵菩提树

我在那树荫的下面

做过美梦无数

也曾在树干上

刻下热情诗句

欢乐痛苦的时候

我常走近这树

    我还完全不知道菩提树的样子，只是觉得歌词很美。我唱完了以后荀姨愣了一下，接着叹了口气："没想到老四小小年纪喜欢唱这样的歌。"又过了一会儿，她问我："你会唱《多年以前》吧？"我点点头，她柔和缓慢地开始用英文唱：

请给我讲那亲切的故事

多年以前，多年以前

请给我唱我爱听的歌曲

多年以前，多年前

你一归来我又重新潇洒

让我忘记你漂泊已多年

让我深信你爱我像从前

多年以前，多年前

当她唱完时，我在她眼里看到泪光。

三

北京大学西南门的风景和1980年我上学时已全然不同，当年的宿舍楼荡然无存，唯一似曾相识的是一排旧平房。那里有一家"最美时光"咖啡馆，当年自然是不存在的，但里面颇为陈旧，坐满年轻学子，氛围里有一点仿佛依稀。我坐在咖啡馆里，和一位收集了许多珍贵校史史料的朋友一边聊天，一边在电脑上看他的收藏。如今的北大所在地，本是燕京大学校园，因此朋友也收了不少燕大史料。北大依然在，燕大却一去不返，人与事都渐行渐远。看到不少七八十年前的花名册，发黄的纸上一个个名字当年都是豆蔻年华的鲜活生命，在天翻地覆的上个世纪，他们曾走过怎样的人生旅程，最终又飘落何处？

我不知道荀姨比母亲低几班，她应该是在珍珠港事变后南下继续学业。自幼上教会学校，英语自然是好的，毕业后就做了外国报纸的新闻助理。抗日战争结束以后，许多青年知识分子思想左转，她也加入了地下党的外围组织。这两段经历影响了她的一生：曾经为帝国主义直接服务的记录成为永远说不清楚的"历史问题"，而主动向党靠拢、为党工作的热情使她被视为同路人。她不受重用，却也没有挨太多整，一直是个大学里的英语教师和翻译。她性格开朗，虽然人漂亮又是单身，却既无绯闻又未招嫉，在单位人际关系应该很好。她看上去体弱多病，身体大概也确实不是很好，所以经常请假在家，也就躲过了不少劫难吧。母亲说荀姨其实是有胆识的人，只是平常不露而已。她的话应该有所本吧，但是她没有告诉我。

在历尽沧桑之后，电影Plenty回到1944年，法兰西刚刚解放，苏珊站在乡间丘陵顶上，风景如画。苏珊充满期待地说："今后会有许多这样的日子……"然而战后的生活对于她来说是如此令人失望，毫无意义。我最喜欢斯特里普在这部电影和《法国中尉的情人》里的杰出演绎，她擅长自然又细腻地诠释内心的敏感坚强、柔弱奔放等种种看似互相矛盾的微妙之处。Plenty里直击人心的，是期望与自我毁灭倾向的并存，使这部电影令人难忘，但也很多年不愿再去看。近三十年过去，这部电影渐渐不再被人提起。这也是注定的吧，它并不完美，人性的幽微处本来就难以传达，而且沉重或纯净的电影怎么可能有太多观众呢？

四

上个世纪末接到一个陌生人的电话，她说在报纸上看到我的名字和电话号码就冒昧地打过来了。她在电话里滔滔不绝，我过了好几分钟才弄明白原来她是茜茜。她告诉我她在邻州首府已经住了很多年，不久后荀姨要来看她，她打算带着荀姨来芝加哥观光。我一直等待着她们的到来，但是茜茜没有再和我联系。第二年回到北京，母亲告诉我荀姨已经去世，是去美国的前一天晚上，在梦里就睡过去了。"她上美国人办的教会学校，又教了一辈子英文，最后还是没有到达美国。"

英国电影《谁为我伴》（*Plenty*）剧照

又过了十多年，我才在北京城东的一幢高楼酒吧上见到茜茜。虽然感觉上是四十年前的朋友，实际上是初识。她赴美已经三十多年，很多时候英文比中文说得更准确。如今她更像一个美国人，自信健谈，开朗热情，在中国人看来可能有点二。她连着说了两遍"你写写苟姨的故事吧"，然后就东一榔头、西一棒子讲了两个钟头。我听得目瞪口呆：似乎母亲对苟姨的个人生活并不了解多少，而茜茜跟着她长大，她的母亲是苟姨大学同屋室友。听茜茜讲苟姨的一生，或起伏或平淡之间，一个人的故事多少折射出一代人的背影。

其实故事本身是太阳底下无新事，苟姨和那位发展她入外围组织的地下党员曾经相爱，然而却不能走到一起。原因究竟是怎样已不可考，据苟姨自己对茜茜讲，她出身是资本家，又有历史问题，还是不要嫁、给别人添麻烦为好。我想事情没有那么简单，如今我们能够确知的是那个人早已不在人世。后来自然有不少人热心介绍对象，她好像偶尔也有过男朋友，但很快就回到了一个人的生活。我所见到的一直是一个阳光的苟姨，在不犯忌讳的范围内打扮得干净漂亮，当然她的招牌标志是时不时点燃一支坤烟。茜茜告诉我，有的夜晚，苟姨还会自己斟上两杯酒，然后呆坐许久。

我就是在此时此刻想起了电影*Plenty*，plenty是很多的意思，苏珊经历了很多人、很多事、很多岁月，再也回不到那曾经有爱情、有梦想的时刻。在旁人看来，她是令人艳羡的外交官夫人，有美满的家庭，她却要依赖药物维持精神的稳定。借用流行话语讲，往往是生活的苟且淹没了诗与远方，适应现实也是一种能力，苏珊不具备这种能力。她毁坏了自己的生活，然后什么都没有找到。在电影里，时光倒流，镜头定格在1944年。

那天晚上和茜茜一直谈到午夜，我望着满城灯火，不知道喝了几扎啤酒，没有微醺，却有一点点激动。我是幸运的，在悠悠岁月里时不时遇到一些人，彼此能在某时某刻敞开心扉。于是我能够听到不少抵达内心的个人故事，即使主人公随着时光渐行渐远，故事却还在那里，沉埋在心底，有时候我觉得也构成了我自己生活的一部分。

上一代人所经历过的精神压力之巨大、物质生活之粗粝，是我们难以想象的。我是到中年以后，通过阅读历史、经历当下，才多少能够对一个时代感同身受。无论在哪个时空，恐怕谁都难免在回想往事时有些遗憾：有时候愿望仅仅是愿望，现实像推土机一样碾平所有的残垣断壁，然后眼见着新楼盖起，旧日了无踪迹。在风云变幻的时间河流里，无数故事流走，没有留下痕迹。

在荀姨的时代，女人单身难免被侧目以视甚至议论纷纷，还有日常生活里物资的匮乏、生存的艰辛，想要活得有尊严，是很不容易的。人生不是电影，她时刻需要直面的是一地鸡毛，更不用提接二连三的运动折腾，带来多少胆战心惊又浪费多少光阴！她所能做到的，仅仅是保存属于她自己的一个世界：一间小屋、一种生活状态。当我们追忆她时，不禁对她心生敬意，也多少为她庆幸，虽然不无悲哀地想到，她为此付出了一生的孤独。不过，人生的幸或不幸，又岂是我们能判断的呢？所谓"同情之理解"，仅仅是为了看见历史、看见人生。真相远远比判断重要，更多时候判断是一件可疑的、需要避免的事情。然而在怀疑、批判、自省能力日益退化的当下，越来越多的人自以为有能力判断，实际上往往只是人云亦云，漠视了真相。

互道再见时，茜茜问："你现在还唱歌吗？"我说已经很少唱了。上了出租车，忽然轻轻唱起了《菩提树》的最后一段：

> 如今我远离故乡
> 往事念念不忘
> 我分明听见他说
> 在这里长安乐

冬天的晚宴

一

二月的北京，春寒料峭，竖起皮夹克的领子，穿过傍晚时分忙碌拥挤的街道。走进北平食府，点一碗热腾腾的卤煮，打开一瓶二锅头，与阔别多年的朋友聚会，三杯下肚，升起温暖的感觉。有一位兄长级的朋友，三十多年来偶尔听到他的行踪，也通过电话和电子邮件，可是见面时竟然想不起是否见过，如果曾经见过，上一次是何时、在哪里？因为有那么多共同的朋友、共同的记忆，按道理一定是见过，大约是70年代的事吧。虽然我年纪小很多，却是跟着兄长们成长，抬头望着成人的世界，只是到了80年代初，轨道忽然变线，这一变就到了今天。

另一位朋友和我是两代世交，看着我长大，后来更先后去日本到美国，每隔几年就有一次交集。当年王小波逝世，也是他第一时间告诉我的。进入本世纪后，却因为隔着一个太平洋渐渐少了联系。

旧日朋友相见，自然聊的话题多半是旧日的人与事。说着说着，就说到了一位和我们三人或者家里都有过交集的齐一先生。我小时候称呼他齐一叔叔，但是听说他其实和父亲同年或者长一岁。父亲生于1918年，那么齐一叔叔今年可能虚岁有一百岁。很多年没有他的消息了，但是没有消息也就意味着他依然健在，毕竟他也是一位名人，有什么消息我们会被知道的。

齐一先生和我父母是旧交。听家母讲，齐先生的父亲是做过张大帅卫队长的东北军将领，在张大帅皇姑屯遇难时，曾经舍生忘死救出了他的某一位公子。由于齐一并非先生本名，所以他父亲究竟是哪一位尚待考。无论如何，齐一先生是一位将门之子，自幼文武兼修，身形伟岸，性格爽朗，兼具大家子弟的狂气和山大王后代的豪气，言谈举止里透出知识分子与江湖气质的合体。"九一八"事变后，他流亡到北京，后就学于东北大学。他的第一位夫人是东北某位督军的千金，虽然背井离乡，仍然过着优裕的生活。我不知道齐一先生抗日战争期间的人生轨迹，只知道他在抗战结束后不久，携带大量金条和家产投奔了解放区。虽然具体史实语焉不详，颇有故事片风格的叙述是，他穿着长袍，带着一车货堂而皇之地出了北京城，车上某处藏满黄金。他把这一切都献给了党，得到了党的信任，在华北联合大学由研究生而助教，进入革命阵营。

不难想象，齐先生这样受过大学教育的爱国公子哥在党内绝对属于非主流，须谨慎谦虚、如履薄冰，才有可能顺风顺水。然而从高尔泰先生《谁令骑马客京华》一文中所叙齐一先生在1978年以红卫兵参拜芒果来比附瞻仰遗容一事看，可以想见他属于一辈子都管不好自己嘴的那种人。事实上，我小时候曾听过齐先生笑谈自己到解放区后时不时要"冒泡"的往事，只是年代久远记不清细节了。"冒泡"的结果，自然是仕途的坎坷。他先在人民大学任教，后来调入"学部"（中国科学院哲学社会科学部的简称，社科院前身）哲学研究所。

如高文所言，齐先生属于"老干部"，而于"文革"前落脚"学部"的"老干部"大多不是受过处分被打入冷宫，就是不被重用置诸闲散。齐一先生大约是后者。不过他远非不谙人情世故之人，许多年以后，齐一先生悄悄告诉母亲，他曾经看见一位同事手上戴着他家里的一块大金表，不免震惊，他当然什么都没有问也没有说，把这件事埋在肚子里。他其实并非一个酷爱思考的文人，思想也并非太出格；只是性格做派比较自由随性，属于醇酒风流的人物。在今天他大概会被认为活得潇洒，在当年则不能见容于大多数人，不过"文革"前也还倒不了大霉。闲着也是闲着，他研究鲁迅和文艺美学，既不曾写很多文章，但也没有以文字整别人。"学部"有一批从"老干部"转型的学人，如今著名者有顾准和李慎之二位先生。顾准走得早，李慎之先生为人方正，要到90年代思想才发生大变化，而齐一先生那时似乎已经入山隐居了。

二

在我的童年，虽然北京城墙已经拆得只剩下断壁残垣，张自忠路街头长长的灰墙上，醒目地刷着"战无不胜的马列主义毛泽东思想万岁"，城市却古老而安静。无论时局怎么变化，执政府门口的石狮子光滑如故。只要天气温暖，不远处灰白的路灯下，总有几个老人坐在马扎上下象棋。当我回想起这幅画面，不禁想知道刻在他们鬓发容颜背后的故事。东四十二条往东走一多半的时候，路北有一条小胡同，两个人走对面要侧身才能彼此通过。往胡同深处看去，伸出很远，仿佛一条幽暗的时光小巷。

杯觥交错之间，我走过那条如今已经记不得名字的小巷，坐在北平食府包间。要自己经历过，才明白漫长琐碎的日常生活中，有故事的人其实并不多。那天晚上我们说起了许多人，齐一先生只是其中之一，不过是很有故事的一位长者，虽然我们知道的并不全。家兄还记得曾经去他家，当时齐一先生已经再婚，他自己有孩子，夫人也带着孩子过来，一家五口，谁是谁的孩子颇不易分辨。到了"文革"中，齐一先生被整得相当惨，等到70年代初他的处境有所缓和回到北京时，已是妻离女散。我就是在那时初见他，此前风闻他的消息，心想以其遭际，可能又是一位形容枯槁神情沉痛的叔叔。在我的童年，见过多少成年人劫后重逢时的失声痛哭啊！此刻想起来都还觉得受刺激。齐一先生却是一个例外，神清气爽，面无菜色，谈笑风生，好像什么都不曾发生。有一段时间，由于房子问题，他似乎居无定所，行踪飘忽。可能与此有关吧，他忽然时不时来串门。听多了有怨气或者有怒气的倾诉，齐一先生那些与这个时代或者个人遭际无关的明亮闲聊让人开心。

突然某日，齐一先生来到家中，兴致勃勃又有点神秘地对母亲郑重而言："于川同志，我有件事情要和你商量。"那时北京买肉需肉票，每一家每月限两斤。齐一先生来就是要用我家一个月的肉票，他统共找了三家朋友，连他自己那份就可以一次买上八斤瘦猪肉了。

原来他不仅擅长骑马打猎，喜欢游泳登山，还精于烹调，尤其是西餐。这次收集肉票，就是要亲自下厨邀请朋友去他的寓所吃西餐。之所以有这么好兴致，好像是因为他终于不知从哪儿借到了一套两居室的楼房，在那时算是极好的运气。他的提议，得到热烈的响应，为匮乏沉闷的生活带来一道涟漪。几家的女主人，少时也都家境比较优裕，虽然过了二十多年革命时代勒紧裤带的日子仍然喜好美食。比如母亲就极爱西餐，虽家中无钱，也极偶尔会管不得那许多，带儿子们去位于崇文门的新侨西餐厅过把瘾，但她自己吃得非常少。我从十岁左右就间或在早晨被派去在东单和崇文门之间旧称"23号法式面包房"的点心店买新烤的面包，在那里曾和不少一望而知非普罗大众或胡同串子的前朝遗老、梨园名宿照过面。印象最深的，是面如傅粉的梅葆玖先生。

从小奇馋的我，觉得等待的日子显得如此漫长。漫长的准备工作以及其间为了准备而变得稠密的悄悄往来，使得这次晚餐不知不觉间有了一层隐秘的色彩。其实我现在也并不确知它是否真正发生在冬天，但我记忆里的感觉是一个冬天的晚上。天色已全黑，每个人都穿着臃肿深色的棉猴一类的外套。每家人的到达之间，都特意留下一些间隔以免太引人注目；每个人都踏着轻轻的脚步，走了好几层黝黑的楼道。即使进到房间里，也没有人高声喧哗，而是握手与问候。高压年代的聚会，多少竟有些地下工作的味道。

房间里温暖明亮，因为人多简直有点热。我至今百思不得其解的是齐一先生怎样能拼出一张长条餐桌和找来那么多刀叉杯盘。白餐桌布该是用的床单吧？那是一次很正式的私人晚宴，每人座前都端放着餐具杯盘。红光满面的齐一先生为大家盛上奶油口蘑汤、土豆沙拉和裹着面包渣的炸猪排，大人们好像还喝了通化葡萄酒，杯盏交错，互表祝福。那是一次大人的晚宴，并没有多少孩子参加，他们的下一代大都插队去了。晚宴进行得并不喧闹，但是快乐和轻松，没有倾诉，也没有神色诡秘、严肃紧张的关于时局的议论。他们是彼此认识二十多年，并且在前几年里不曾互相背叛、咬来咬去的朋友，他们很久很久没有这样开心地在一起了。而我一生里第一次吃西餐吃得那么多、那么尽兴、那么撑，在长辈们一片"小饭桶"的评价声中昏昏欲睡。

齐一先生的住处，应是在白家庄一带离现在的国贸不远。那时是一条窄窄的林荫道，路灯是暗暗的昏白色。我们归途乘9路公共汽车，在冬夜里哐当哐当地缓缓行驶。我对母亲说：齐一叔叔的炸猪排比新侨的还好吃呢！母亲笑笑，看着车窗外什么都没有说。

君自故乡来

应知故乡事

来日绮窗前

寒梅著花未

与来自北京的朋友喝咖啡，说起他经常在西山顶上跑步，从八大处到香山那一长段已经铺了柏油路，每天早晨有许多晨练的人在那里跑步，久而久之就彼此成了朋友。在70年代，山顶长满大约一米五高的野草，只有一条窄窄的土路，往往走十几里路也碰不上一个人。从香山下来出公园门去乘33路公共汽车的路上，有几条小胡同，里面多是红砖或者泥坯砌的农家小院。齐一先生天气暖和时就住在那里，经过时我会去看他，但好像大多数时候找不到他。如今的北京有钱人在郊外盖别墅，退休人也有许多租一个农家小院种菜养生，齐一先生竟然先驱了整整四十年。

齐一先生的事业与著作，我其实一直没有太多注意。他关于鲁迅的书，我翻了一下就没有再读。在读高尔泰先生文章之前，我甚至不知道，他是社科院哲学所1978年设立的美学研究室第一任主任，李泽厚是副主任。后来他还担任过哲学所副所长、分党组书记，这应该是他一生中唯一的一段当官时期吧，在这段时期里哲学所走出了李泽厚、高尔泰两位著名的美学家。《谁令骑马客京华》里提及齐一先生很"开明"，他和高尔泰曾经关系很好，后来却因为种种事情凶终隙末。其中的具体情形我不知道，高文也仅仅提到思想的分歧、由此发生的争执，大概也是一个方面吧。在那几年，高尔泰先生与齐一先生的继女蒲小雨女士相爱，后来结婚，经历艰辛后远走美国。我也不清楚齐一先生对他们走到一起这件事的态度，仅仅听说他从此和他们没有来往。在我看来，齐一先生人情练达，豪爽风流，并非礼教中人，他自己一生的恋爱婚姻，也相当丰富多彩，按说不会介入下一代的事。不过这种事情也很难说，本来就属于非理性的、私人的范畴。

不知从哪一年，齐先生在香山旁边买了几间民房，过起隐居生活。80年代中期，我有一次回国探亲时曾去看望，身体健康，很闲适的样子。听说他弃市里楼房去郊区的时候，周围人都觉得他有病，好在早有不少人不把他当作常人，他也就有了相对大的个人空间。又听说他在郊区住久以后，渐渐与原来的熟人过从不是很多，90年代后更是孑然一身。当然他身体一直很健康，也有自己的子女，加上那乐观的形象，所以我倾向于认为，他会有一个清静的暮年。

这个世纪也过去了十几年，再去香山，连齐一先生当年住的方位都不清楚了，更没有童子可问，这才是真正的"只在此山中，云深不知处"，而我离北京，离我的少年时代也越来越远。岁月的流逝，仿佛那个夜晚被慢慢留在9路公共汽车背后的空气。

高考恢复四十年

一

1977年在中国发生的事情，最重要的莫过于12月，全国高考在中断整整十一年后恢复举行。当年参加高考的考生，年长者如"老三届"的老高三，已经是古稀之年；最年轻的南方应届高中毕业生，如今也已奔六。我虽然要到1980年才上大学，却也是因为恢复高考而改变了人生轨迹。

那一年7月，中共十届三中全会决定恢复邓小平中共中央副主席、中央军委副主席、国务院副总理、中国人民解放军总参谋长等职务。8月初，邓小平主持召开科学和教育工作座谈会，与会者纷纷主张立即恢复高考，建议如果时间来不及，就推迟当年招生时间，得到邓小平的明确支持。从8月中旬开到9月中旬的高等学校招生工作会议，最终达成共识，改变"文革"时期"推荐上大学"的招生方法，恢复高考。10月，国务院批转教育部《关于1977年高等学校招生工作的意见》，正式恢复高等学校招生统一考试的制度。

恢复高考是邓小平第三次复出后做的第一件大事，不过就和他的复出一样，是当时在人们期待与意料之中的事。事实上，前一年10月逮捕"四人帮"之后，在北京关注时局的人群里，很快就开始半公开议论邓小平何时复出；恢复高考的议论不那么多，但是一说起来，也好像是大势所趋，只是不知道什么时候发生而已。

大约是1977年初的一个晚上，父亲去曾在抗战时同事、时任教育部副部长的李琦家，回来后有些兴奋地说，估计高考不久就会恢复了。后来事态的发展并不像他想象的那样顺利与乐观，反对的声音颇多，教育部最初的报告并没有打算马上恢复高考。然而小道消息开始在民间流传，从春天起，各种中学课本，尤其是"文革"前的中学教科书突然紧俏起来。先是我家里不多的几本数理化被别人借走，其中好像有些再也没有还回来；后是想要找两册原来没有的，却哪儿都借不到了。

和出生在80年代末的年轻朋友聊天，她痛说的悲惨经历，就是怎样从小学一年级参加各种考试，一直考到博士毕业。我告诉她，曾经有四年大学完全停办、十一年全国没有高考；中小学虽然从1967年10月的"复课闹革命"恢复运行，也基本不读书，考试就算有，不过是聊胜于无。她说："你们那时候多幸运啊！"我说："你父母恐怕没有觉得那时候幸运吧？"她说："我觉得他们比我幸运啊！"话说到谁比谁幸运，就没法往下说了。我告诉她，"文革"里的教科书一本比一本薄，不仅内容少，而且几乎没有习题。为了向工农兵学习，取消物理、化学和生物课，以所谓"工业基础知识""农业基础知识"替代，内容可想而知，更没有她熟悉的一本本厚厚的考试辅导材料、复习题集。我告诉她，由于"文革"，我从小学一年级到1977年，八年多一直辍学在家。她瞪大了眼睛："叔叔，您太幸福了！"

那时我幸福吗？在知天命后回忆，少年是很美好的，时间会给往事涂上一层发黄老照片的柔和。虽然很多已经找不到，我还保存着一部分少年时的日记，如今看来，写得有些强词说愁、莫知所云，倒也折射出当时内心的纠结与困惑。我感觉前途渺茫：我自觉已经长大，却不知道能做什么、要做什么。想要逃避像兄长那样去农村的命运，似乎只有唱歌考文工团。

恢复高考的希望在遥远的天边升起时，许多人一夜之间忽然都成了高玉宝。"我要上学"的念头是如此普遍、如此强烈，我也受了影响，在我的日记里记载如下：

二月十一日，星期五，云

今天下午正在写字，忽提起上学，于是有些动念。去一个新环境，过过集体生活，尝尝学生时代的滋味，还是我所愿意的。

晚上，我乃来去找Z老师，托他办办此事，他和我详细讨论了一番，我十点钟走，他送我上车。

有时，一个很突然而来的念头就会变成事实，不知道这一回是否会如此。我对自己是有点估计的，我以为我是有必要去适应社会，受一点社会的限制，这或许对以后有好处。

一清醒地认识了一些自己，也就能大致地衡量自己的斤两了。哈！我就是这样，我时常攻击的往往就是我自己所具有的。

十六岁时的日记，一看便是民国文学和翻译小说读多了的文字。在文化沙漠的时期，写一笔繁体字，大概也算奇葩，难怪后来我在学校里经常被视为五四青年。从这段日记可知，当时我已经有独立办事的能力，也有突然起一个念头就去做的习惯。此后的四十年里，基本上一直如此。个人生涯某种意义上与历史是有相似与呼应的，往往在一念之间发生改变。

我去找的是家兄的一位同学，他去农村插队病退回来以后，在中学当老师。那时他是偶尔教我一点数学的老师，也是经常和我聊天的大朋友。1977年2月11日晚上，他在学校值班，我是去学校找的他。那天晚上聊得非常开心，还打了一会儿乒乓球。从学校出来走回家，月光很明亮，我感觉似乎看见了未来。

二

中国科学院哲学社会科学部简称学部，即后来的社科院，是大大小小的知识分子密集之处。学部子弟自然是典型的知识分子家庭孩子，打架大都不灵，倒是还有不少爱读书的。他们由于出身问题，多数境遇不佳，很多还在农村插队未归，能够在大型国企里当工人就算是不错的了。在1977年夏天，很多人忽然像打了鸡血一样开始复习数理化。不过除了老高中生以外，没有谁心里有底，所以大多数都是不声不响，各自备战。

"文革"虽然已经结束，真正的改革开放还在孕育过程中。那一年元旦社论的题目是《学好文件抓好纲》，那一年报纸上的关键词是"英明领袖""抓纲治国",这个纲仍然是以阶级斗争为纲。在词语之下,对于变化的渴望以及变化本身暗暗积累、流动。私下里,人们对于高考恢复的期待值与日俱增,不仅仅是因为"万般皆下品,唯有读书高"的观念在潜意识里从来不曾消灭,而且上大学被普遍认为是改变命运的唯一途径。从十五岁到三十一岁,积压了十几年的青年至少有几千万人,他们中间的多数,强烈希望改变自己的处境,考大学最直接最迅速地点燃许多人心中的火把,也因此注定高考是一条严酷的羊肠小径。大多数没怎么读书、没有希望或信心的人,早早就放弃了。据目前官方数字,1977年有五百七十万人参加高考,二十七万人被录取。从有资格参加高考的人数看,百里挑一都不止,从实际参加高考的人数看,录取率也只有百分之四点八。

我后来读历史,才明白从宋朝以后,科举考试不仅仅是文官制度的根本,而且是民族心理记忆的一部分。这一记忆在反文化的十一年后复苏,又因为恢复统一考试后的第一次高考之难而格外凸显。我至今记得高考发榜后,学部大院几家欢乐几家愁:八号楼查建英考上北大中文系,吕叔湘先生的外孙考上北大西语系英语专业,家兄也从插队所在地考上清华。

不管时代怎样变化,清华北大始终是人们心中的梦想。家兄一高中同学,平素沉稳内敛,那年悄没声地上了北大,来我家报喜时两眼放光、双腮涨红,声音都变了。三十年后,我去附近的中国超市买菜,那里免费送顾客一份《世界日报》,回到家坐在沙发上翻报纸,看到纽约州巴法罗附近飞机失事的消息,看到死难者里有一个华人，看到他的名字，我的手一抖，咖啡溢了出来。

不久后，我在阿拉巴马出差，小城里一住就十天。住久了，就不免想吃一顿中餐。美国南方是华人最少的地方，中餐馆也少，网上搜索了半天，才在十英里外发现一家似乎还有点规模的中餐馆。去了一次，感觉味道还好，隔了一天下班后又去了。这一次碰上老板，他看了我一眼，用很正宗的京腔说："我瞅您是大陆的吧？"当他听到我已经不那么纯正的北京话时，竟是相当欣喜，一定要请我喝一杯。有了第一杯，就会有第二杯，三杯下肚诉平生，是北京人常见的风景之一。阎老板在北京的地段离我儿时故居只隔了几条胡同，我问："您住哪条胡同？"阎老板说："我住在北剪子巷，挨着大兴胡同，您那块儿熟吗？"我听说过这条和我同名的胡同，却不清楚它原来就在铁狮子胡同北边几条街。如此说起来不由得更多了一分亲近感。

阎老板微胖无髭，面白皮细，典型胡同里和气生财的老北京相貌。这样的人，我童年记忆里很多，如今却很少见到了。早年的戾气、中年的焦虑，足以改变曾经遛鸟人的容颜；钢筋水泥的都市化、人群的膨胀，给古都带来现代化与活力，但也抹去了往昔的安详。

阎老板告诉我，他祖上几代都是在户部做事的，到了爷爷这辈，大清改了民国，就改当银行职员，然后传他父亲。他家虽不是大富大贵，在北剪子巷这条狭小的胡同里的一个小院，倒也住得很踏实。

他没有仔细讲，我也就不多问，反正到了1966年，家道已经中落到只剩下两间北屋了。那年他上高三，就盼着能考上大学，然而大学不招生了。和许多人一样，他去农村劳动了几年，然后费了很多力气回到北京，进一家街道工厂当工人，结了婚有了孩子。也和许多人一样，他在下了班、做完家务后，熬夜复习高考，可是就在高考前夕，由于劳累过度得了一场大病。在明白自己不可能参加高考的那一瞬间，他忍不住泪流满面。

他没有说具体是什么病，总之大学梦就这样破灭了。改革开放以后，一个长辈亲戚从美国回来探亲，看到他的境况，帮他办了个自费留学。那时候来美国的人还很少，有亲戚的经济担保书，再有一份社区学院的录取通知书，就拿到了签证。到了美国，亲戚自然不会真的在经济上资助，要靠自己勤工俭学。但是他在国内没有上过大学，不像那些有文凭的人，打一段时间工就能够联系读博，拿到奖学金。再说他已经快四十岁，语言又不通，向学之心很快就显得不切实际。于是勤工继续，俭学就夭折了。

萍水相逢是人生乐事之一，我和阎老板一直聊到打烊。中间还见到他的儿子，已经当了医生，表情和手势都很美国。他不会讲中文，英语里带一点南方口音。阎老板看着儿子的目光很慈祥，儿子和我们说了几句话就匆匆离去。

我和阎老板在停车场道别，我注意到他背已经有点驼了，缓缓钻进一辆黑色老奔驰轿车里。

阎老板的故事其实是多年来常听说或读到的故事之一，那天晚上回到酒店还是让我感叹不已。失落的一幕往往更令人难忘，在寒冷冬日里，我印象最深的，是一位年长我几岁的朋友落榜后失声痛哭的情景。也许我们心中或多或少都有势利的一面吧,也许历史绝大多数时候都是成功者的记载吧,我们平常读到的,大多是七七级大学生这个群体中的励志故事,很少有人想到,那一年百分之九十五以上的考生落榜,还有很多人出于各种原因没能参加高考。前年回国,在朋友家小住,他家的保姆好像已经是祖母了,勤快能干、做一手好菜。朋友告诉我,她当年高考离录取线只差了三分,一生的命运也就因此转变。

三

当我们回望往事,叙述比价值判断远为重要。在追求现实利益的过程中,遗忘与遮蔽时有发生,更何况许多人心中价值混乱、人云亦云,何来判断可言?其实叙述本身是一件相当困难的事,自以为是的真实多半是可疑的,寻找历史和追求真理一样,需要常存虔敬戒惧、反躬自省之心,而不是指点评价、气壮山河的狂妄。

恢复高考在当时的社会、心理冲击,如今人们已很难想象与理解。从事件本身看,考试古已有之,而且行之有效,虽然有其无情的一面、不完美的一面,却一直是相对最不坏的取士之道。恢复高考,其实只是回到常识与传统,但在当时却是从疯狂走向正常、从禁锢走向开放、从停止走向流动的关键一步。高考不仅给青年一代带来了希望与实际意义上的未来,而且改变或者说恢复了固有的社会价值观,终结了一个公然反智的时期。

这一切,是当事件已经成为相对遥远的历史之后才能看清的。

青葱少年时

在1977年，人们依旧在不安与期待中懵懵懂懂地度日，和别的时候似乎无大不同，也许这才是岁月的真实状态。

我想从日记中寻找我的1977年，却发现日记里有写得很含糊或者根本没有提起的部分，记忆与日记并不完全相符。是的，时光越深，日记越获得史料的意义，然而日记是有主观选择性的。尤其是在严酷的时代，日记写得有保留，几乎成为自我保护的本能。母亲的日记中，人名多用字母代替，许多年以后，她往往想不起是谁，别人也读不懂。我没有那么高的警惕性，却也习惯在日记里省略内心深处的某一只八音盒。1977年初的日记里，有抒情、有议论、有几首旧体诗，却没有提到我在做梦、写小说，更没有提到我自己像小说中人一样，晚上走到一家中学的楼下，站在树影里，望着某一扇窗的白色灯光。我并不知道那个女孩此时此刻是否在教室里晚自习，也并不想去见她，只是走一个小时到这里，安静地望一会儿，然后就回去了。

我在读《战争与和平》《第三帝国的兴亡》，虽然更让我心动的或许是屠格涅夫的《阿霞》《初恋》。我似乎更多沉浸在自己的世界里，并不真正关注正在发生或即将发生的巨变。不过我并不是一无感觉，在潜意识里我感到改变自己、步入社会的愿望与必要性。

回到学校最大的困难是，我虽然有户口，却没有学籍，在户口本上"职业"那一栏的记载是"无业"。想要改变，必须在区教育局办理手续。学籍从无到有，不是一件容易的事，幸亏当时有父亲一位老友的女儿在那里工作，帮助解决。我一直感念我的老师和她。

复学的事情办得出奇顺利，不到一个月，我就从无业游民转变为中学生。四十年前的3月7日，我重返学校，这一天也标志着我进入社会的轨道。北京是春季开始新学年，按年龄我应该上高一，可是我除了会写繁体字、背诵诗词，别的什么都不会。在八九岁时，我花了一天工夫学会加减乘，此后很多年没有长进。在十五岁时才被辅导学了从除法到一元二次方程，至于物理、化学，则是一点概念都没有。在这种情况下，虽然学校对功课要求不高，我还是很有自知之明地降级去了初三。

我的日记写到这一天戛然而止。由于上学，生活骤然忙碌起来，再也没有时间写长长的日记了。

三月七日，星期一

从今天起我成为124中三年级七班的一个学生，一种新的生活开始了。几天来，心情总不免有着兴奋的感觉，无疑，这就是那未知的新环境引起的刺激。

我应当说是高兴的，虽然即将来到的这一环境并无什么吸引人的地方，也不会有多少令人愉快的遭遇，但由于我确实需要换一换环境了，所以，新环境，这本身就使我受到刺激，产生了愉快的情绪。

早晨七点多，我到了学校，先看见了Z老师，然后见到了陈，她带我见了我的班主任，一个二十一二岁，身材不高，略胖的姑娘，交了学费，即赴教室，坐下后，聆听了强调纪律的一方讲话，又听王老师（即班主任）训话一遍，至八点半正式上课。

从这一天起，我每日从永安里出发，穿过大雅宝胡同，步行五里地去学校。放学后，我经常出外交部街西口，南行到东单菜市场买菜，然后乘大1路回家。在这条路上我认识了许多人，后来又在别处不经意间相遇、告别，继续各自的旅程。

1979年的蓝星星

一

找到几张发黄的活页纸，是写于1979年的一个短篇。之所以能够确定年代，是因为这几页夹在同样的活页纸中、厚厚一摞高考复习笔记里。我依稀记得那年夏天住在中央党校北院父亲的办公室的时光里，曾经写过诗和小说，可是我一点也想不起《蓝星星》的故事，倒是这段扉语还有印象：

> 每个人心里都有着自己记得的小小的、阳光明媚的角落，在一生充满苦难与煎熬的过程中，可以永远从中汲取力量。

那年我十八岁，但是开头的语气竟然是《百年孤独》式的："许多年以前，当我在H省的一个小镇上教书的时候……"《百年孤独》是80年代中期翻译出版的，随即风靡一时，从此我就对"许多年以后"比较敏感了。

我在北京师范大学附属中学读高中，准备第二年高考。当时高中只有两年，前一年北京恢复重点学校和高中入学统一考试，我们这拨通过统考进入重点高中的学生后来被戏称为黄埔一期。这场考试我考得特别好，四门课总分376分，是宣武区第一名，据说也是全市最高分。因此我颇得老师们宽待，对我时不时旷课睁一眼闭一眼。我从来没有被评为品学兼优，穿着瘦腿裤，书包里藏着墨镜和烟。由于称病免体育课，自然与德智体全面发展的"三好"学生无缘。

从残存的文艺少年诗文和高考复习笔记来看，我当时是一种很分裂的生活：晚上属于我自己，读小说、闲书，码字；白天我属于学校、属于社会，认真而不紧不慢地准备高考。

《蓝星星》写的是一个盲女的故事："阳光照在田野上，照在路边的树上，把嫩绿的生命照得玲珑剔透……我走到她身旁，一双乌黑而茫然的眼睛正仿佛凝视着我。一下全明白了，她是个瞎子。我心中对她的责备顿时烟消云散，而充满了大多数人看见残疾人士都会有的很不好受的感觉。你看到一个有着同你一样的生命的人，却不能同你一样地生活、感受，这种情形简直令人悚惧。"

三十八年前的文字自不免幼稚夸张之处，而且有些模仿的痕迹，虽然如今我想不起也看不出模仿的是谁。在一个练习本里，我抄录了维柯《新科学》里的一些句子：

> 由于人心的不明确性，每逢它落到无知里，人就会把他自己变成衡量一切事物的尺度。

每逢人们对远的未知的事物不能形成观念时，他们就根据近的习见的事物去对它们进行判断。

凡是事物的本质，不过是他们在某种时代以某种方式发生出来的经过……通过这种对想像出来的神明的恐怖，他们开始把自己安排在某种秩序里。

我并不是很清楚，当时是否真正理解了这些今天读起来一点也不过时的话。另一方面我对自己和同时代的人，经过这许多年究竟有多少长进也心存疑问。

同时找到的，还有一本高考地理复习笔记，字迹工整，条理分明。貌似我当年还真的是很用功，如果我记得不错，第二年的高考模拟考试和高考本身，地理考试我都考了北京市第一名。不过最感到久违和熟悉的语言，还是当年政治课笔记要点，第一章是"形式与任务"，第一节是"大好形势"，有关政治的笔记要点很1979年，其中包括：落实政策、纠正冤假错案、"文革"是非问题、"右派"摘帽、加强民主与法制、发扬民主、加强党的领导、安定团结。

二

《蓝星星》里的我，骑自行车撞到了盲女。

那是由于阳光见的少而苍白的面容，像一幅纤巧的画，鼻子和嘴都相当精致，略有一点向上翘起。这样的生命，你一看到就会觉得与我们所在的世界很不一致。

我不知道这段描述有几分出自我的想象，又有几分来自我的初恋，大约相当反映了我那时的审美吧。单相思四年，几次约会后，我第一次体会到失恋的感觉。与其说是悲伤，更多是一种空旷。中央党校北院那时人不是很多，相当安静。西南角有一个池塘，我常深更半夜在那里散步，嗅说不出名字的花草芬芳，看萤火虫在池塘上、树丛间游荡。

那是文学与审美发生深刻变化的一年，不仅是"伤痕文学"的高峰期，"朦胧诗"开始发生深刻的影响，邓丽君的歌声在地下流传。我的朋友顾晓阳曾经写过一篇《奇人马德升》，记述这位"星星画会"著名画家放浪不羁而又几乎壮烈的前半生，他自幼患小儿麻痹症，1979年在星星画展上以木刻版画石破天惊，被公认为是中国现代派艺术的先驱之一。90年代初他因车祸丧妻并完全瘫痪，却以顽强意志终又恢复作画。

马德升当时就已经因其身挂双拐、健步如飞的形象颇有些名气，我曾经在离美术馆不远的地方从他手里买过《今天》。不过新月诗人和邓丽君的歌词似乎对我影响更大，比如8月27日写的《一个灰色的影子》的第一段：

没有星光的夜里，昏黄

　　昏黄的灯光独自彷徨

细雨中人儿飘零，流浪

流浪的人儿伴着灯光

拖着疲沓的步子，何方

何方是他的归宿故乡

一个灰色的影子，长长

长长的影子投在地上

　　这首诗写得相当长，句式讲究，结构完整。但如果我不是这次偶尔找到这个记录了九页诗的练习本，我也早把这些诗完全遗忘了。还是要感谢母亲和兄长，他们将旧的物事大部分收藏，这些年他们又只搬过一次家，所以那些少年时代的字迹，才能不管外面怎样风云变幻而得以留存。反而是我自己青年到中年时，由于搬过10多次家，热情与思想的记录多半随风而逝。

　　盲女在十年浩劫中随父母回到父亲的乡下老家，后来父亲死了，她却没有回到城里。

　　"习惯了也不觉得有什么，再说这儿总要比城市美一些。"

　　我有点惊讶，她什么也不能看见呀！我想她指的是这儿不像城市那么嘈杂，空气也要好一些。但是，她对我说：

　　"只有这几年我才真正感到了季节的变换，在城市里，我觉得时间一天一天地消逝，每天都是一个样子，可是在这里，大自然每天换一个样子。今天我就觉得春天比起昨天来离得更近了，桃花含着饱满的花蕾，杨树叶有寸许长了，就连西边的群山的远影都青了。噢，我的园子里的蔷薇开始抽芽了，我摸见那嫩绿的、软绒绒的芽了。"

她笑了，真诚、愉快，她的眼睛也闪出了一种奇特的、发散的光，绝不是常人喜悦地凝视某物的目光，却仿佛像是在梦中一样。一个使人又感动又恐怖的梦。人的心灵寄寓在眼中，但整个世界都不能从她眼里看见她的心灵，她的心灵也看不见整个世界。

尽管如此，她看见了一个多好的春天啊！有好多好多人徒然看见了活生生的春天，却不曾像她那样，在心中织出一幅春天的美妙图景。眼前一片黑暗，心中充满温暖，这使我久久不能平静……

对自己文字的陌生感，大约也不仅仅因为时光流逝带来的改变。我对世界的看法自然不同于1979年，我看到的世界也与那时恍如隔世。让我感到陌生和惊讶的是，在1979年，我竟然能够想象一个盲女看到的世界，竟然能够看到蓝色的星星。我并不知道，今天我是否还具有18岁时的想象力和怀疑精神。那时我显然相信，盲女看到的世界更为真实。后来我读到索尔·贝娄说：我们所看到的世界，从来不是我们想要的世界。我不禁会想：我们究竟看到了什么？

三

疑问发生在1979年，并不偶然。熟悉那两年历史的人知道，1977年的关键词是拨乱反正，1978年的关键词是解放思想。两者叠加起来，便有了1979年。那一年的大事之一是绝大多数1957年错划的"右派"分子被改正，但凡知识分子多的地方，"右派"分子就多，我从小就见到了大大小小、各式各样的"右派"。就连我的中学老师里都有好几位，其中物理课老师以出色的教学和对学生的关爱一直被历届学生怀念。我也曾经是她学生之一，有一段日子每天晚上接受物理竞赛辅导直到近11点才坐末班车回家。只是我很不争气，区里竞赛取前三名时我得了第四名，全市预赛取前五十名我是第五十一名。据说她身体依然很健康，对三十多年前弟子的事情仍然记得很清楚。她孑然一身，住在一家养老院里，谁也不见。

父亲所在单位，也有好几位刚刚摘帽的"右派"。其中一位满头白发、儒雅方正，他的夫人和弟弟都受牵连被打成"右派"。他的女儿在上大学，暑假时也过来住。我和这位比我年长几岁的姐姐很快成了好朋友，她从小就跟着被下放劳动改造的父母在田野之间度过童年，中学毕业后又去插队，上大学之前，有一大半时间在农村。她虽然说话文静、容貌清秀，却穿着简朴、不事妆饰，别有一种大城市里长大的女孩子多半没有的清新。她的眼睛很亮，待人真诚，但在南方的柔和背后不时流露出坚韧而固执的性格。

她曾经很详细地告诉我一家人在乡间的经历，那些艰辛的往事，她讲得平和、细致，有时温馨。那样的叙述方式本身有一种美感，当时让我很感动。也许就是从她那里，触发了关于盲女的想象。

《蓝星星》里的"我"，是从同一个城市来到小镇的文艺青年。

那时候我在小镇上是说不出的寂寞，远离家乡、亲朋，生活闭塞。

他见到盲女，不免有同是天涯沦落人的感觉。

自从我和她相识后，我找到了一个生活确实比我要寂寞得多的人，但是她从没有抱怨一点，并且尽可能活得快活，对她的家、花园、猫充满喜爱和兴趣。更重要的是，心里充满美丽的大自然的幻影。

我为她读小说或是诗，她静静地听着。我迅速发现她对作品有着惊人的感受力，我只能认为这是由于她的专注。她用整个心灵去倾听、感受，完全沉浸于其中，同其中的人历尽悲欢，陪着他们哭或笑。她要我把使她感动的地方重读一次，我往往在重读时体会到某些以往我未曾体会到的动人之处。

记得有一次我给她读了《夜行的驿车》，读完了，我发现泪珠顺着她洁白的双颊流下来。

"原谅我，"她说，"这故事太美了，我就像他那样，编出了好多梦想，可是在生活中什么也得不到。

"不过我想即使我得到了，也不会好太多。你知道我看不见，我总梦想要是我能看见，一切会是什么样子。可是你尽管什么都看得见，你也在梦想着一些你从来没见过的东西，你也和我同样希望、烦恼或是孤独。只有这样想，我才不因为自己看不见而感到无可挽回的悲哀，那样会让我活不下去的。"

少年时，母亲曾经发现我有自言自语的习惯。后来我就不再出声，但依旧在内心中和想象的人对话。这种习惯一直保持到现在，提醒着我在某种意义上，我一直生活在想象之中。一个自己构筑的世界，最终是心灵的栖息之地。这也折射出我的怀疑态度与一种悲观：人与人之间的互相理解，终究是一时的感觉，对于内心敏感的人来说，孤独是一种无处可逃的宿命。不过从另一个角度看，一个人如果有自己的世界，也就往往获得了内心自由，我行我素、不计成败、不在乎结果。这与内心强大与否无关，仅仅意味着无论现实怎样骨感，内心可以因为保留一块逃避之地而坚守。

夏天过去了，初恋已成往事，那个女孩来电话的时候，我很平静地回答她的问候，心中已经决定不再见她。秋季开学不久，我就提出申请改学文科。教务主任和老师们都反对，但是我一点没有动摇。我一直记得当时游吟诗人的梦想，只是记不清当时曾写了那么多诗，更想不起蓝星星是从哪里来的意象，那个虚构的我，又是怎样一种寄托？

四

一天，我怀着忐忑不安的心情来到她的小园子里。那时白丁香正在盛开，香馥在空气中飘浮。她坐在丁香丛旁，她的猫趴在她腿上。她的一只手搭在扶手上，另一只轻托着爱猫，头慵倦地歪到一边去了。但一听到脚步声，她就抬起头，睁开了眼，仿佛看见我一般，向我点头，露出欢迎我的微笑。

"是你吗？"

"是的。"我回答说。

"你今天带了什么书来？"

我在她身边的草地坐下，对她说：

"今天我带了几个我自己编的故事，给你听听好吗？"

"太好了。"她笑了，轻轻地拍拍手，"你好像有点紧张？"

"我还没把它们念给别人听过，我不知道它们究竟怎样。"

"那就让我来评判好了，吓，我可是很苛刻的呀！"

每当我读完一个故事，她就向我微笑，做个手势，鼓励我继续读下去。我一口气读了我写的所有故事，时已黄昏，夕阳沐浴着她。她的面庞快乐闪光，她伸出手寻找我，我握住她的手，她双手握紧我的手，那乌黑而茫然的眼睛里也流露着真诚。

"人活着像我这样虚度光阴并不难，不是吗？可是要想做点什么却很难，对不？你好像我的哥哥，也是我很尊重的人，要是你相信我，你就应该相信，你所要做的就是写下这些故事来，一个写得比一个更好。你还应该相信，不论出类拔萃或是默默无闻，只要你是用你的心在写，就永远有别的心理解你，为你祝福……"

在夹着这个故事的那一摞活页纸里，还有两页读朱光潜《西方美学史》的笔记，相当说明我当时感兴趣的方向。在经历"文革"高考中断十 年之后，上大学是一代人的梦想。我一方面想着写诗和故事，另一方面很明确地要考北大。也是在1979年，我带着自己写的旧体诗去见林庚先生，他鼓励我考北大中文系，我却没有想去。中文系并不出小说家和诗人这一点我当时就是很清楚的，国门初开，翻译小说、西方文史纷至沓来。弃理从文以后，我好像花时间最多的是学外语。读过几本英语名著简写本，如《大卫·科波菲尔》《汤姆·索亚历险记》，梦想着有一天可以用英语读原著。若干年后，我可以读原著了，却很少有时间读小说。在美国生活了近三十年后，我忽然发现自己更多是读中文，用母语写回忆、诗与故事。生活是一个圈，从终点又回到起点这一类感喟，年轻时就曾经读到或者自己写过，经历过才能感到其中难以言说的滋味。

不过1979年对于我来说更多是生命中令人怀念之轻。晴朗天空下，通往陶然亭旁边的少年宫土路上沙尘飞扬，大约是改革开放后，北京最早一拨练摊的在路边叫卖形形色色的东西。我从一个穿着领口油光的军绿制服的小伙子手里花两毛钱买了一个戒指，镶着一颗有机玻璃做的蓝宝石。我把它放在书包里带到学校，中午午休时拿出来戴在手上，看阳光里蓝宝石折射出的光芒。

那时见到一盘邓丽君的卡带，就像发现了一个新大陆。卡带从一家传到另一家，中间往往还经过转录。有一次我借到一盘带，至少转录过两次，歌声发闷，歌词听不清楚，倒有一声非常清晰响亮的关门声。

几天前和一群校友去温莎KTV唱歌，忽然听到邓丽君的《小路》，这不是她最广为人知的作品，却是我最初听到的邓丽君歌声之一。三十八年后，我又一次仔细聆听：

走小路有无数，

走大路只一条。
你要往哪里走，
也该让我知道。

天上的云到处地飘，
飘到哪里不知道。
你不要像天上的云，
飘啊飘啊飘得不见了。

生活的真实是，绝大多数时候我们并不曾意识到往哪里走，自己都不知道飘到了哪里。有许多条小路，偶尔交叉，但更多的时候是平行蜿蜒，通向天边。

只有盲女，她不会飘走，长存在十八岁的故事结局里。

两年以后，我调走了……我看见她陡然地睁大了乌黑而茫然的眼睛寻觅我，我的眼睛不禁一热，走到她面前，一膝跪下，拿起她冰凉的小手贴在唇上。她的手轻轻抚摸着我的面庞，仔仔细细地抚摸了一遍，像是要把它记在心里。等我抬起头的时候，我看见她的颊上挂着泪，她那双眼睛又仿佛在凝视着我，那双充满深邃无边的黑暗的眼睛。

她微笑着送给我的礼物，是一串项链，中间嵌着一颗蓝星星。

七号大院

Wolfgang Amadeus Mozart

Konzert für Klavier und Orchester Nr. 19 F-dur KV 459
Concerto for Piano and Orchestra No. 19 in F major, K. 459 · Concerto pour piano et orchestre n° 19 en fa majeur K. 459

Clara Haskil, Piano · Berliner Philharmoniker · Dirigent: Ferenc Fricsay

Konzert für Klavier und Orchester Nr. 27 B-dur KV 595
Concerto for Piano and Orchestra No. 27 in B flat major, K. 595 · Concerto pour piano et orchestre n° 27 en si bémol majeur, K. 595

Clara Haskil, Piano · Bayerisches Staatsorchester · Dirigent: Ferenc Fricsay

Deutsche
Grammophon
Gesellschaft

LPM 18 383 HI-FI

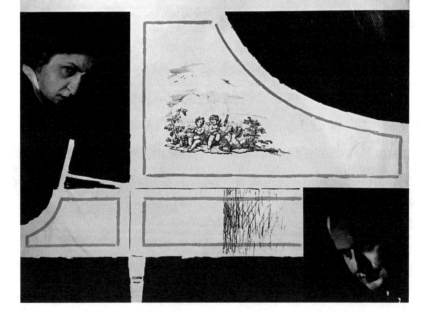

一

长大以后我才明白，七号大院的住户从皇亲贵胄到贩夫走卒、从饱学鸿儒到几乎不识字的干部、从曾经的地下党潜伏特科到如假包换的国民党简任官员，什么人都有，恰好应了十年浩劫里革命小报上经常出现的对联："庙小妖风大，池浅王八多"。

然而五六岁的我自然谁是谁都分不清，唯一觉得跟别人都不一样的，是住在同一栋楼里的白毛外国老太太。她究竟是哪一国人，我听到过好几种说法；她多大年纪，好像谁都不大清楚，最终不了了之。貌似比较确实的是，她嫁了一个中国留学生，于是不远万里来到了中国，但是若干年前她的先生去世了，从此她就独自一人住在这栋楼里。她没有子女，似乎也很少和邻居来往，我还清楚记得她微微驼着背，慢慢在院子里走路的样子。她是我见到的第一个深目高鼻的外国人，自然印象十分深刻。几十年以后，我在芝加哥街头看见一个老太太，一瞬间还以为时光倒流，回到了童年。这时我已经能够大约分别不同地区洋人的相貌，这位老太太应该来自东欧，很可能是波兰裔，芝加哥正好是波兰裔在美国最密集的地方。

外国老太太好像说不了几句中国话，不仅相貌不同，穿着也不一样。大院里别人不分男女，大多穿蓝制服、蓝裤子、白衬衫，老太太却是小花布长裙、夹克衫。如今回想起来其实很朴素，当时却看着非常打眼。幸好她是外国人，也被认为是外国人，在外国人非常稀少的年代，中国人民是非常友好客气的。所以不管周围的世界怎么变化，老太太独往独来、我行我素，没有人干涉，她只是大院里一个经久不息的话题。

老太太住在一楼，天暖和家家开窗的季节，走过她的窗下，有时飘来轻轻的钢琴声。就那么几首曲子，老太太翻来覆去地弹。有两三个慢的，有一个快的，若干年后，我知道快的那个是莫扎特的《土耳其进行曲》。

夏天快要过去，天气开始凉下来的时候，楼前面开了一个叫什么"破四旧成果汇报、封资修批判大会"的集会，大院里的大人小孩儿里三层、外三层看热闹。我从人缝里钻到最前面：有人在发言、有人在喊口号，两个青年把一摞摞唱片高举起来，然后狠狠地摔在地上。

我看见外国老太太就站在不远的地方，两眼直直地看着那些摔碎的唱片。几天以后，她碰到母亲，平常她们遇见会彼此用英文寒暄客气几句，这次她有些激动，滔滔不绝对母亲说了半天。后来母亲告诉我：她并没有完全听懂老太太的话，只是大致明白她在生气，在反复说"怎么能这么把这些宝贝毁了呢"！

似乎从那以后，老太太有相当长一段时间没有弹琴。时光进入1970年，大院的住户有一多半去了"五七干校"，变得冷冷清清，花木凋零。冬天雪后，我一个人在院子里堆雪人，忽然听见钢琴声响起，看见老太太家窗户开着，大概是透透新鲜空气吧。我一下子就听呆了。那时候北京的天还很蓝、雪也很白，我站在那里一动不动，琴声很慢，听上去很美，我不知道为什么有点想哭。

不久后，我搬家离开了七号大院。1972年到1973年，干校纷纷解散，离去的大人小孩们多半又回到北京。革命狂热消退后，生活又热闹起来，在地下传阅书籍、聚众听唱片都发生在那时。书经常有，唱片不常听到，因为没有几家人有唱机。即使听古典音乐唱片，也就是贝多芬的交响乐、舒伯特的艺术歌曲和肖邦的钢琴作品。

二

60年代末，北京街道和胡同墙上油漆得最多的标语是"广阔天地，大有作为"，中学生一毕业就去农村落户的知识青年上山下乡运动持续了大约八年。当时的规定是每一家不管有多少子女，可以留一个在身边，其他都要上山下乡，唯一的例外是去当兵或者考文工团。70年代初，学唱歌、跳舞、朗诵的青少年骤增，大约不仅仅是因为当时无书可读、无事可做，更不意味着他们突然就文艺起来了。一时风尚的背后，往往有实际的考量。早晨的公园里，吊嗓子的声音此起彼伏。

由于兄弟众多，在远方我看不见诗，只看得见长大以后要去农村插队的命运。我从小喜欢唱歌，碰巧声音条件被认为不错，也就想往考文工团这条路上走。家兄曾经往这条路上试，却因为父亲尚未平反，政审通不过，虽然考上了改名为"中央五七艺术大学"一部分的中央音乐学院，最终没有被录取。不过他的出色成绩很鼓励我，而且在他求师过程中，我见识了喻宜萱、沈湘等名宿。

从1974年到1977年，我虽然没有从师学习声乐，却经常旁听课和听唱片。虽然听的多半是卡鲁索、吉利、比约林等老一代歌唱家的单声道七十八转唱片或者开盘带，但偶尔也会听到贝多芬、肖邦、柴可夫斯基。虽然从小就听说莫扎特的名字，少年时却对他的音乐一无所知，只会唱一段《费加罗的婚礼》：

> 现在你再不要去做情郎，
> 如今你论年纪也不算小。
> 男子汉大丈夫应该当兵，
> 再不要一天天谈爱情。
> 再不要梳头油洒上香水，
> 再不要满脑袋风流艳事。
> 小夜曲写情书都要忘掉，
> 红绒帽花围巾都扔掉。

真正开始知道莫扎特是留学以后，也是莫扎特带我走进古典音乐的世界。1983年春，我搬到紧挨着学校山坡上的公寓，虽然只是一间十平米的小屋，却有了属于自己的空间。那一年每天晚上从图书馆回到家，就会打开古典音乐调频台，不仅听音乐更听解说，富特文格勒、霍尔维茨、奥曼第、伯恩斯坦这些名字就是在那时开始熟悉的。那一年我爱上了莫扎特，从调频台录下来许多盘钢琴协奏曲和交响乐。莫扎特写了五十多部交响乐、二十七部钢琴协奏曲，是海顿之后交响乐的开拓者，更是各种协奏曲的奠基人。

《第二十七钢琴协奏曲》是莫扎特最后一部协奏曲，写完不到一年他就去世了。不过这部作品并不像后来的《安魂曲》，多少有一些关于死亡的预感。从少年时代的钢琴协奏曲开始，莫扎特的作品具有一种不属于尘世的纯粹。第二十七也是如此，只是作曲家不再年轻，在第二乐章里听到一种深深的沉郁。也许正是因为这种沉郁吧，我格外喜欢第二十七。听老塞尔金的第二十七，那瘦削的风格我觉得尤其深邃。在某个夜晚，一曲听罢，出门望月在山头，树影黝黝，有宁静的感动。二十多年后在拉文尼亚音乐节听过彼得·塞尔金演奏莫扎特，虽然没有乃父的苍凉，但其精致在当今一时无两。倒是我自己经过几许沧桑，再听莫扎特纯净的河流有点恍如隔世之感。

上周末在朋友家聚会和一位青年声乐家聊天，说起音乐是最纯的一种形式，不需要借助文字或画笔，通过声波直达灵魂。比起当代音乐，古典音乐更纯，莫扎特又是古典音乐家里最纯净的。从第一次聆听，我就感受到他与这个世界的距离。许多次听罢，在宁静感动之余，更觉得深受洗涤。昨夜在地下室听盖泽·安达演奏《第二十钢琴协奏曲》，似乎还是不属于人世间的莫扎特才能带来安宁。从十一岁时写就的《第一钢琴协奏曲》到临终绝唱《安魂曲》，莫扎特音乐的成长是从天使走向天国。他的音乐除歌剧外与时空无关，与他的生活无关，毋宁说是上苍赐予这个纷纷扰扰世界的美好慰藉。

在听了许多遍《第二十七钢琴协奏曲》之后，有一天我忽然明白，小时候听外国老太太弹的就是第二乐章。她弹得很平淡，人到中年以后，才明白莫扎特的钢琴作品听上去波澜不惊，技巧上也似乎不太困难，其实很难弹出韵味。虽然童年的记忆未必可靠，但也说不准老太太是位高手呢。

三

不知从什么时候起，传说北京有一种大院文化，承载者自然就是大院子弟了。其实"子弟"这种说法，是1949年以后的一种身份划分，比如工人子弟、干部子弟、知识分子子弟等等。大院是一种居住方式，由于每一个大机构，如部委、兵种和大学，自成一个小社会。"大院子弟"是存在的，而且多少有一种连带感，然而由此引申出一种文化，则是可疑的。只能说一个大院有自己的命运与故事、真实与虚构，随着时光或者流逝，或者流传。

去年冬天，我回到阔别三十多年的七号大院。它依然在那里，陈旧不堪，与周围的繁华恰成对比，看上去不真实得好像一个电影城布景。也许这才是七号大院的真实：它是经历了天翻地覆变化后城市里的虚构，是许多记忆的集合，是逝去风景的梦幻般重现。90年代初，《天堂电影院》的主人公白发苍苍回到童年，令人感动流泪。如今我有同样经历时，却已和他一样，微笑着沉默。

母亲八十多岁的时候，喜欢在电话里回顾往事。她的记忆力非常好，能说出许多人、许多事的细节，虽然绝大多数我无法确认准确性。在母亲的经历里，外国老太太是一个微不足道的存在，事实上外国老太太一直离群索居，可能对所有人来说都微不足道。母亲告诉我，她是为数不多的能进老太太家的邻居之一。家很干净，空空荡荡，引人注目的是一台立式钢琴、一部唱机和一书架唱片。

据母亲讲，外国老太太是"二战"前在维也纳嫁给中国留学生，然后跟着先生到北京的。她的故乡并不是维也纳，她去那里是学音乐。母亲又说，到底她先生后来是病死，还是被抓起来，其实是个不解之谜。幸好她本人是个金发碧眼的外国人，上级说了要注意国际影响，所以大院里面的人对她都很客气。

听说老太太的家里人在"二战"中都死光了，所以她在丈夫消逝以后没有离开中国。

"她还是很小心的，听她对门邻居说，总是很小声地放唱片"。

当我走到老太太住的单元门外时，我还能找到近半个世纪前听到她琴声的位置。是的，如果她是小声放唱片，再关上窗户，从外面是听不见的。也许老太太就是这样，一个人度过了十多年的岁月。

我站在单元门外，早已忘却的一幕忽然呈现在眼前——年份无法确定，季节也是模糊的：阳光下，几个男人从外国老太太家把钢琴搬出来运走，一阵风吹落了覆盖在钢琴顶上的一块白布。琴与人就这样不见了，至于那些唱片，我从来没有见过，也不知道流落去了哪里。

芝加哥的西郊，有一个多次当选美国最宜居的小城，那里有许多华人住在树小墙新的大房子里，我却在夏日下午，按着广告的指示，抵达了小城中心一栋年久失修的平房。开门的是位衣衫不整的金发女郎，屋里窗帘紧闭、灯光幽暗，坐着一个光着膀子、睡眼惺忪的小伙子。女孩听说我是来看唱片，就很友好，小伙子一直不大清醒地瞪着我。我看到几十个装满唱片的纸盒子，堆在带屋檐的走廊里。

"能告诉我是些什么样的唱片吗？"

"我也不大清楚，"女孩儿有点不好意思地回答，"是我奶奶留下来的，我们根本不听，也不需要它们。"

我单膝跪在地上一张一张翻过去，翻了四个小时，选出两百多张。女孩开价一块钱一张，一百张以上就减到五毛钱一张。她收了我一百二十块现金，欢天喜地地对小伙子说"卖出去好多张呢"！小伙子用鼻音"嗯"了一声。

四

我从女孩手里用白菜价买来的唱片中有一张克拉拉·哈斯基尔弹的《第二十七钢琴协奏曲》。卓别林曾经说他平生只见过三个天才，爱因斯坦、丘吉尔和少女哈斯基尔，但是克拉拉在二十多岁时因为多病和羞涩的性格使钢琴生涯备受挫折，后来又因为纳粹避居瑞士，有一段时间连生计都相当困难。她到战后年过半百时才成为以演绎莫扎特著称的钢琴家，却在六十五岁事业处于顶峰时不幸摔伤猝死。

20世纪上半叶的音乐家历经战乱，生活并不容易。那时没有这么多音乐比赛，即使成名，也不是明星，报酬并不丰厚。不过部分也因为如此，那时代的音乐家也许有更纯粹的音乐追求，就像哈斯基尔的琴声那样纯净透明。

听着哈斯基尔写这篇文章的此时此刻，是2016年12月5日，莫扎特去世二百二十五周年忌日。即便不熟悉莫扎特生平的人，不少也看过1984年获奥斯卡奖的电影《莫扎特传》。不满三十六岁就去世的莫扎特一生辛劳，身后尸骨不知所终，连死因都众说纷纭。电影《莫扎特传》的故事应该是继承里姆斯基·科萨科夫的歌剧《莫扎特与萨雷里》，据史上那个著名的传说，曾经有一个黑衣人深夜造访莫扎特催索《安魂曲》，莫扎特写罢力尽而亡。电影里这个黑衣人是萨雷里装扮的。这部影片甫一面世就引起争议：一方面由于莫扎特是被萨雷里害死的这样一种阴谋论，另一方面是因为电影里的莫扎特傲慢无礼、肆无忌惮。在80年代，人们还普遍对古典音乐心怀尊敬，对关于莫扎特的耸人听闻故事和夸张刻画多有批评。不过电影拍得很好，得奖也是实至名归。此后三十年里，历史的解构与重建或者杜撰有很多进展。最新的莫扎特研究认为，他收入很高，但是一个不可救药的赌徒，所以中年穷困潦倒。人们对故事和八卦的关注总是超过音乐本身，这也是人之常情吧。

其实，把漫漫岁月浓缩成故事或八卦，未必能表达一个人的生平。演奏与作曲如同写作一样，是用去生命大部分时间的孤独之旅。日常周而复始，太阳底下无新事是生活的本来面目。所谓命运与时代，是那些改变人生、无可抗拒之力的名相。故事的动人，从来不在奇诡，更多在于个人与时光与命运之间的张力。尽管大多数是徒劳，没有多少可以改变；尽管故事更多被湮没，而不是流传；总有一些人我们埋藏在心底不会忘怀，总有一些东西我们历经沧桑依然相信：比如纯净，比如永恒，比如莫扎特的音乐。

我似乎终于明白外国老太太当年弹的是什么了。轻轻刷干净，用拇指和中指小心托起，以一种仪式感播放黑胶唱片。是肯普夫弹的钢琴奏鸣曲K331，最后一段就是那著名的《土耳其进行曲》。其实前面尤其优美，在冬夜里令人想起春天溪水叮咚。

白骨幽魂何处寻　　

一

　　在童年的眼睛里，七号大院巨大而神秘。"文革"里，后勤工人也都忙着闹革命，本来就不多的路灯一半灭了，也没有人维修。入夜，如果没有月光，连路都看不清。楼与树的重叠在一起，高高地罩下来，和黑暗一起，带来压迫感也带来莫名的兴奋感。我七八岁的时候，三四十个出生在生育高峰的小屁孩每天晚上在大院里逛荡。每当我从楼上的窗子里看到他们的人影飘过，就忍不住心旌摇曳，想要溜出去和他们会合。那时候大人们忙着批判别人或者被批判，兄姐们忙着自己的狂热或生活，我因为动荡，反而有了相对自由的童年。所以到了八九点，多半能够趁母亲没留神，溜出来参加到欢乐的呼啸中，像野风一样穿梭在大院的每个角落。
　　人院的西南角有一处地道，两二白米，通到大院的哥特式办公楼地下室。地道两头本来是锁着的，"文革"开始后，不知什么候铁锁被撬开了，和荒芜的办公楼一起，成了捉迷藏的乐园。地道只有大约一米高，就连小孩也要弓着腰，才不至于碰头。里面没有灯，地也不平，时不时还有水坑。通常不管是躲的还是捉的，都不敢一个人进去，而是几个孩子互相壮着胆，一起躲在里面或者去捉人。

地道口外面是一片空地，小时候觉得很大，如今想想其实只是院墙的一个拐角，也就是一个篮球场的大小。墙边有两棵高高的桑树，在树下我曾经第一次吃桑葚，记忆里那一天阳光明亮得晃眼。在一个夏天的夜晚，一群小孩子坐在空地上，围着一个大孩子，听他讲梅花党的故事。稀稀落落的星光下，一只绣花鞋自行向黑暗中走去，你只看见一只鞋在走，上面没有人……八岁的我听着听着开始手脚冰凉、头皮发麻。

天气渐渐变凉，到处都是"备战、备荒、为人民"的标语。秋天里有过两次防空演习，那地道就成了天然的防空洞，演习结束后地道就被重新上了锁。那年冬天很寒冷，没有打仗，但是大院里的大人小孩有一半去了"五七干校"，入夜后大院一片冷清幽暗。

无聊的夜晚特别漫长，大院里的每一点新闻八卦也就被放大。那年冬天最惊人的新闻，就是在地道里发现了一具白骨，已经腐烂得不可辨认，只是从衣着上看是一具女尸。很快传言就越来越详细，据说在尸体旁边整整齐齐地摆着一双高跟鞋，据说地道一直是锁着的，也没有被撬的痕迹，她是谁，她是怎么进去的，没有人能够说清楚。我似乎见过那具白骨，但是肯定没有见过高跟鞋。发现白骨后不久，地道口砌了一面砖墙，被彻底封死，从此再没听说有谁进去过。

二

1986年秋天，我曾经给文教授写过信，请教他去美国留学的事。文教授是燕京大学毕业的，1947年留学美国，专攻明史，获得博士学位后在大学里做东亚研究、教中国史。他70年代末来北京时见到父母，那时候接待外宾还是件不得了的事情，母亲难得地换上她唯一的一套好衣服，头发梳得整整齐齐，照例挺得笔直、精神十足。攀谈之下，原来是母亲的师兄，聊起燕园往事，不胜唏嘘。

我当时并不在场，但是清楚记得母亲回家后很有些感慨，叹了好几次气。那天晚上，家里只有我一个人，在墨绿灯罩的台灯下点一支烟，读朱光潜先生的《西方美学史》。母亲回来以后，见我在读书，就没有打招呼，进了里屋。我听到她的叹气声便走过去，看见从不抽烟的母亲，点起了一支烟。我没有问她，也没有说什么。我很早就知道，母亲虽然教导我"事无不可对人言"，虽然性格直率、言辞犀利，但是如果有什么事情她不想说，就会一点口风都不漏。她去世以后，我才发现对上一代的了解是格外少，在动荡中沉默往往是自觉不自觉间的自我保护。她留下若干本用字母代替人名的日记，而且多是寥寥数语、语焉不详，读来仿佛天书。我一边读一边想：多少秘密、多少故事就这样消失了。

我一直还是不知道文教授和母亲那大晚上究竟谈了些什么，应该是那些发生在30年代末的故事吧。转眼70年代末离现在也快四十年了，如今我回过头去看自己的生活，已经有了深深的流逝感。母亲那一代人经历了天翻地覆、一段十分浓密的历史，想来心中感受岂止是岁月沧桑！

文教授的回信极其详尽地介绍如何申请美国学校，一笔工整的小楷、漂亮的英语花体字，读起来是种享受，可惜在去美国之前，和其他的信件一起被我付之一炬。我从青年时代就不大清楚自己究竟想要什么、想去哪里，这种目的性的缺乏或许是先天的，适合理解文学，不利进取人生。所以我不曾像许多同龄人那样为了去美国十分努力，但是后来也稀里糊涂地抵达太平洋彼岸。若干年过去，安居乐业以后，听说文教授已经退休，定居在俄亥俄州一个小镇，恰好在我去东部的路上，便起了去拜访他的念头。

那个小镇是一个中等城市的郊区，也有百多年历史了。文教授中年时曾经在这里教书，结交了不少朋友，他喜欢这里的朴素安静、与世隔绝的氛围，老后就选择在这里度过余生。他住在镇上一幢19世纪末20世纪初的老房子里，外墙是蛋黄色木板，有一圈围廊。我去看他的时候，他夫人刚刚去世不久，房间里有一些暗、有一些凌乱，到处都堆满了书。

我到达这个仿佛温士堡的中西部小镇时，细雨霏霏，街景好似一幅19世纪末的风景画。文教授的热情款待，让我这个晚辈感动惶恐，他不容置疑地留我住宿，并且长谈过午夜，当然主要是他在讲，我在听。我多少也能感到，不仅仅是见到旧识之子的高兴，还有几许是因为日常的寂寞。我已经见过好几位学术老人，虽然在其所在的领域里闻名遐迩，在生活中却是相当孤单。他们离开象牙塔，回到尘世的生活，往往发现那里没有人可以交谈。他们付出毕生精力的那些课题，在别人眼中并不重要也引不起关注。明史在中国虽是显学，在美国却没有多少人专门研究。现实生活不是小说，写发不出去的信的赫索格或者上校，毕竟是夸张或者隐喻。

文教授的起居室和书房里，放着好几张家庭照片。他有四个子女、七个孙子孙女。他的子女没有人学历史，分别是医生、律师、公司高管和家庭主妇。他们对历史没有兴趣而且都住得很远，在东西两岸和外国，一年也难得过来看他一次。

"他们的生活、他们的世界和我的是很不一样的。"文教授笑着说。他见到一个学历史的人，自然就谈起他的研究。我一面听他讲明代皇权扩张与"三厂一卫"的变迁，一面想起母亲告诉我的有关他的事。

"您在燕京的时候认识我母亲吗？"

"当然认识。令堂是大家闺秀，风度非常好，人也很漂亮。不过我和令堂不是一个年级，说话不多，不大熟悉。"

"母亲听说我要来看您，让我问您一句：您还记得沈如卿吗？"

"记得记得，我一直在询问她在哪里，但是一直没有人能告诉我。"

"母亲让我转告您，她早就去世了。"

三

第二天早上起来，文教授已经煮好咖啡、做好早饭，坐在厨房看报纸等我，让我感觉很不好意思。我开车离去，开出半条街，从后视镜看见他还站在路边挥手。我忽然一阵感动，想起前一天晚上他对我讲的故事。同样难忘的，是文教授听到沈如卿死讯和讲故事时的定力。他的表情和语调始终柔和而宁静，然而我注意到他的手握成拳，微微颤抖。

文教授生于"惟楚有材"的湘水之滨，虽然家道中落，少岁贫寒，仍然维系了书香门第的家风。入燕京大学后，他极得历史系主任洪煨莲赏识。他毕业时抗日战争早已开始，他立刻不畏艰辛，辗转奔赴大后方。沈如卿是他在燕京大学时的师妹也是女友，原本说好一毕业就去南方找他，然而她还没有毕业，珍珠港事变就发生了。燕京大学被封、校园被日军占用为伤兵医院，沈如卿本来就是进步青年，激愤之下，奔赴延安。从此文教授再也没有她的音信，他潜心向学，直到1952年下定决心留在美国后才结婚生子。

我自然可以想象动荡历史中的事件如何影响个人命运，只一念之间便天各一方：一个是书斋里的学者，一个是戴着军帽系着腰带的女八路军。我也把从母亲那里听来的故事告诉了文教授：沈如卿不久服从组织安排嫁了一位老红军，然而婚后感情不好，没几年就离了。到进城以后，才又找了一个背景相似的党内知识分子成家。她曾经从事外事工作，但是后来因为家庭出身问题就不能做了，去了一家出版社当翻译。关于沈如卿是怎么死的、什么时候死的，母亲说她其实不是很清楚。

"谢谢你告诉我，虽然我早有预感，可是这些年我托人询问，一点消息都没有，就仿佛沈如卿这个人从来没有存在过。"

"沈如卿这个人确实已经不存在了，她去延安没多久就改了名字。"

"这一点我也想到了，但是我找不出她的新名字。"

"也许是因为她不仅改了名字，而且连姓也换了吧？"

在那个年代，参加革命以后改名字是很普遍的事情，但连名带姓都改了的倒不是很多。在母亲看来，那是因为沈如卿出身于大官僚家庭，改名换姓是彻底断绝与旧社会的联系、坚决革命的表示。母亲告诉我："沈如卿这个人真的不存在了。除非看过她的档案，没有几个人知道她曾经用过这样一个名字。"

"那么她是谁呢？"

"我后来见到她的时候，如果不是她叫我以前的名字，我是根本认不出她来的。她上大学的时候很瘦很文静，说话不多，低声细语；二十年后很胖很豪放，有点沙哑，粗声大气。"

"我见过她吗？"

"你还记得五号楼的陈阿姨吗？"

"Oh my God，闹了半天她就是沈如卿啊！"

四

我当然记得这位陈阿姨，也清晰记得七号大院昏暗的晚上10点。母亲和我趴在窗口上看院子里，一直等到看见一个人影贴着墙疾步走来，母亲才从窗前走开，去打开大门。一两分钟以后，我听到楼道里有轻微的脚步声，然后有人轻轻在门上叩三下。母亲开门，一个全身灰色的肉皮球"嗖"地闪进来，用极快的速度关上门锁好，然后长长地出了一口气。然后她会变出一块巧克力或者两块饼干给我，然后母亲就送我回屋里睡觉了。

不知过了多久，我醒来听见隔壁屋里有争吵的声音。我爬起来打开房门，走过去推开房门，一进去她们俩都不说话了，一起侧过头来看着我。我看见屋里烟雾弥漫，桌上摆着酒杯，陈阿姨两眼通红。

我问母亲："你还记得那天晚上你们都谈了些什么吗？"母亲虽然年近八十，依旧反应机敏，只是越来越多眯着眼睛，有时候眯着眯着就睡着了。她的记忆力仍然很好，尤其是关于她自己的童年，时不时忽然说出一段以前从没有告诉我们的细节。不过记忆本身是选择性的，遗忘有时是一种潜意识里的愿望。母亲对于陈阿姨曾经深夜来访的事情记忆全无。"她那时候已经病了，不可能深更半夜来我们家的。"母亲很肯定地讲，"她后来都不认识人了，天天在家里呆坐着，蓬头垢面，头发很长也不剪。"

"她为什么会生病呢？"

"还不是在单位里被整的。她一辈子都很要强，一直积极要求进步，可是出身不好，不但得不到重用，而且几乎每次运动都是陪着挨斗的。大概是1966年底吧，她爱人被打成国民党特务，她单位要求她离婚，站稳立场、划清界限，她没答应。后来她孩子在学校里受到压力，和父母划清了界限，她精神一下子就崩溃了。"

"真是像维尔涅说的那样：'革命会吞噬自己的儿女'啊！"

母亲对我时不时有出处的话，大多不予置评。她有她自己的话语系统，我们的交谈有时是平行的各说各话，但是彼此都很习惯。

"沈如卿在燕京功课非常好，当年是很骄傲的。参加革命以后，她努力改造自己，和劳动人民打成一片，能吃苦、能干活、能抽烟、能喝酒，可这些说到底是表面功夫，她就是没能打掉心里那份傲气、言谈举止里那份洋气。她在单位里和领导、和群众关系都那么回事，有个风吹草动，被抛出来是很正常的。"

"您知道她究竟是怎么死的吗？"

"这个好像谁都说不清楚。只听说她忽然失踪了，不久她爱人去了他自己单位的干校、孩子去云南插队，都再没有回来，也没有和七号大院的人联系过。你还记得那年冬天地道里发现的白骨吗？有一种说法，说那就是陈阿姨的尸体，可是谁也证明不了。"

我告诉母亲，我已经去看过文教授，他一直惦记、一直在找沈如卿的下落。我告诉她，文教授也说沈如卿当年很有英气，母亲听完叹了一口气。挂了电话，我忽然想起忘记向母亲汇报最重要的一件事。文教授在和我一起早餐时，告诉我60年代初在大学里收到过一封寄自香港的信，拆开来没有抬头，也没有署名，只有熟悉的笔迹写了两句诗，是他1941年在四川时，沈如卿曾经在信中抄送给他的：

何当共剪西窗烛，却话巴山夜雨时。

又是二十年过去，文教授和母亲都已故去很久。在一个夏天，我终于又有时间像童年那样满北京城逛荡。只是半个世纪前的北京几乎没有痕迹。七号大院不复存在，在大约是原来的地道口那个位置，盖起高楼，有一个类似玫瑰金花园一类的名字。那天我走到这里，忽然想起那难忘的白骨，已全无恐惧与神秘感，在渐渐暗去的天色里，霓虹灯越来越耀眼。

月亮门里的青梅竹马

一

"是的，当你走进月亮门，那几树桃花已经不见了，那个十六岁的女孩也只在你的记忆里。"

在一个春天的傍晚，在阔别三十多年后，在我走进七号大院的月亮门的瞬间，我想起满头白发的子山说的话。那是将近一年前的一个夜晚，我们坐在哈德孙河西岸一家意大利餐馆临河的座位上，在暖风习习中，望着对岸曼哈顿万家灯火。子山和我是第一次见面，虽然已经在网上相识有年。从论坛到脸书再到微信，文字往来时断时续，意见交流有同有异，直到有一天他看到我关于七号大院的文字，便告诉我那也是他出生的地方，于是我们之间的距离骤然近了很多。

从月亮门进来就是后花园，有弯曲的小路、干枯的喷水池和若干株深绿的松树。然而我的记忆里没有桃花盛开，据说"文革"里花园荒芜，不少花木都死了或者被砍掉，大概桃花也就是这样消亡的。那时我刚刚开始记事，所以只记得一个黝黑有点空旷的后花园。子山有着关于桃花美好的回忆，他在七号大院度过人生最初的十八年，经历那里兴旺的风景，然后在暴风骤雨中离去。

"我们家是被扫地出门的，所以我四十多年都没有回去过。"

子山又高又瘦，脸上有深深的皱纹。他的白棉布紧身衬衫熨得很挺括，头发梳得一丝不苟，皮鞋锃亮，是穿着讲究而谨慎的老绅士风度。他熟稔地点了一瓶红酒，手托着酒杯轻轻摇晃，和着萨克斯管的律动。虽然是初次见面，虽然他和我有年轮的差异，却没有陌生的感觉。我们不仅曾经住在同一个大院，而且长辈曾经是一个单位的同事。

"你还没有出生的时候，我父母就都被打成'右派'了。不过我妈妈还算幸运，没有被送到边疆，仅仅是开除党籍、降职降薪，到图书馆里做了一名资料员。我家也得以继续住在大院里，只是成了不可接触的人。"

我告诉他我父亲也差一点就成了"右派"，他曾经很详细地记录了事情的经过。父亲当时是七号大院负责人之一，因为主编一本书，暂时不在院内。运动初起时，来势汹汹，各单位领导纷纷制定指标，一个是百分比，一个是抓到哪个级别。父亲人不在，中箭也就很自然。为了自保，或者保与自己亲近的人，抛出别人是常见的做法。

有一天，父亲收到一位好心同事专程紧急送来的一份市委的报道，里面的内容是父亲曾经召开会议，容忍两个著名"右派"大放厥词云云，大有把他说成是"右派"后台的画外音。父亲既惊又怒，立即提笔写信说明情况，要求更正，写好以后立即拿着信去见院长。

院长是声望极高、资历极深的老党员，一生跨越晚清、民国和共和国。他住在距七号大院不远的胡同中间一个四合院，庭院深深，但是色调古旧，布置非常简朴。我童年时还见过这位老人，依稀印象里，他身材不高，相貌清癯，一双眼睛非常亮，微带笑意。

父亲那天气冲冲，甚至有点气急败坏地进了院长家，院子里却非常安静，只有初夏风吹树叶沙沙的声音。父亲向院长请示能否发这封更正信，或是再做些修改，院长微微一笑，用镇纸压住信说："你先到书房休息一下，看看书吧。"院长书房就在办公室旁边，父亲平常见他时，经常进去看书，那天却一点也看不下去，院长见他这样，就说："别急嘛，先看看书，冷静冷静再说。"

父亲渐渐冷静下来，他和院长相识多年，素来事之如师，此刻醒悟到院长的态度自有其深意，便问他："您看我的信可以发吗？"院长沉吟了一会儿才回答说："他们就是要你跳嘛。"只说这么一句，就不再说了。

父亲回家琢磨半天才恍然大悟：如果发信提出异议，岂不是可能被说成是反对市委？当天晚上，院长又找他谈话，对他说："反右是毛主席决定的，你怎么能不参加呢？"于是父亲回到院里参与反右。

二

餐馆灯光很暗，餐桌上烛光闪烁，轻轻回荡着的，是埃灵顿公爵的爵士乐。

"那次我看你关于《茵梦湖》的评论，'我过了几十年，才懂得美好记忆是沉在湖底的，是纯粹的，也是一去不复返的。'说得真好！我当时想是不是背后有你自己的故事呢？"

子山和我以前在网上讨论过不少问题，却从来没有聊过各自具体的生活。网上的交流，对于我们本来就是思想的，而不是私人的。只是有一次，当另一位网友在论坛上发了一篇关于《茵梦湖》的短文，子山的回复不仅显示出他非常熟悉这篇小说和各种译本，而且不经意间流露出一份悲伤。

"你听说过四号楼三单元住着一位姑娘名叫韦伊吗？"

"不记得了，大院里的女孩子我几乎一个也不认识。"

"我和韦伊，就像《茵梦湖》里的莱因哈特和伊丽莎白那样一起长大，我给她讲故事，我们一起在楼顶看星星。有一年国庆节放花，楼顶上挤满了大人小孩，那年的花火特别缤纷也特别大，一簇花火最后闪亮时，噼啪作响落下来，仿佛就要落在头上。韦伊这时会不自觉地紧靠在我身上，一只手抓住我的手。她冰凉的手很小、很柔软，多年以后，我还能很清晰地感觉到当时那种触觉。"

"等等，四号楼三单元，哈，你说的是伪翻译官的女儿吧？"

"你也知道这个，看来她父亲这个外号流传了好几拨小屁孩啊！"

我当然记得伪翻译官：闪亮的秃顶，戴着金丝眼镜，裤缝笔挺，见人打招呼时点头哈腰。后来我自己留日，才知道那是因为在日本多年养成了鞠躬的习惯，回国以后努力改，又没有完全改掉，看上去有点不伦不类。

"韦叔叔确实是七号大院的日语翻译，'伪翻译官'这个外号应该是从他的姓来的，也可能是了解他的人故意给起的。韦叔叔是钱稻孙一流人物，很小就去了日本，在东京长大，据说从日本大学毕业回来时，日语说得比中文好。他的重大历史问题是抗战时在伪政府任职，虽然官不大，但是污点已经存在，足以让他从此抬不起头。"

子山的父亲被送到北大荒改造，母亲带着三个从两岁到七岁的孩子，和韦翻译是同一单元的邻居。韦翻译是通人情世故的人，知道自己的身份和位置。以前子山父母都是革命中年，彼此遇见只不过打个招呼，等到子山一家落到更为窘迫的境地时，他反倒热情起来，时不时帮子山母亲做点力气活。当然他很谨慎，与阶级成分不好的人过从密切，是容易招来闲话甚至灾难的。不过两家的孩子年龄相仿，又在同一所小学，经常在一起玩就不足为奇了。

难怪我从来没有听谁提起子山，他从上小学起就独来独往，低调沉默，习惯像影子一样生活。

"'文革'前还算好，至少同学们还和你说话，老师态度也还温和。不过我很早就有自知之明：像三好学生、入团这些事情与我无缘。小学上初中的时候，我还不太理解为什么我功课很好，却被分到离家不远一所很一般的中学；到考高中时我已经知道，除非考得极好，否则政审就会把我刷下来。我干脆不复习功课，整天看小说，于是我高中留在同一所学校。事后看来，这样也好：同学们都是胡同串子，对国家大事不怎么关心，'文革'开始后，闹腾了一阵就算了，我也就乐得逍遥。"

"逍遥派"是"文革"里的一个专有名词，一般是指那些没有参加任何一派的青年学生。他们是一种隐形的存在，数量有多少，比例有多大，现在谁也说不清。有些人是因为出身不好，谁都不要；有些人是因为不关心或者胆小，哪一派都不愿意参加。子山和韦伊这样的，大概属于兼而有之。

"我当时是个不合时宜的文艺少年，不过话说回来，真正的文艺青少年从来是不合时宜的。"

"呵呵，'文艺青年'这个词现在被用得太滥，以至于许多人都自以为很文艺。"

"是啊，当下语文里的'情怀'一词使用频率，和半个世纪前的'革命'差不多。不同的仅仅是，那时候如果谁不表现出革命面貌，就会有些像做贼一样心存恐惧。"

我后来在微信群里问过几位比我年长的女生，她们或者根本不记得，或者知道名字，却不熟悉也记不清韦伊的模样。看来韦伊很少与人来往，也不是一个给人深刻印象的女孩。据子山讲，韦伊更像19世纪欧洲小说中的某个少女：安静、胆小、与世隔绝，喜欢的事情不外乎读小说与织毛衣。

也许正是因为他们在大院和学校里都是形只影单，反而多了两个人在一起的时间。子山承认后来他最常想起的是，下午的阳光斜射进屋里，落在插在瓷花瓶里的塑料花上，光束照见花上的薄尘，韦伊坐在旁边低头打着毛线针。那一刻人世间的风云仿佛从来不存在，时间停止成一幅静物。

三

"文革"一开始，图书馆就关门了。第二年春天，门前长起高高的野草，后面第二层楼的玻璃也被打碎不见了。子山母亲这样的"右派"，属于陪斗的老运动员，除了时常去院部里的学习班，倒也清静。她的领导成了走资派，周围群众成了造反派，都不需要再待在空空荡荡的图书馆，就把钥匙交给被认为老实可靠的她。她每天去转一圈，其他时间在家买菜做饭，抚育子女，努力保持动荡岁月里相对的常态。

子山从小熟悉图书馆的里里外外，这时知道馆里空无一人，又看见后窗没了玻璃，就在月黑风高时翻窗户进去，打着手电筒找出些书搬回家里看。这样的事做了两次，就被他母亲发现了。不过她觉得孩子喜欢看书没有错，于是一方面严禁子山再行鸡鸣狗盗之事，另一方面干脆自己每次放一两本书在包里，从图书馆拿回家，过一段时间再还回去。

这样的事当然要严格保密，母亲告诉子山这些书绝不可借给别人。然而子山虽然满口答应，又怎么能不借给韦伊呢？尤其是当他读过屠格涅夫的《阿霞》《初恋》之后。那年他十七岁，正是阿霞的年龄。这两部美丽而忧伤的小说，使他激动地在楼顶上披着午夜的月光走来走去，反复念着一个名字。

楼顶的巨大平台、银白色的月光是七号大院孩子们共同的记忆，我也曾回到那里寻找往日踪影。在那里，光阴似乎没有留下太多痕迹，如同当年那样，有一根根绳子拉起来晾衣裳，有一个小保姆模样的姑娘正在晾一件件外套、衬衫和内衣。

"你看过《阿霞》和《初恋》吗？"子山问我。

"看过，而且是在和你差不多的年纪。两篇小说在一本书里，还是竖版的，可能你看的也是这个版本吧？少年时读，我也觉得好美好动人；中年时重读，却觉得屠格涅夫其实是朴素细致地写悲哀而真实的故事，甚至有点残酷。"

"是的，可是我十七岁时读不出这些。同样的书在不同的年龄读，会有完全不同的感觉。"子山抬起头，望着南流的河水微微苦笑了一下。

"韦伊告诉我她已经读完了，我约她在后花园月亮门那里见面。天很蓝，桃花盛开，韦伊梳一条长辫子搭在胸前，手轻轻搓着发梢，双目低垂，脸色粉红，说话声音很轻。下午的阳光掠过她的脸，从侧面映出长长的睫毛、极薄的绒毛，让我看呆了。"

"她并不喜欢《阿霞》《初恋》，对吗？"

"是的，她一点也不激动，告诉我读完她挺难过的。她说这两个故事都不是她想要的，她只想有一个人和她一起，平平安安；她说她希望爸爸赶快回来，能够和妈妈在一起。"

子山的父亲1979年才调回北京，在此之前的近二十年里，每年只能回来一到两个星期，每次回来，终不免和妻子大吵一架，然后和好，然后黯然离去。那时一家人在一起只是一个难以实现的念想，很快"广阔天地，大有作为"的大标语铺天盖地贴在城市的大街小巷。为了将来小妹妹能够留在城里，子山和二弟很自觉地去农村插队。在远赴云南的前一天晚上，他去向韦伊告别，韦伊也即将跟着哥哥去山西落户。韦翻译紧紧握住子山的手，子山看见他的眼睛在近视眼镜后面黯淡无光，而韦伊的眼睛红红的。她送给子山一个日记本，在扉页上她没有写流行的豪言壮语，只写了四个字："愿你平安"。

四

《茵梦湖》在德语文学作品中并不很著名，作者施托姆虽然是19世纪上半叶"诗意现实主义"重镇之一，但是在群星璀璨的德国作家中也不是很突出。然而《茵梦湖》在1921年就被郭沫若翻译出版，比《少年维特之烦恼》还早，曾经风靡一时，前后有二十多个译本。《茵梦湖》其实是一个很简单的爱情故事，几乎没有展开就结束了，留下湖畔水雾氤氲。岁月的底色琐碎而粗粝，卷走绿荫与模糊的梦境，留下荒草与坚硬的疤痕。

"后来你和韦伊怎么样了？"

"我在云南橡胶林里干了七年。开始还给她写长信，她的回信总是很短，而且不是每封信都回，我的信也越来越短，时间间隔越来越长。1969年'一号通令'发布后，我家被赶出七号大院。母亲去了'五七干校'，北京的家就这么没了。我曾经以为我会一直留在云南，过去的事只有任它烟消云散。"

在橡胶园里日出而作、日落而息的那些年过得很快，后来回想起来仿佛一片空白。某年某月的某一天，子山收到母亲的一封信，说她今天见到韦翻译了，他这些年老了不少。听他说，韦伊结婚嫁到了太原。子山读完信，点上一支烟，想了一会儿，然后就又划了根火柴把信烧了。

"文革"结束的那一年他终于回到了北京，第二年考上了大学，成为所谓七七级大学生中的一员。然后考研、出国、读博、工作、下海，生活就像时代的脚注，一页一页翻过去。

在出国前不久，子山收到一封信。韦伊还是写得很简短，平平淡淡地叙述这些年她生活的变化，附了一张她抱着儿子的照片。最后她写道："听说你要出国了，除了当年的那句话我又还能说什么呢？愿你平安。"

"你后来还有她的消息吗？"

"没有。如果打听，大概可以打听到，但是我没有去问过。想必现在早就当奶奶了。"

我忽然想起多年前写的一首诗，就找出来给他看：

> 胡同里的情人
>
> 当了祖母
>
> 为秋天加一行注释
>
> ……
>
> 就像落叶是永恒
>
> 怀旧是一种瑜伽

我们离去时，河上的风已经吹来徐徐凉意。对岸巨大的城市灯火辉煌，近在眼前，又似乎相当遥远。当我眺望据说一切戏剧都在这里上演的曼哈顿，刚才和子山一起回忆的故事显得更真实，又似乎从未发生过。

我和他握手告别时，真诚地谢谢他让我了解一段很私人的感情。我告诉他，我久已习惯不去问别人的私事。子山的目光忽然闪过一丝狡黠的笑意："你不认识我，我可早就知道你。"在我愕然之间，他已经坐进了他的车，发动引擎，摇下车窗，对我大声说："我妈妈叫文影。"然后他就从车窗里伸出手挥舞着，一骑绝尘而去。

五

父亲晚年对院长更加佩服，不仅仅因为院长挽救了他的后半生，更因为院长对世事的洞若观火。他一眼就看出来父亲对运动的消极态度，所以直接安排父亲去参与。他什么都没有说，但是料到父亲会明白，只有积极参与才能最好地保护自己。父亲被安排去指导两个部门的运动，在知道"引蛇出洞"的情况下召开座谈会，有的人因为在座谈会上的发言被划为"右派"。父亲在主持会议时，为了保护一个朋友，曾经中断会议，私下提醒；但是另一个朋友放炮太快，父亲来不及阻止，眼见着她落入陷阱。

也许因为这一段经历吧，父亲在1979年把几位改正或还未改正错划的"右派"调入所在单位，文影便是其中之一。由于有七号大院的渊源，彼此更多一些信任。我小时候不记得她，这时又忙于上学，所以只是时常听说她的名字和一些故事。

我印象清晰的，反而是文影的丈夫浦哲，也就是子山的父亲，一个看上去很儒雅的江浙文人，在林海雪原生活了二十二年，本应白皙的皮肤皱纹密布，全无光泽。他回北京申诉找父亲商量，父亲建议他直接去找当时负责改正错划的领导。浦哲愣住了："人家会接见我吗？"

"会的。"父亲很肯定地说，"他家大门是敞开的，和他这个人一样。再说他曾经是你的老领导。"

浦哲半信半疑地去了，几天后兴高采烈地来到我家，向父亲鞠躬致谢，告诉他那位领导不仅见了他，而且马上批示解决他的问题。父亲很为他高兴，我记得这件事是因为我也跟着蹭了一杯白酒。父亲在饭桌上对浦哲说，他不必感激谁，这只不过是纠正以前的错。父亲说他自己就很惭愧，在不少划"右派"分子的文件上签字，这样自己才得以幸免。

那天晚上浦哲叔叔喝得脸通红，眼里含着泪。

几天后我回到家里，把想起来的细节发给子山，但是没有得到他的回复。我后来几次和他联系，包括打电话，却都没有回应也找不到人。在信息时代，联系上一个人很容易，但如果失去联系，也有许多种可能性。在询问共同认识的网友，但仍然联系不上子山后，我想还是顺其自然吧。

月亮门、后花园竟然多少还保留了儿时的模样，我坐在旧楼回廊上，直到天色完全黑下来，当年的松树成为影子。

一个老三届失踪者的故事

去年3月底，在北京见到上海著名学者朱学勤教授，在一家普通的烤鸭店，喝着近似二锅头的烈酒，聊着很尘世很无奈的话题。以我见识所及，当下大名鼎鼎的知识分子或者文人看上去都是普通人，生活也大多很平民化，在人群熙攘的北京街头，一转过街角就找不到了。

第一次知道朱学勤教授，还是90年代读到他那篇名动一时的《寻找思想史上的失踪者》。"六八年人"的说法，很有翻译文学和沪上的气息，如果在北京可能说得直截了当："老三届里忒有思想的那几个。"

这篇文章里我以为深刻的是，"这一代人精神短命的内在原因，还在于当年我们吞下的精神面包，既有营养也有毒素……在当时的阅读氛围中，读黑格尔、别林斯基是有启蒙作用的。然而另一方面，则有可能在一个史深刻的层面上接受并捍卫正在迫害我们的意识形态"。那天的饭局上，我是最年轻的，又来自远方，对于现在进行时似懂非懂，自然就多听少说。在沉默中，我忽然想起小时候像条尾巴跟在兄长辈后面听他们聊天的情景，想起七号大院的后花园。

一

七号大院的后花园在1969年全无灯光，周围的楼房回廊在夜里漆黑寂静。传说闹了几回鬼以后，没有谁敢再去那里捉迷藏，偶尔还有想练胆或者想吓唬别人的男孩子出没。花园中央的喷水池早已干涸，月光落在鹅卵石池底，泛着灰白的光芒。起风的时候，高高的柏树巨大的影子微微摇过来，遮蔽喷水池的一小半。

那个闷热的晚上月黑风高，喷水池也很幽暗。不记得因为什么事，我跟着一个比我大两岁的孩子，从大院东北角抄近道穿过后花园回家。在黑暗的楼道回廊里，他问我："你害怕吗？""还行，我在黑夜里走过路了，去和平街北口交通部宿舍，要穿过一片没有灯的小树林呢。""嘘……"大孩子忽然停住脚步，让我噤声。我随着他的目光往前看，看见两个人影从柏树的阴影中走出，走到喷水池中的空旷处停下，面对面站着，好像在说什么。两个人影有时分得很开，有时很近，几乎合二为一。

不知过了多久，忽然天空一道闪电，在瞬间的光亮里我看清了那两个人是谁，张大了嘴，差点叫出声。

隔壁单元的云家有五个女孩，自然就被称为"五朵金花"。她们都比我大多了，老大是"文革"前的大学生。我最熟悉的是三姐，因为她总是微笑着，而且从小就给我糖吃。三年困难时期出生的孩子有一个共同点：谁给吃的就跟谁好。于是三姐成为我童年时代女孩子的典范：高挑、阳光、眼睛明亮。若干年后翻阅民国时杂志，惊艳于英格丽褒曼鼻子高、嘴唇丰满，更加巩固了我的审美指向。三姐的父亲是一位老先生，身材颀长，深目高鼻，一头银发梳得一丝不苟，走路、说话都很有气度。他据说是民主党派的高级人士，也有人说他是地下党。后来学了历史，我才恍然大悟，最大可能是两种身份兼而有之。

闪电照亮了三姐的脸，那份惊惶、迷茫，多年以后我还记得很清楚。不过当时让我惊讶的是：她不是已经去黑龙江建设兵团了吗，怎么会突然深更半夜出现在后花园呢？

她对面的苏以诚比我大一轮都不止，他不认得我，我却知道他是七号大院青年人里最有名的一个。家里收集的各种红卫兵小报上面，经常有他的文章，所以我识字没多久，就认识了他的名字。苏以诚个子不高，戴一副白边眼镜，看上去瘦弱书生的样子。他家住在大院角落的平房，那里面积狭小、没有暖气，条件要差很多，住户多半是工人。苏以诚的父亲也是瘦瘦小小的，在资料室里工作。母亲每次见到他的父亲，只要旁边没人，总是非常客气地招呼一声"苏先生"，苏先生也会回母亲一声先生。

大孩子很懂事地叮嘱我："你今天晚上看到的，跟谁都别说。"我一边答应着，一边回到家就告诉了母亲，她也命令我在外边不要跟别人说这件事。

二

离开七号大院以后，好几年没有见过三姐。在光阴里，我长到身高一米七二，嘴唇上面一层薄髭，也戴上了一副白边眼镜。"批林批孔"正在进行，报刊上轰轰烈烈、单位里如火如荼，生活中却是冷漠取代了狂热，流行的是甩手疗法、打鸡血、自己做家具等等。

在严厉的管制下，读书会很容易被打成地下反革命集团，几乎不存在任何定期的、有组织的活动。然而经常会有某本书地下传阅，偶尔也会有某些人的话口口相传。海棠花开的夜晚，我跟着一位兄长来到西城区的一个小院，主人也是一位老三届高中生，听说是请了一个人讲黑格尔。一间不到二十平米的平房里，坐了二十个听众。来讲的就是苏以诚，跟着他一起进来的自然是三姐。

苏以诚讲了些什么我完全不记得了，估计当时也没听懂。只记得他穿着一件两袖打着补丁、洗得发白的蓝制服，与大多数人敞开领扣不同，他从第一个扣到最后一个扣得严严实实，给人一种严肃而又拘谨的感觉。他在演讲时，苍白的脸泛起红晕，激情而雄辩，自有一种逼人的气概。三姐的脸也泛起一层粉色，目光里满含爱慕。

我正在朦胧初开的年纪，敏感于心情带给人的变化。一个男人一生中，可能有一段他的巅峰岁月，精气神十足，看上去仿佛披着霞光；一个女人一生中，也可能有一段她的最美时光，幸福感溢出，看上去仿佛鲜花盛开。那一年苏以诚终于从插队的地方病退回城，在一家街道食品厂当两班倒的工人，每天和八小时糖浆，月薪三十多块钱。他来我家借过书，看上去很快乐。在1974年，有一份工作，有女朋友，下了班还有书为伴，大概真的是很幸运吧。三姐也从黑龙江回来了，在一家茶叶店当售货员。我去她店里买过茶叶，客人不多，很清静，还飘着一股茶香。由此，长大以后去茶叶店当售货员成为我少年时具有现实可能性的梦想之一。

他们不久就结婚，第二年到家里来过一次，和母亲关上门聊了半天。临走时我和他们打招呼，三姐双颊通红，看着我说："老四长得好快呀！"后来母亲说，他们是听说我家认识老中医来请她帮忙介绍的。三姐在东北站在冰冷的水里干活落下了病，怀不上孩子。又过了一年多，他们带着襁褓里的婴儿到家里来谢谢母亲。

生活在继续。高考恢复以后，苏以诚因为工龄不满五年，不能带工资上学，考虑到有家有孩子，就没有参加高考。过了两年，他想直接考研究生，却考不过那些比他年轻许多的人了。不过他一如既往，很勤奋地写文章、四处投稿，偶尔能发表一些介绍德国古典哲学的短文，凭此被借调到一家哲学杂志当编辑。虽然不再是主角，更多是听众，他仍然参加京城各式各样的座谈会、研讨会，我也偶尔还能听到他的消息。

1984年春，我留学后第一次回国探亲，在王府井新华书店巧遇苏以诚。那时候留学生还很少见，他很热情地邀请我去他家，"给我们讲讲国外的事情"，我也觉得该去看看三姐。他们家是单位新分的一室一厅，一家三口住着有些局促，但是布置得很温馨。三姐早就调到商业局里坐办公室，工作不忙，相夫教子，一副贤妻良母的样子。苏以诚问我对国内前一段时间闹得沸沸扬扬的"异化"问题怎么看，我说"异化"这个概念本身其实是源自黑格尔体系，在那里人性的完整与应然被认为是不言自明的，而我对此是怀疑的，我更愿意用"荒诞"去描述人的状态与人生的过程。苏以诚听得很认真，不过他未置可否，只是说"异化问题在这里没有那么简单"。我完全同意他，当时现实问题往往以一种很哲学的方式呈现，利害因素常常披上一层煽情的或者道德的叙述。

那天晚上，我第一次知道他父亲原来是40年代留美回国的，后来因为思想落后、出身又不好，就被打发到资料室去了。"还是像你这样好，年纪轻轻就能出去看世界，学到新东西"。他把虎头虎脑的儿子叫过来说，"你要向叔叔学习，长大以后也去留学"。他儿子瞪了我一眼。

<h1 style="text-align:center">三</h1>

情人节的黄昏，电话铃忽然响起。

"大卫叔叔，您好，您能听出来我是谁吗？"

"叫我叔叔的多了去了，你是哪一位呀？"

"我是绍恩。"

"哦，好久没联系了，最近都好吗？"

绍恩是个很沉稳的中年人，在硅谷一家高科技公司做高管，妻子在家抚养一对可爱的子女。我上次见他是几年前去旧金山，他晚上专程来酒店看我，礼数十分周到。和以前见到他时一样，他很真诚地谈他的生活规划、未来前景、他对这个世界和当今一些事情的看法。每一代人都有自己深信不疑的一些出发点，和他们所在的国度、所受的教育息息相关。绍恩在北京上到初三，第一次坐飞机就到纽约皇后区和父母团聚。父亲在大学读博，每个月有四百五十美元的奖学金；母亲在法拉盛中餐馆打工，每天晚上带菜回来。绍恩长大后很少吃中餐的理由，大概就在这里。有一段时间他和我一起吃饭比较多，大概也是因为别的叔叔阿姨只喜欢中餐，而我比较杂食吧。

另外一层原因，据绍恩说是他愿意跟我聊天。"你对你说的东西不是那么不容置疑，你经常告诉我你的困惑，你也经常让我感到你不知道自己要什么。这一切刚好是我当时的状态，又刚好和我爸爸、妈妈还有身边的叔叔阿姨们相反，他们都很清楚自己要什么，而且坚定不移。"那时绍恩硕士刚毕业，在芝加哥郊区找到第一份工作，住在离我家十英里的一个小镇上。

三姐的电话直接打到我公司办公桌上，自报家门时，我又一次惊讶得张大了嘴。在一通长长的电话里交流更为漫长的岁月，是当代生活常见的风景之一。

我没有问三姐，为什么在90年代的第一个夏天到美国从头开始。波澜起伏的80年代后，许多人漂洋过海，每个人都有自己的具体原因吧。只是对于苏以诚这样已过不惑之年，在国内又开始有点名气的人来说，如此决定相对更不容易吧。哲学专业的博士，在美国首先不容易读下来，其次读下来不容易找工作。苏以诚坚持了快五年，然而纽约居，大不易，最后他还是和大多数人一样，转行去做电脑编程。

"他现在怎么样？"

"他去了南方，"三姐平静地告诉我，"我们已经分开了。"

我一向缺少想了解他人私生活的愿望与习惯，很多事情是绍恩告诉我的。他需要厘清青少年时代记忆的纠结、文化的冲突，开始属于他自己的生活轨迹。上小学的时候，绍恩很崇拜父亲，那时苏以诚因为两篇文章声名鹊起。他本来思路严谨，观点大胆时就显得格外有力。不过木秀于林，即使未被风摧，至少是谤亦随之，我多少可以想象他进入90年代去国时的失落。

然而绍恩看到并朝夕相处的是父亲在皇后区的失落，他和父母在地下室住到高中毕业。他逃离到大学宿舍，父母逃离纽约，同时也分道扬镳。

"我对他们两个都很同情，妈妈活得辛苦，有很多焦虑，自然脾气不好；爸爸英文不行，博士根本读不下来，却又无法面对，心情一直很压抑。"

最终苏以诚还是与生活妥协，放弃了哲学，若干年后成了一名资深电脑系统专家，在得克萨斯安家买了个大房子，养了一条黑贝。三姐往返于中美做贸易，绍恩有了孩子以后，也搬到了湾区，她有空就去看看孙子孙女。

四

绍恩挂电话前，忽然说了一句："找不到他其实也没有关系，只要他在天国快乐就好。"

"是这样，是这样，"我含混地回答，"妈妈还好吗？"

"她还好，前两天告诉我，有一天她不在了也海葬。"

"嗯，海葬挺好，我父母都是骨灰撒在海里。"

去年我从北京回来不久，忽然接到绍恩的电话："大卫叔叔，我给您打电话，是告诉您爸爸不在了。"

"这怎么可能！我和他前天刚刚通过微信。"

"他是昨天出的事，开船出海，遇上飓风失踪了……"

我和苏以诚此前不久连上了微信，知道他已经退休，卖了房子住公寓，买了一艘小船，经常漂在海上，漂着的时候，重读《精神现象学》。我把《寻找思想史上的失踪者》转给他："以诚大哥，写写文章吧，证明一下你的思想依然健在。"

"我们这一代人哪里有多少思想，没有思想又哪里说得上失踪啊！"

我没有想到一语成谶，没过多少天他就出了事。绍恩和三姐都去了得克萨斯，海上搜索最终一无所获。绍恩告诉我，他和母亲有相当一段时间无法相信这是真的。

有一件事我一直没有告诉绍恩，因为我也无法相信这是真的。在12月一个寒冷的冬夜，我忽然收到一个从苏以诚账号发来的微信："老四，你好吗？来自基多的问候。"

愣了半天后，我回了好几个微信，但是再没有得到他的回答。

志士遗老皆尘土

一

上世纪90年代没有GPS导航，也没有网上预订旅馆，往往是一放假，就开车去一次说走就走的旅行，到深更半夜开车累了，就在高速公路边的酒店睡下。后来我一直很怀念这种随意的、自我赋予不确定性的旅行方式：没有一定的日程，有时连目的地都没有。

有一年秋天去东部，在上纽约州山里遇暴雨，天色全暗，前方几乎什么都看不清楚。好不容易从山里开出来，已经过了晚饭时间，我又饿又累。这时抵达一个小镇，忽然看见路边有一家中餐馆招牌居然是"北京饭店"，立马停车进去。一位胖胖的白人姑娘招呼我坐下，菜单全是英文。我笑笑问她："你老板真是从北京来的吗？"她说："我觉得是。"我告诉她，我真的来自北京。

我正在喝送来的一碗酸辣汤，忽然耳边响起了很正宗的北京话："这么晚您到我小店来，这可是贵客呀！"老板是个面白无须、眼睛微眯、一团和气的中年人，那时候中国人还没有这么多，

152

在一个山间小镇遇见一个北京人开餐馆，在我来说算得上奇遇；在他来说，就要打烊之前忽然有一个北京人从风雨中走进来就餐，也是非常少见的。

老板特意进厨房让大厨炒了一盘京酱肉丝送给我，然后坐在我对面聊了许久。他说话有些老北京的味道，而且是特别客气、讲究用词、礼数周到那种。没一会儿工夫，我就了解到沈老板是老三届的高中生，在农场里干了十年才回到北京，分配到街道工厂当工人，后来和海外亲戚联系上，由亲戚担保就出来没回去。

"那您这快二十年也挺辛苦的吧？"

"还不都是为了孩子！为了让她出来上个好学校，有份好职业。"

沈老板很自豪地告诉我，女儿上了常春藤学校，现在已经在波士顿当医生了。

"她常回来看您们吗？"

"基本上不回来。她很忙，而且接触的人、生活的圈子跟我们都没什么关系。"

打烊的时间已经过了，我也该去找酒店睡觉了，于是和沈老板告别：

"您最近回去过北京吗？"

"哎，从出来以后就没回去过。家里老人都不在了，再说开餐馆这一行，根本没什么日子能走开。"

"北京这些年变化非常大，我去年回去都找不着家门了。"

"是啊，不知道我以前住的地方是不是也面目全非了？"

"您以前住哪儿？"

"七号大院你听说过吗？"

在一瞬间我忽然说不出话来，因为我猜到沈老板是谁了。

"当然当然，七号大院可是个有名的地方！"

沈老板微微笑了一下，在我眼里笑得有一点凄凉，当然这可能只是我的错觉。我没有再多说什么就和他告别了。那晚在酒店住下后，我半天睡不着。此后我偶尔想起过那次邂逅，但是并没有想再去联系。

二

在北京父母留下的老房子里，从单元门进去往下走，有一间独门独户的地下室，里面堆满半个多世纪的书与旧物件。据说我童年攒的几百张烟盒也在那里，如今应该能换两顿酒喝了吧？我走下昏暗的楼道，打开门上有些生锈的铁锁。很久没有人进到这里，地下室里一切都落着厚厚一层尘土，也许这就是过往时光的本来面目。

我下来寻找最早的七号大院故事，那是一个薄薄四十页的笔记本，70年代文具店里最常见的那种。1979年夏天，我蜷在中央党校北院主楼六层会议室的皮沙发上开始写这个故事。那时我完全没有想到，有一天我会到美国，会知道"七"在那里是一个幸运的数字。据说人喜欢哪一个数字反映其性格，我从小就本能地喜欢七，觉得听上去很美；这种喜欢就像爱情一样，没有理由、没有原因。

七号大院自然是非常真实的，一闭上眼睛，所有细节纷至沓来。那是从1949年到80年代北京的种种生活状态之一，上演许多琐碎时光、爱恨情仇。我一直想写七号大院的故事，但是那个夏天我还是个高一学生，没有能力写完。那个笔记本的字迹或许已经褪色，纸可能也脆了，躲藏在地下室的某个角落里，我最终没有找到。不过找不到也罢，故事就在那里，而且在过往的三十八年中展开了许多新情节。

我走进七号大院正门时，石狮子依然在那里，披着斜阳，沉默不语。我恍惚间看到一位老先生散步，那是半个世纪前在早晨与黄昏经常看到的风景。老先生一头银发，面貌清癯、身材笔挺颀长，天气凉下来以后披一件风衣。人们都知道他是卢教授，虽然不大清楚他是研究什么的。我小时候经常随父亲去他家，灰白的日光灯下，是老式硬木家具，和单位配备的简单家具完全不同，边边角角油漆都已褪色，磨出一层岁月的光滑。卢教授很健谈，手握一个烟斗，在烟斗背后喷云吐雾。太师椅旁的茶几上，是一个巨大的烟灰缸，他时不时把烟斗倒过来在那里敲一敲。

父母不抽烟，但我从小在各色卷烟、香烟的味道里长大，曾经靠鼻子一闻就能分辨大前门和工农牌香烟的不同。我最喜欢的，是那种类似巧克力香味的烟丝味道。在童年的记忆里，北京的冬天漫长而寒冷。那也是因为"文革"开始后，烧锅炉的工人师傅们闹革命不认真烧锅炉，以至于暖气时有时无，即使有，也只是暖气管子摸上去温温的而已。房间里温度一般只有几度，大多数人都穿着棉袄。窗户是很少开的，烟还是照抽不误，所以关于许多人家的记忆，都在一层薄薄的烟雾中。不过，那时并不曾有很多人得肺癌。

晴朗的日子里，北京蓝天白云，我坐在七号大院门口百无聊赖，口中一遍遍模仿大鼻子公共汽车启动、行驶、到站开门的声音。忽然一小队戴着红袖章的年轻人从大门里走了出来，前面押着卢教授和两个我不熟悉的大人。我看见卢教授双手被反绑在背后，但是他依然腰板很直，只是略微前倾。我回家告诉母亲，她神色严峻起来，对我说"这两天你老老实实待在家里"。

　　记不得过了多久，有一天晚上，有人轻轻敲门三下。母亲打开门，看见是卢教授，烟斗扇动一粒红光，映照他的微笑。他谈笑风生地描述了这一段被带走挨批斗的经历，仿佛在说别人的事情。

　　就像从烟味识别不同牌子的烟一样，儿童往往有一种直觉，能够感到大人的不同。七号大院不乏学者与读书人，但我从小就隐约觉得卢教授和他们并不一样。果然，等我长大了一些后，就从父母那里听说卢教授是20年代党员，长期从事地下工作，在国民党军中官拜少将。不过，他们并没有告诉我卢教授是怎样来到七号大院的。

　　出于少年的想象力，自然对出生入死的地下工作者心生敬意。不过半个世纪前离历史还比较近，不像现在所说的"潜伏者"那样，一不留神就被脸谱化。那时地下党们还没有老去，看上去也只是很普通的人。比如卢教授，在我心中一直是温和长者。不过，有一次他和父亲不知道说起什么，目光忽然变得十分犀利，让我一愣。那也只是一瞬间的事情，卢教授马上平静如常。

　　卢教授和父亲聊天的时候，我就在他屋里东看看、西摸摸。书桌上摆着砚台，总有几张纸摊开，笔筒里插着长长短短的毛笔。书架上除了马恩列斯毛，没有几本书，倒是有一些照片，卢教授坐在中间，一大家人围绕着他。屋角有一台落地式收唱两用机，收音机下面的下半部立着一些唱片，有京剧，也有古典音乐。

卢教授虽然据说有不少子女，但似乎都不在身边，只有老两口带着一个孙女。所以他家很安静，甚至有点尘封萧瑟的气息。他的孙女都比我大好几岁，在院里很少看见，在卢教授家里也听不到她的声音。我不知道她户口本上的名字，只记得人们叫她小鱼儿。她其实又高又瘦，不像条小鱼，倒像根芦苇。我很少看见她笑，当然我也不常见到她，即使见到，她也只是瞟我一眼，我自然也就不和她打招呼。

三

卢教授家楼上住的是沈先生，据说是七号大院最有学问的人。还有一种相反的说法，说他是汉奸、国民党。我小时候这两个词基本上差不多，属于"地富反坏右"里的"反""坏"一类。不过后面这个说法是因为"文革"里沈先生有时被拉出来陪斗而流传的，母亲说他也就是有点历史问题。话说回来，所谓从旧社会过来的"留用人员"，谁没有点历史问题呢？

母亲说她上大学时，沈先生已经是老师了。虽然看上去很年轻，但是课讲得好，人又好看，是女生选修最多的课之一。偶尔在院子里遇见沈先生，母亲总是很恭敬地问好，并且让我叫爷爷。沈先生那时还不到六十岁，一头黑发，戴一副无色眼镜，看上去和父亲年纪差不多的样子。他非常客气，说两句话就欠一下身，说话声音很轻，后来我才知道他小时候生长在苏州，但是母亲说沈先生籍贯并不是苏州，沈先生的祖父官拜侍郎，退休后在苏州买了一处小园子颐养天年。再后来母亲又提起沈先生的祖父和她的曾祖父年龄相仿并有过从，这样算起来沈先生确实是比她长一辈。

我猜想母亲没有告诉沈先生他们从祖上就相识，革命年代出身大官僚家庭可不是一件值得荣耀的事情，我很小就被母亲告诉，外祖父是律师，属于"自由职业者"。"文革"后，我逐渐领悟到其实不是那么回事；母亲上年纪后开始喜爱回忆往事，虽然依旧语焉不详，但已经足够让我看到一幅清末民初官宦人家的图景：他们彼此之间关系错综而紧密，或姻亲，或师生，或同乡。这种往往不广为人知的关系，比大而化之地划分派别或者理念标签更接近历史的多面性、复杂性和偶然性。他们多数让子女接受西式教育，很多人上教会学校甚至出国留学；沈先生就是这样一路读书、留学，然后回国任教。

以天下太平为前提的人生规划，在乱世注定荒腔走板。抗战军兴，国立大学纷纷迁往大后方复校。沈先生上有老、下有小，下不了南下的决心，就转到教会大学教书。珍珠港事变爆发后，美国人办的学校又被关了门，沈先生只好去一些私立学校教书。以后似乎是这段经历成了他的历史问题，也许沈先生当年只是为了谋生的饭碗，然而政审是无时无处不在的，仿佛悬在空中的利剑。幸好沈先生性情温婉，随遇而安，不喜欢抗辩，安排他做什么就做什么。当然，这里面也未始没有一种处世之道和对世态人心的了解。由于他的平和，又因为年纪和资历，"文革"前沈先生相对还是个平安的闲人，挂个文史资料委员会委员的名义，主要靠翻译书的收入维持着"高知"的生活。

不过，我记忆里的沈先生看上去非常普通：穿着半新不旧的蓝色或灰色中山装制服、圆口布鞋，天热时是白衬衫或者圆领衫。除了肤色白皙、细皮嫩肉以外，他看上去和街上的人没有任何不同。他个子不高，本来就不怎么引人注目，也许他习惯于努力不引人注目。这一点他和卢教授似乎恰恰相反：卢教授总是风度翩翩，衣着做派上透着几分洋气，即便是在"文革"时有所收敛，也一望而知不是个普通人。他弱冠之年成为革命志士，很年轻就身居高位，在地下工作中周旋于形形色色场面上人物之间，也确实一直有着社会贤达的身份，直到搬入七号大院以后才变成不大被人想得起来的闲人。

我最后一次见到卢教授，大约是80年代中期陪父母去看他。十年不见，卢教授显著见老。他老伴已经去世，小鱼儿还在陪伴着他，看上去也是一个中年妇女的样子了。卢教授听力不大好，说话声音便格外洪亮，像是在发表宣言，宣告他当年和沈先生私下来往：

"不敢让人知道，也不能让人知道呀！"

他说到这里，看了小鱼儿一眼，她双目低垂，面无表情。

母亲微微一笑说："我当时就知道。"

"是沈先生告诉你的吧？他知道你是谁。"

"这个我也猜到了，不过又何必挑明呢。"

即使在三十年前他们说起当时还不太遥远的往事时，已经有了恍如隔世的语气，如今我想起他们，更是真真切切的天宝旧事。虽然遗忘在有意无意之间发生，但有时岁月与成长也会加深对往事的理解。当初我不曾明白，一定是卢教授像做地下工作一样接近沈先生，才会去对沈先生讲"你我的处境其实差不多"这样推心置腹的话。卢教授平生阅人无数，才会对沈先生有一种了解和尊重。无论卢教授处境怎样，沈先生多年来如履薄冰，在老革命面前恐怕还是有距离感的；另一方面，卢教授的友情大约也令他很感动。据卢教授回忆，在"文革"中他经常上楼去沈先生家聊天。沈先生原本不抽烟，偶尔也会点一支迎春牌香烟陪他一起在云雾里走一会儿，一不小心就被呛得直咳嗽。有一次沈先生被批斗，当天晚上卢教授就过来慰问，沈先生甚至倒了两杯酒端出来。卢教授一饮而尽，然后按住另一杯酒说："你如果从来不喝酒，那么今天也别喝。酒入愁肠对身体不好，只要留得青山在，被批斗几次算不上一回事。"

四

　　沈先生搬到七号大院时妻子已经去世，他有三个子女，老大、老二都已长大离家，沈老三是沈先生的小儿子，个子不高，有着南方的清秀与瘦削，看上去比实际年龄小，依然像个少年。他有时背着手风琴去荒芜无人的花园里，一边拉琴，一边唱歌："深深的海洋，你为何不平静？"一群比他小几岁、比我大不少的男孩女孩围坐他身边，听他唱歌，也听他讲故事。当然这一切只是悄悄地进行，约好去花园聚会的消息口口相传，不为大人所知。那是七号大院诸多隐秘的小团体活动之一，在那时候，如果被人打个小报告，不是没有可能被打成流氓团伙甚至反革命集团的。然而聚在一起娱乐本是天性，孩子尤其如此，并不会因恐惧而完全终止。我当时是跟着大孩子后面的小尾巴，去过几次，似懂非懂，好像是在那里第一次听到《灯光》：

> 他们黑夜里告别
>
> 在那台阶前
>
> 透过淡淡的薄雾
>
> 那青年看见
>
> 在那姑娘的窗前
>
> 还闪亮着灯光

小鱼儿也是其中的一个，她那两年忽然像吹了气一样胖起来，变成一个唇红齿白的丰满女孩。长大以后，我听说这种现象有一个专有名词叫"少女肥"。没有人能确切说出小鱼儿是什么时候和沈老三好上的，也没有人曾经看见过他们成双结伴，只是流言在大院里游荡，几年后还有人提起。虽然卢教授也遭遇批斗审查，但是七号大院住户的内心深处还是觉得他是老革命党人，他的孙女和一个前朝遗老的儿子恋爱的消息，在大院里是有新闻效应的。

不过这件事更多是沈先生之死的余波，1968年夏天开展"清理阶级队伍"时，七号大院又经历了一次抄家浪潮，沈先生家这次被抄得特别厉害，他的所有书和手稿都被抄走了。几天以后，他睡在床上再也没有醒来，床头柜上放着一个空的安眠药瓶。

老去的卢教授说起来，声音里还充满遗憾："抄家的第二天，我去他家里看过。他在一片狼藉中很平静，还对我说：'这回搬家省事了。'我们聊了几句，然后他说他累了，我就说：'那你好好休息吧。'然后就走了，我一点也没听明白他话里的意思。"

沈先生去世后，很少能在院子里看见沈老三，花园里的歌声更是从此不再。从这一年年底到第二年，知识青年上山下乡，沈老三远走云南，我从此以后再没有见过他。小鱼儿那一届初中毕业生相对幸运，不少人留在北京，小鱼儿当了工人，晚上10点多有时可以看到她下中班骑着自行车回来。

时光日复一日，断续听到一些与她有关的故事。传说她曾去云南看望沈老三，每星期都收到他的来信，也不知是真是假。千真万确的是，有一天小鱼儿的父亲忽然出现了，原来是一位穿着绿军装的军人。听到他坚决反对女儿和沈老三好，大约没有谁觉得诧异。不久小鱼儿就当兵去了，70年代末脱了军装，回到七号大院和爷爷身旁。卢教授去世后，小鱼儿继承了他的房子，一直住在那里。因为没有结婚，早年若有若无、谁也不知道是怎么回事的一段恋情，在半个世纪后成为传奇。

沈老三一直没有回来，七号大院也没有人知道他在哪里，渐渐把他遗忘。我走在这里，也没有人认得出我，只有我自己一点一点认出往日。

其实七号大院是为数不多的在天翻地覆中没有多少变化的地方，虽然花开花落不知多少度，花园依然保持着当年的形状。

　　我在十五岁的时候，相当喜欢自制格言与准则。如今还记得很清楚，而且没有太大改变的是"一不后悔，二不怨天尤人"。不过做到多少，自己也未必很清楚，古人云"取法乎上，仅得其中"，真是太精确不过了。少年时对自己所见容易深信不疑，更认识不到标准定得太高等于没有，何况我们的传统里，有很容易就流于一边立牌坊，一边行为不端的倾向。

　　也是在十五岁时，我读了《罪与罚》，深受震撼，陀思妥耶夫斯基作品里那种非理性的巨大力量第一次击中了我。长大以后，《卡拉马佐夫兄弟》让我明白小说可以深刻到让人不忍再读下去。幸好《卡拉马佐夫兄弟》实在太长，在匆忙的快餐当代，很少人有时间去读。

　　积存了半个世纪的记忆之后，加之性格使然，我自然多了几分通达：生命的苦难，人性的黑暗，更多的时候是无法面对的，大多数人也是经不起考验的。不久前我回北京时，联系上一群发小，在仲夏溽热的夜晚，啜着普洱茶，在微信上一起回忆半个世纪前的往事。七号大院没有灯，夜色深不可测。

一

一个低沉缓慢的声音在夜色中升起："一片宽阔的平地，中间立着两根大石柱……月光把那块空地照得很亮，那因惊恐和疲惫而死的少女就躺在那块空地的中央……"1968年夏夜的花园没有风，月亮和星星都不知道躲到哪里去了，只有十几双八岁到十岁的孩子眼睛，直直瞪着一个脸涂得墨黑，一双大眼睛很明亮的大孩子。朱恒那年十五六岁，平常唇红面白，头发留得相当长。在那时，留这么长的头发是需要勇气的，长发看上去不够革命，反而有小流氓或者二尾子的嫌疑。不过，朱恒天生奶油小生的模样，怎么看上去都不太工农兵，但是私下里总被议论说他挺好看的。那时候奶油小生这个词还没有流行，人们背后说起朱恒有点酸溜溜的："小白脸""长得跟女孩儿似的"。

后来我读了原著才知道，朱恒几乎是全文背诵《巴斯克维尔的猎犬》，花园夏夜的故事讲得生动而毛骨悚然。那时候围着花园的几栋楼没有人住，好多扇窗户玻璃被打碎了，用报纸糊着，外面钉上木框，看上去也有些森然。朱恒讲着讲着，忽然停顿下来。在寂静中过了不知有多久，突然亮起一个手电，照着在强光中仿佛没有血色、长长伸出的舌头。孩子们大叫起来，四散奔逃。

第二天上午我在大院里游荡时，看见朱恒踽踽独行，我和他打招呼，他心不在焉地看了我一眼，却好像不认识一样。不被人搭理是件有挫折感的事，回家告诉母亲，母亲说，别理他，他受了刺激。可是母亲却不告诉我朱恒受了什么刺激，大院的成人世界乱糟糟的，我还不很清楚。我的年龄还不足以明白事情的前后顺序、因果关系，只有一幅幅画面因刺激的深浅，或清晰或模糊地留存在脑海里。比如一群男孩子站在一个单元门口，看两个中年男人抬着一个床板，床板上一张白布床单盖着一个人，我看见从床单里伸出一只光着的脚，脚不大，惨白色。

当天晚上，×××自杀的消息就传遍大院。这样的事件我小时候经历过好几次。

二

几乎半个世纪之后的夏夜，部分当年的发小聚首在北京一家仿四合院的餐厅里。我是第一次参加，初次重逢他们，无论彼此认得出或者认不出，都免不了一阵惊呼。曾经的孩子王、调皮鬼、特别能打群架的拼命三郎现在都退休了，连他们定格的社会身份如商人、编辑、教授、警察、海归、官员也已成为过去。时光刻在鬓发和脸庞上，灯光映在金色的啤酒上，往事在杯觥交错之间，有一搭无一搭地呈现。

"你还记得朱恒吧？"最年长的大皮靴问我。他是老初三的，银白光亮的头发还相当浓密，整齐地梳向背后，戴一副金丝眼镜，大概是酒已经喝得有点热，解开了白衬衫上面三个扣子，露出已没有光泽，略有一点松弛的胸部。大皮靴当年十分精壮，平板寸头，因常年穿一双军用皮靴而得到这么一个绰号，真名反而被很多人忘记。据说他父亲是转业军人，不过也有人说本是国民党军人，后来投诚过来的。大皮靴为人仗义，又特别敢打架，在大院里一直是一拨小孩儿的首领。凡事都是有代价的，大皮靴因为打架至少进过一次局子。幸亏他不久后就去农村插队，70年代初又当了兵，从此改邪归正。现在他看上去一半像退休教授、一半像江湖老大，退休之前他是一家国企的老总。

我当然记得朱恒，见到大皮靴我还隐约想起，朱恒曾经和大皮靴打过一架。我向大皮靴求证，他告诉我那是真的。"他约我妹出去玩儿，我妹那么小，我当然不能不管。"我想象不出，根本不是对手的朱恒和大皮靴打架是怎样一种情景。"我一拳就把他打得流鼻血了。但是朱恒没有退缩，反而更勇猛地冲上来。我再一拳就把他打倒在地上。但是朱恒翻身爬起来，满脸是血，大声吼叫、毫无章法、手脚并用，不要命地扑上来，一次失败了又一次。"

"打架我有经验，我知道这么打下去是要出事的。我对朱恒叫'你疯了，你疯了'，可是他根本不听，好像真的疯了。"最后大皮靴落荒而逃。"我突然觉得他是条汉子，我不想伤害他，而且我知道他父亲死得很惨。"

我一点也想不起来朱恒的父亲是谁了，更不清楚他是怎么死的。整整半个世纪后，才第一次听说这个事件，却也不奇怪，因为他的父亲是外单位的，母亲在七号大院工作，分了两间平房。朱恒的父亲原先是英语翻译，后来改学俄语。他酷爱侦探小说，后来英美的侦探小说不让翻了，他就改译苏联的反特小说。"文革"一开始这两者都成了他的罪状，他简直理所当然地就被打成了特务，是美国还是苏联的，还是双料的，一直也没有说清。被打成特务的大有人在，所以他倒也没有进监狱，只是经常被关在本单位不让回家。大皮靴说朱恒的父亲性格很开朗，举止文质彬彬，看上去不像是会自杀的人，可是有一天被发现陈尸在单位办公楼下，显然是坠落身亡。

"朱恒从小受父亲影响，读过许多侦探小说。他不顾别人阻拦，冲上去看了父亲的遗体，倒在地上的模样。他从不曾相信父亲是自杀的。他对许多人讲过：父亲的表情一脸惊恐，死不瞑目。"

无论怎样，人死了，而且盖棺论定是畏罪自杀。生者的处境变得更艰难一些，不过生活也还在继续。朱恒有没有再去找大皮靴的妹妹小小，连大皮靴自己都不知道。我却有一个模糊的印象：小小个子并不小，是个好看的姑娘，大眼睛、双眼皮，嘴也不小、厚嘴唇，看上去有点像洋娃娃。

三

我小时候信奉谁不理我我就不理谁的原则，所以后来我就不和朱恒打招呼了。中学生上山下乡的大潮中，有一段时间朱恒也不见了。不过第二年冬天，在我兄长和他们的同学们还在远方战天斗地、顿顿吃清水熬白菜时，朱恒忽然又出现在大院里。在农村伙食太差，坚持不住回北京打两天牙祭的大院孩子大有人在，隔三岔五就能看见一个。街道居委会组织的深更半夜查户口，目的之一就是把这些人逮起来办学习班，然后强制赶回插队所在地。

我不知道朱恒是怎么躲过查户口的和居委会的小脚侦缉队的，但感觉他好像回来以后就没再走，只是很少出现，居无定所。大约因为需要活得隐蔽，他再也没有给孩子们讲福尔摩斯。

我自己开始长大，长大的标志之一就是敢于一个人黑灯瞎火在野地里乱转。有一天晚上，我到花园灰楼拾级而上。楼梯有一点朽了，吱呀作响，在寂静黑暗中感觉声音格外响。快上到二楼时，我忽然隐约听见远处有轻微的脚步声和喘气声，我紧走两步上了二楼回廊，却听不见了。从回廊伸出身子向下看，一个身影匆忙而轻轻地走过，仿佛是朱恒。又过了半分钟，从一楼的另一头出现了另一个背影，朝另一个方向悄没声地消失在夜色中。我看不清是谁，但感觉是个女孩。

我不久后从七号大院搬走了。有的人从此不再相见，只在不经意之间听说一点消息，却仍然印象深刻。80年代中期，留学日本的文科生组织了一个协会，定期举办活动。有一次我在东京找史料，恰好赶上了，就去听了两个可听可不听的讲座，结束后照例是聚餐，然后再去酒吧喝酒，人与人就这样熟络起来。林桑来自北京，在东京一家私立大学读中国文学硕士，说话爽快，嗓门挺大，到了日本都没改过来。聊着聊着，提到我小时候住过七号大院，林桑便说："我认识一个写小说的，就住在那个大院里，名字叫朱恒。"我从未听说过朱恒写小说，不过那时我很少想起七号大院，已经很隔膜了。外面的世界很精彩，过去的事情无暇顾及。回过头去想，其实也就是这两年的事，当流年真的似水，走出去很久也很远，却又好像越来越走进曾经的起点。

林桑告诉我，朱恒用了好几年时间办病退回到北京，这期间他在家自学英语，翻译他父亲留下来的那些侦探小说。"文革"一结束，他就考进了一家出版社当翻译。这时候文学开始热起来，他也就开始写小说。不过他最初的作品没有地方发表，被认为色调阴暗、场景恐怖等等。后来他改写《一只绣花鞋》那样的故事，场景都设置在清末的老北京或者民国时的上海滩，就顺利得以发表了。

"他有一个短篇写得很不错，手抄本在北京的文学圈子里传阅了好一阵，可是一直发表不了。就是写一个大学生，书读得很好，但是没有要好的同学，也没有女朋友，有时无聊、有时烦躁。有一天他就想到去偷东西，尽管他的家境并不差。做小偷得手的感觉让他很兴奋，于是他接着去偷。然而这一次他被两个看店的老人发现，想要活捉他。在逃跑时，他用带去撬锁的铁棍打老人，结果打死一人，因此被判死刑。"

"这不是小说，这是真事。我太知道这个案子了，因为那个杀人的大学生和我同名，为此我不知道被别人开过多少次玩笑。"

"我也知道这个案子，朱恒把它改编成了推理小说，里面有悬念、有心理分析，还有破案过程，写得很好看。"

"是啊，这个案子给我印象最深的是：他听到自己因为杀人被判死刑时，一点也没有显示出情绪上的波动，就好像这件事和他自己无关一样。我当时就在想，他是学法语的，一定读过加缪。"

80年代连电子邮件都没有，更不用提微信，人与人之间的联系往往说断就断。我和林桑互相交换了电话号码，可是专业不同、城市不同，一面之缘也就仅仅是一面之缘；朱恒的小说我从来没有看到过，也就忘到了九霄云外。

四

大皮靴到后来喝得有点高了，说话啰唆起来，还有点前言不搭后语。不过这样也许更真实，他从小就是孩子头，长大后有很多历练，所以不多喝两杯，讲话总是很有分寸的。

"哈，你还知道朱恒写过小说！那你听说过他和小小的事吗？"

我告诉他我一无所知，他就开始絮絮叨叨地讲。不过他当了整整十年兵，中间发生的事情其实所知无几，而且哥哥对妹妹的了解往往是想当然。大皮靴主要在说小小，告诉我小小先当了文艺兵，后来又考上文工团回到北京，载歌载舞了几年以后，又考上了大学，是全家的明珠和骄傲。他一边说，一边从手机里找出小小的照片给我看。这是我第一次看到小小长大以后的模样，那真是让人看一眼就会记住。不在于她多么漂亮，而在于眼睛有一道薄雾般的睫毛、神态之间有一种不羁的热烈，让我联想起梅里美笔下的卡门。

另外一个发小走过来，关切地问："大皮靴，你没事儿吧？"大皮靴一挥手："去去去，我好着呢！我给老四讲讲小小的事，他什么都不知道。"

其实大皮靴对于小小和朱恒之间究竟发生了什么未必清楚，他能告诉我的，也只是一些片段的史实。可以确知的是，从文工团时期到大学毕业，小小和朱恒一直有来往，中间有没有分分合合的中断，来往到什么程度，别人并不知道。但是小小上大学时说过，她不会嫁给朱恒，因为朱恒"看侦探小说看出毛病来了"，什么都要分析推理、什么都要侦查。"他很聪明，也很善良，但是我想谁也受不了他。"

大皮靴从妹妹那里听来的也就是这么多，还有就是朱恒的一些怪行，比如他习惯性地不辞而别玩消失，但过不了几天就回来，对去过什么地方讳莫如深。小小大学毕业的时候，已是大龄女青年，家人师友无不关心她的终身大事，她却事先和谁都没讲，飘然转身去了西藏。

朱恒父亲平反后，原单位给家属落实政策，没有子女需要照顾，就给分配了一套一室一厅的单元房，这在80年代初期是巨大的福利。年届而立、小有名气，还有房子的朱恒，一时间成了金牌王老五。他搬出了七号大院，小小去了西藏，此后几年里，很少有人见到他，他也似乎不再和大院的发小们来往。偶尔会飘来一些传闻，比如说朱恒找了一个女诗人，戴眼镜、每天抽一包烟，他们是领了证还是同居谁也不清楚，不过没有多久就分手了。再后来朱恒的哥哥留学远走海外，母亲去世，只剩下他自己一个人，他就娶了照顾他母亲的小保姆。有一段时间，据说他自己被照顾得不错，有些白白胖胖的气象了。

"我觉得，大约从这时起，他的症状就开始明显了。他会更经常觉得有人在追杀他，于是他就给单位和老婆分别留一个字条，然

171

后就躲出去，不知道去了什么地方，也说不好多久以后会回来。他老婆是一个外地小姑娘，只好来找在七号大院当保姆时认识的那些人，于是朱恒有病的消息在大院里不胫而走。"

说到这里大皮靴的声音开始有点激动，我赶忙给他递上一杯茶，这才注意到聚餐的发小们都围在了他身边。大皮靴摇摇手："谢谢弟兄们，我没事，都快三十年过去就没有什么过不去的了。"

"小小死了。"他说完这句话，停顿了一会儿。他没有告诉我，我也就没有问小小是怎么死的。"本来是给父母准备的墓地，却先写上了小小的名字。安放骨灰的那一天，熟识与不熟悉的发小都来了，但只有朱恒跪在地上一直没起来，谁和他说话他都听不见了。在此之前，我对他是一直有看法的，可是当时那种情景让我一下抱住了他。"

从公墓回来，大皮靴和他的父母身心俱疲，好些日子都缓不过来。过了快两个月，天气转秋凉，大皮靴才想着该去再看看妹妹。到了公墓门口，看门大爷对他说："你那位表弟真好，每天过来看你妹妹，一陪她就是半天。"

大皮靴震惊了，他一回到城里就去找朱恒，却见他家又变得凌乱不堪，显然是恢复了单身的生活。朱恒很平静地告诉他："这是我和小小约好的事情，你尽管放心。"接下来的一句话，让大皮靴彻底放弃了去说服朱恒的想法。

"我找到杀死我父亲的凶手了。"

五

一个发小叫了辆滴滴专车送大皮靴回家了，我和另外几个换了家店继续喝啤酒。后海湖波荡漾，夏夜温暖繁华，萨克斯管令人沉醉。在这样的时刻，所有遥远的往事仿佛那么不真实。

"朱恒还在吗？"

"还在呀，好像最近还可以。他二十多年前安定医院几进几出，后来就好多了。不过经过多次治疗后，以前的事好像都记不大清了，他大概活得还挺平静，就是做不了什么事了。"

"是啊，也许遗忘是最好的药。"

虽然写过"诗与远方多无奈"，虽然我并不真正清楚曾经发生过什么，我并不喜欢多谈命运如何如何，把一切都归于命运其实往往是自欺欺人。一个人自然面对时代的不可抗力，在大动荡时期尤其如此。然而在所谓太平盛世，一个人的命运更多是出于自己的选择。我更倾向于朱恒是以自己的方式做出选择，只是在旁人看来无法理解或是以为不正常；而不是逃避、不愿面对。

我一边听他们聊，一边忽然想起在七号大院花园里听到朱恒背诵《巴斯克维尔的猎犬》的声音：

> 最后的一抹晚霞也在西方消失了，夜降临了沼地。在紫色的天空中，闪烁着几颗半明半暗的星星……

留日断片

青叶山冬夜灯光

一

我从来没有想到，仙台这个地名，会在2011年3月11日以如此惨烈的方式闻名于世界。在此之前，中国人知道仙台，多半缘于鲁迅那篇《藤野先生》；绝大多数美国人没听说过Sendai这么个地方；就连日本人，一说到仙台，很多人都有些"海客谈瀛洲"的微茫。日本的中心，在东京、大阪亦即关东和关西地区，至于东北一带，竟是边远地区了。然而仙台于我，却是萦绕着青春记忆的城市，安静而隐秘，沉睡在内心深处，不料在中年行将结束之际，突然化为电视上令人心痛的景象。我最后一次路经仙台，是上个世纪末的一个春日，只有匆匆两小时，在仙台驿（日文车站的意思）外的高架桥上四望小城，感觉亲切、很少改变。听说地震后仙台驿几乎尽毁，城市也面目全非。

1978年改革开放的标志性政策之一，就是外派留学生出国深造。有计划的分批派遣，开始在1979年，其中本科生出国留学主要

177

是去西德、日本。教育部分别在上海同济大学内和长春东北师范大学内设置了预备学校培训外语。每年寒假时，分配到名额的大学从前一年入学的一年级学生中选拔出国留学生，据说主要的依据是高考成绩，参考第一学期成绩和政治表现。去德国前三年是每年八十名，后来多少人我就不知道了。赴日本国留学生预备学校，简称留日预校，成立于1979年，最初是培训去日本留学的本科生，从1982年七七级大学生毕业起，培训去日本留学研究生的日语。派往日本留学的本科生，前后五期共约三百八十人，选自七八级至八二级大学生。前三期每年百人，第四期五十人，第五期三十人。我是第三期，接受十个月的强化语言培训，从学日语字母到学习日本高中教科书、通过日本文部省对留学生的大学入学考试，然后去留学。

我在1982年3月29日和二十多名同学乘中国民航的一架伊尔62飞赴东京。我们都是平生第一次乘飞机，登机时相当兴奋，起飞后大多蔫菜。我是少数不晕机的，而且看到飞机上的正餐里有虾，就把邻座愁眉苦脸的同学那份拿过来，吃了双份。我年轻时似乎很不靠谱，别人和我自己都这么觉着，也就习惯成自然了。所谓不靠谱的标记之一，就是别人往东时我总是朝西。比如飞到东京时，初次出国的少男少女即使没晕机也多少有点怔，我却兴致极好、滔滔不绝，跑前跑后、帮同学拿行李等，处于亢奋状态。来接机的李老师一看我这么有劲，便指定我临时带队，于是我拖着两只超重的大箱子，招呼着一行人上大巴，看着沿路的风景就到了驻日大使馆。

一进大使馆，就有回到中国的感觉。在食堂里打饭，熙攘喧闹。吃过晚饭，集中开会，听教育处参赞讲话。讲话完毕后，每人领到三十五万日元的"安家费"，是从奖学金里预支的，一季度后开始还，每个季度还五万，两年后还清。拿到钱后，因为知道在大使馆住一夜后第二天就各奔东西，大家纷纷合影、告别、在本上写几个字等，过了一个乱哄哄的晚上。

次日坐上特急列车时，兴奋劲已过，困得不行，于是一上车就点了四杯咖啡，七百二十日元。我拿出一张一万元的票子付账，服务员大概问我有没有零钱，我却听不懂。服务员微笑着使劲看了我一眼，然后半鞠躬退下找钱去也。端上来的，是黑咖啡，我们都有些傻，因为以前喝过的，都是加好奶和糖的。

1982年3月30日，同学和我一行四人抵达仙台，开始留学岁月。走出仙台驿时，蓝天白云下绿荫掩映的青叶大道，一直通向西边起伏的山影。第一印象往往是记忆的定格，关于人是如此，关于城市，又何尝不如此。那天来迎接我们的，就我记忆所及，有当地日中友好协会的佐佐木会长、高桥先生、今泉先生、山崎先生等人；留学生也来了不少，有时任中国留学生会长的X，时任支部书记的Y老师，学长L、X、W以及住在我们将入住公寓里的几位老师。那时在日本的中国留学生据说总共不过几百人，在仙台有大约三十人。其中有在我们之前来的本科生八人，其他则大多是在国内已任教、来进修一年的老师。

我和另一同学入住的公寓，是二室一厅，里面原已住L、H二位老师。H老师即将回国，我们搬进去继承他的房间，他搬出来，所以我只见过他一面，连他的大名都没记住。H老师把他的旧被子一万日元卖给我，后来我才明白，买新的也不必花这么些。不过那天下午到达公寓，看到有被子，还是挺感激的。那天的晚饭，似是L老师煮的面条。L老师是"文革"前的"老五届"大学生、"文革"后考上研究生，不久即联系到日本东北大学医学院读博。他人很聪明机警，说话随和谨慎，不与人多来往。后来熟些，曾说起"文革"里是逍遥派，爬到树上看别人武斗。他还曾绘声绘色地模仿当年大学生谈恋爱时如何以毛主席语录做开场白："我们都是来自五湖四海，为一个共同的目标走到了一起……"颇有段子效果。

晚上去街上散步，想买包烟，看到路边有自动贩卖机，便走过去看怎么买。看了半天，不知道机器里卖的是什么，但知道不是烟。只好再走了一条街，才找到一台卖烟的机器。后来日语学得好些了，才知道那台机器卖的是避孕套。

点上一支烟，心情很爽，颇有写诗的欲望。那几年正是诗如泉涌的荷尔蒙过剩时期，曾有一天写四首的纪录。不过我已记不得到仙台的第一个晚上是否写下了什么，记得的，是一个微寒的春夜，繁星闪烁，小街寂静无人。要到离开仙台很多年后，我才意识到，那个夜晚的氛围，竟透露出此后岁月的基调。

回到公寓，开始和同学一起考虑怎么睡。我俩共住一间"四畳半"的卧室，方方的大约十平米。发现室内有一壁柜，上下两层、长度刚好一米八。商议了一下，决定把壁柜当上下铺，我睡下面。关上壁柜门，一片黝黑，倒很适合睡觉，但起床时须小心，坐直会撞到头。我就在这个壁柜里睡了一年，撞过好几次头。

二

80年代初还是冷战继续，铁幕高筑的岁月，国门刚刚开了条缝，海外依然是一个陌生遥远的世界。关于日本，大多数人的感性只是更新到渡丘和横路敬二。据说我是1949年以后来自中国大陆到东北大学文学院留学的第一个留学生，大约与此有关吧，我受到文学院院长和我所学专业三位教授的接见。虽然只是礼节性的寒暄，我能感到他们的好奇。我穿着在北京红都服装店定做的宽大老气的灰色西装，走在校园里自己都觉得怪异。当天回到公寓我就把这套西装收起来，后来好像再没有穿过。日本大学的学制是前两年在教养部上公共大课，后两年才到各学院进入专业学习。文学院那年有一百多一点学生，在教养部分成三个班。每个班名义上有一个班主任，不过班主任好像除了每年和学生喝两次酒、看樱花过年以外，没有什么事情。

我的班主任阿部先生略有足疾，走路一颠一颠的，脖子还有一点点梗，说话时不几句就会哈哈笑两声。4月1日开学讲解会结束后，教养部职员就带我去见阿部先生。他告诉我他是日共党员，然后哈哈笑了起来。当时和日共仍然处于绝交状态，倒是和自民党频繁往来。阿部先生是研究鲁迅的专家，但是好像日共不太受待见，当时他还只是教养部的一名讲师。他中文说得不好，听上去很怪异。不过后来我读过他的文章，中文功底和学问还是很扎实的。

不数日，樱花盛开。全班在一片樱花树下聚餐饮酒，这是日本赏樱的传统方式。我第一次参加这样的集体活动，虽然我并不是一个拘谨的人，但是刚刚到日本一个星期，周围的人说话仅听得懂不到一半，自己说话也常常词不达意，所以主要是在默默喝酒。日本酒只有十几度，据说后劲很大，但是喝起来没有什么感觉。我好像和全班所有的同学都干了一杯，后来一个女生告诉我，她当时的印象是我很严肃，话不多，看上去有一点不开心的样子，喝起酒来像一只酒桶。我不记得自己喝了很多酒，倒是记得阿部先生喝着喝着就一头睡倒在草地上。我和几个男生抬起他塞进一辆不知道谁叫的出租车，让司机送他直接回家。宴饮结束后，我独自在月光下步行三公里回公寓。

那时候外事政策很严格，留学生不允许单独一个人住，我们这些年轻人更是不让人放心，所以初来乍到的时候，被安排到城市的西北角和L老师合租。仙台其实是个不大的城市，依山傍水，低丘起伏。文学院坐落在城市西边青叶山下，从我住的地方没有公共汽车直达。我小时候大概由于营养不良，有些软骨病症状，两岁多才会走路。平衡机能不佳，一直不会骑自行车，因此我只好每天走路去学校。来回六公里整整走了一年，结果我从此爱上了走路，有时候进城来回十公里都不坐公共汽车，不知不觉中体力越来越好。

最美好的是，我每天来回都经过斜穿城市、鹅卵石斑驳的广濑川。微波荡漾的河水，还有不远处的山影，经常进入我的梦境。青年时代的诗句其实不完全因为荷尔蒙，1982年的仙台是一个干净朴素的城市，入夜清静无人。我住的公寓不远处，有一座小小的寺庙和一片墓地，晚上回来时，为抄近道经常穿过。墓地上的月光很亮，很凉。那年秋天走过河水时，曾经写下《夜经澱桥》，其中的一段是：

> 广濑川的水
>
> 流过城市也流过心胸
>
> 如果秋潮不能淹没芳洲
>
> 信念会伴着荒芜的草丛
>
> 一直等待
>
> 而我的眼瞳
>
> 也一直开放着
>
> 一朵明灿的音容

时过境迁，我自己已经不再记得诗中的"信念"究竟意味着什么，也许当时并不是很清楚，就好像"明灿的音容"也终究随着光阴渐渐模糊遥远。

三

日本的媒体刚刚开始谈论国际化，由此可见，当时日本还离国际化很远。在仙台这样的城市里，外国人不多，来自大陆的中国人更近乎稀有动物。我印象深刻的是，到仙台半个多月后吧，老市长忽然接见我们四个新来的留学生。市政府再次主动和我们联系，是在近八年以后，因为一个读语言学校的学生偷东西被抓，而又一句日语都不会，市政府需要翻译。

初抵仙台时，主动热情招待，给留学生帮助的大多是当地日中友协的负责人和会员，他们的真诚至今令人难忘。日本东北地区不要说和关东关西比，就是和北海道比文化经济都相对落后一些，所谓比较土一点，但是民风非常纯朴。我接触的几位日中友协的朋友都非常实在，相比之下，留学生里不乏人精，有时会利用他们的善意。我想当事的日本朋友恐怕心里明白，但是他们一如既往。

时任秘书长的高桥先生年岁最长，无论是谁搬家他都会来帮忙。他有一次严肃虔诚地告诉我，"二战"时他是军人，在中国犯下罪行，他所做的一切都是为了赎罪。他的态度让我深为感动。另一位医生朋友今泉先生，年轻时是日本60年代左派学生运动领袖之一，这一运动当时颇受中国影响，他由此爱上了中国，毕生不渝。仙台大地震后，我曾经打电话给他，当时他还露宿在帐篷里，笑声依然如三十年前那样爽朗。当年今泉先生还是三十多岁，浓眉大眼，一头鬈发。笑声和酒量的魅力，使我很快和他成了酒友，而真正的深交是在几年以后。不过酒喝完了，还是要回到自己的小屋。社会主义阵营与资本主义世界是如此不同，在青年时忽然被投掷到一个完全陌生的国度，文化的冲击与悸动的孤独扑面而来。对于我来说，幸好还有音乐。

大约是到仙台后第三天，便去市中心的大荣百货商场买了一台立体声单卡录音机。从此我开始经常听古典音乐，时不时录成卡带。第二年我爱上莫扎特，尤其是第20、21钢琴协奏曲。那纯净之美在青年时代多么令人向往！即便如今，我偶尔也会听季雪金或安达弹的莫扎特。虽然时间无可挽回地引领我走向理性的沧桑。公寓楼下的电视，是前人留下的，不出红色，以致图像永远发绿。我看电视不多，主要是流行音乐节目。那是松田圣子开始大红、中森明菜刚刚出道的一年。中森明菜后来越唱越好，冷艳奔放背后有暗色的忧伤。她早年和歌手近藤真彦恋爱，以自杀未遂收场，之后专注演艺，日见消瘦，终于在四十五岁时因病隐居，直到去年新年才复出。偶尔我想起她早年的样子，眼前总是一片绿光。

年轻时适应新环境还是很快：一个学期以后，感觉听课没有多少问题，记笔记大致跟得上了。其间学校组织中国留学生参观了一次鲁迅故居，看到了他当年的成绩单，印象里大多都是刚刚及格。一方面多少明白了鲁迅先生当年为什么弃医学文，另一方面让我信心大增：看来成绩不会比鲁迅先生差呀！我本来就是六十分万岁的信奉者，有了底气以后，就故态复萌开始旷课看杂书不务正业了。

东北大学教养部课程的安排，与当时国内大学课程完全不同。风气自由之如北大，一年级时仍然是只有五门必修课，没有任何个人选择的余地。所谓自由，只体现在不少课可以旷不被追究而已。相比之下，东北大学一年级的课除了外语和专业课，基本都是选修。一年虽然要修十五六门课才够学分，但是上课无须点名，只要考试过关即可。我从第二学期就只去上自己感兴趣的课，其他则到考试时临阵磨枪。奇妙的是，有些课我学得十分努力成绩却非最佳，有的课我干脆一堂没去上过，熬夜复习竟然拿A。

感兴趣的课固然首先与内容有关，最重要的还是老师讲课的魅力。教古希腊史的松本先生，是我的三位指导教授之一，自幼患小儿麻痹症，极其勤奋刻苦。我后来读研究生半夜回家的时候，经常在楼梯里碰到他，但是松本先生讲课有点拽，他的口音我一开始又不大明白，再加上他的课是早上第一节，8点50分就上课，对于夜猫子的我近乎折磨。终于有一次我在他眼皮底下睡着了，所以这门课尽管我在北大时就听朱龙华老师讲过一学期，最后还是只得了个B。

也许我那时候还只是个文学青年，对历史没有真正入门，我更喜欢上的课是日本文学。菊田先生瘦小儒雅，说话细声细气、吐字清晰，有一点像江南文人。他的课我记了一整本笔记，期末考试年级最高分，据说是第一个留学生在这门课拿第一。若干年后，菊田先生曾向他招收的中国博士生说起这段故事。

旷课省出来的时间，一部分用来泡图书馆，一部分用来打麻将。偶尔会走到城里晃悠。仙台的主街青叶通（"通"是日文"大街"的意思）是一条长长的林荫大道，和一番町相交一带，是最热闹的商业街。三十多年前，几乎每个周末，我都会去那一带看电影，然后在咖啡馆小坐。小小的咖啡馆一般人不多，我喜欢带一本书，要一杯咖啡，待两个小时，然后在橙色街灯下走回公寓。咖啡馆里多半放着爵士乐，旋律与氛围不知不觉浸入记忆。从青叶通走到一番町右转，地下有一家电影院"名画座"，是我大学时最常去的地方。那里常放些欧洲文艺片，而且价格只是大影院的一半。在这里看的第一部电影，是一部日本文艺片，里面有些在爱琴海里相爱的超限制级画面，是第一次见识。第二部电影是以拉威尔《波莱罗》（*Bolero*）为主题音乐的法国电影，日文名是"爱与悲伤的波莱罗"，法语原名我记不得了，以卡拉扬、法国香颂歌后皮雅芙、美国爵士乐手格伦·米勒和苏联芭蕾舞演员努里耶夫为原型，四个故事载满半世纪历史中的悲欢离合与音乐。这部电影长达三个小时，线索错综复杂，不熟悉历史的观众容易看不懂，大约因此一直没有大红大紫，却是我最喜爱的片子之一。留日八年，这部电影我看过四遍，仅次于《卡萨布兰卡》。如今大概再不必看了，走过半个世纪后，历史与时间最令人无奈。

在日本留学的第一年，就这样没有悲欢离合、平静地到了圣诞节。在国外度第一个圣诞夜，应该是去了一个聚会吧，结束后我从山上乘末班车到校园。校园坐落在山脚下，通往山上的盘山公路从这里开始。公路没有路灯，转一个弯就消失在黝黑的林影中。但是在圣诞夜，校园边上沿公路的一排树亮满了灯。这是一个寒冷的夜晚，校园里空无一人，图书馆和教学楼都归于黑暗，只有那一排灯光无言地站在那里。我在马路对面望了它们一会儿，忽然有一种成长的感觉。

一样的月光照青春

一

抵达仙台后不久，日中友好协会为我们四个新来留学的本科生开了一个欢迎会，地点是在市中心的一番町或者是国分町。一番町是商店街，隔一个红绿灯，相邻平行的国分町是酒吧街。在饥馑年代出生的我，对于食品有超强记忆。那是我第一次见到生鱼片放在像一条船的盘子上，我们都是第一次吃生鱼片，好像是我吃得最香也最多。从那以后有若干年，我一见到生鱼片就忍不住食指大动，可惜我是学生，很少能自己掏腰包去吃。等到可以想去吃就吃的时候，人已经到了美国，生鱼片就没有那么好吃了。现在我也仍然时不时去吃寿司，不过如今在芝加哥郊区开日本餐馆的大多数是华裔和韩国裔，虽然也好吃，但是不那么正宗。

在数码单反相机日新月异的今天，无论海内海外，扛着"长枪短炮"的华人随处可见；网上网下，大大小小的摄影师们此起彼伏。我半生见过不少风景人物，却总是想不起照相留念。好像只有在刚出国的头两年，行走了大半个日本，拍过不少照片。因为年轻，免不了自恋与恋爱，看到一处风景就有感触。夏天一放暑假，我就去了东京，在池袋旁边的免税照相机店买了一台尼康FG单反相机加上广角、标准和70—200三个镜头，讨价还价一下午，最后付了十四万多日元，在当时算是豪华装备了。背着一个沉沉的照相机包回到仙台，没过几天就乘船去北海道，第一次在海上看日出，也拍了照片。此后的一年多里，照风景、照生活，自然也照美女同学，但是照着照着就渐渐没了兴趣。1984年第一次探亲回国时，把整套相机留在了北京，回来以后买了一个傻瓜相机。

当年十四万多日元比我两个月的奖学金还多，之所以敢买无非是因为手头有预支的三十五万日元。刚刚到日本时，每个月的奖学金是六万五千日元，好像是第三年涨到六万八千，上研究生以后涨到七万八千。如果在学校餐厅吃饭，基本就是月光族，所以我们一到日本就开始自己做饭。当时同学少年，都是二十岁上下，一路学校里走过来，大多数不大会做饭。我很幸运，"文革"里从十岁起就有做饭的经验，很快辣子鸡丁、韭菜鸡蛋等等炒菜就颇为熟练，不到半年就能够四菜一汤招待同学了。

买了相机不久后，银行账号触底，一算账前半年开销严重透支，只有去打工挣钱，填补亏空一途。当时上面是有规定不许去打工的，好像理由是会影响学习吧。留学还是新生事物，管理的思维还是原来那种什么都要管，所以出国前集中培训时，听了一大堆规定这个不许、那个不能。我照例一开会就打盹或者走神，自然什么都没有走心，只明白了一点：要打工需要私下进行，不要大张旗

1983年在日本

鼓。半年下来，观察到去打工的留学生其实颇有几位，只是嘴上从来不说而已。榜样的力量是无穷的，于是我也悄悄去打工。第一次打工是去推销高考辅导课程教材，没有在日本参加过高考的留学生去推销日本高考辅导教材是有些滑稽的。那时候的推销，还是传统的挨家挨户敲门，遇到的多数人，对这个操着半生不熟日语的中国留学生比对教材本身更加好奇。这套教材定价十几万日元。实在是昂贵了些。我推销了四个星期，一套也没有卖出去，很没有成就感地辞了工作。不过这份工作的底薪是八百日元一小时，所以我还是领到了平生第一次工资，立马很开心去吃了一顿西餐。

<h1 style="text-align:center">二</h1>

在日本留学的第一年，被投掷到一个陌生的国度、陌生的环境，周围不再有谈得来的人，日常生活或多或少是一种文化冲击。那时候中国和日本的差距，是实实在在的发展中国家与发达国家的差距，不似现在走在北京或者上海，有时候觉得比东京更繁华。那一年诗写得特别多，信可能写得也不少，如今想来都是有理由的吧。但是另一方面，我有一种很清晰的轻松感：在这里我就是一个普通人、一个不引人注目的异乡人。我就是我自己，和别人不再有任何关系。我不再承载某种期待，不再被认为与众不同。那时候我已经读过加缪，他笔下的主人公以漠然的方式拒绝整个世界，其中的震撼力，在我看来远远胜过萨特的声嘶力竭。加缪在怀疑中自相矛盾，在自我放逐中寻找自我："我从未如此深刻地感受到自己与

灵魂相距甚远，而我的存在却如此真实。"

70年代末开始的所谓思想解放运动，标记之一是西方近现代思想家的重新涌入。在大学生里，萨特、弗洛伊德风靡一时。我却在加缪的小说里感到了比理论体系里更多的东西，这也折射出我自己对这个世界的感受与理解的方式。我在1978年读罗素的《西方哲学史》，才明白西方哲学系谱如此深厚博大。我们从小被遮蔽了全貌，能接触的十分有限，所知道的碎片而偏颇。罗素的这本书，自然不会提到马克斯·韦伯。实际上韦伯的名字一直流传不广，他的学说在中国了解的人也始终很少。我在仙台读大一时，社会学教授细野先生是研究韦伯的学者，他用的教科书是他自己写的，其中相当大的篇幅是关于韦伯。细野先生不高，身材瘦削，黑边眼镜后面的两眼炯炯有神。80年代初，日本的大学老师一般比较注重仪表，日本人穿着又比较正式，所以学问如何另当别论，看上去都比较让人起敬。细野先生总是头发整整齐齐闪着光，穿西装、打领带，很干练的样子，看上去既像大学教授，也像公司高管。我因为对社会学有兴趣，有几次下课以后去他的研究室向他请教。他对我很友好，一个来自社会主义国家的大学一年级学生对韦伯非常感兴趣这件事，大概让他也觉得很有意思。我从小在大人堆里长大，对于学者、高官都毫无神秘感，看到先生在研究室自己点烟，就问他可不可以抽一支，得到同意后，就和他对着冒烟聊天。三十多年前，日本男性大多数都抽烟。大学三年级进入研究室以后，师生一堂的讨论课上，轻烟冉冉中研习经典是常见的情形，不知这样的风景本世纪是否依然。

对于我这样的文科生来说，更深层的震撼来自于课堂与书本。马克斯·韦伯的《新教伦理与资本主义精神》《儒教与道教》是振聋发聩的，给我提供了一个全新的历史向度。从清教徒，尤其是加尔文教派的信仰中，梳理出财富追求中的虔诚，是理解多少代资本主义富豪精神世界的钥匙，比尔·盖茨、乔布斯、小扎都还是在这一系谱上。

然而韦伯影响我最深的是他的方法论。在细野老师的课堂上，我第一次明确了人文学科、社会科学与自然科学的分际所在。韦伯的理想型范式，昭示了人的社会行为、历史过程不是一个可以实证的物理过程，历史学者是无法仅仅通过历史记载直接复现历史的。预设的概念与视角无可避免，认识历史的过程也是一个不断修正概念与视角的过程。可惜韦伯的方法论至今大多数人并不理解。某种意义上，韦伯和加缪竟然给我殊途同归的感觉。他们的怀疑自省精神、对目的论的高度清醒，都是在西方思想史上也不多见的。在我看来，骨子里确有相通之处，虽然德法的思考方式和气质毋宁说是截然相反的。

三

一个爱乐群里的朋友发给我玛莲·迪德里奇（Marlene Dietrich）唱的《莉莉·玛莲》（*Lili Marlene*），三十多年没有听这首歌了，重温依然十分感动。1982年在仙台上大学时，校园里常有各种电影广告，多是学生社团自己放电影，内容五花八门，和国内大学一样，往往就是找个大阶梯教室放，只是电影机器不错，很少断片。我所在的文学院，有个电影研究会，经常放电影院里很少见的欧洲电影，价格则比电影院便宜一半都不止。伯格曼的电影看过好几部，但是当时印象弒深的是《莉莉·玛莲》，相当一段时间里，上下学走在街上，都会轻轻哼起"多想和你在一起，莉莉·玛莲，莉莉·玛莲"。

这首歌的原词写于第一次世界大战中，把两个女孩的名字合在一起。后来德国作曲家舒尔茨在1938年谱曲，由歌手拉莉·安德森演唱。开始并不流行，直到1941年在被德国占领的贝尔格莱德广播电台播出后瞬间风靡，在第二次世界大战中传遍欧洲，无论是德军还是同盟军，都在战场上唱着这首歌走向炮火，走向死亡。后来这首歌被纳粹德国认为是靡靡之音因此被禁，拉莉也因为在苏黎世与犹太裔艺术家的交往被投入监狱。已经逃出德国的玛莲·迪德里奇演唱了这首歌的英文版，把战地情歌传奇继续。电影《莉莉·玛莲》是根据拉莉的经历演绎的故事。

德国女歌手薇莉和犹太裔青年作曲家罗伯特在苏黎世相爱，罗伯特的父亲、犹太秘密组织领导人坚决反对，使用谋略，让薇莉回德国后无法进入瑞士。"二战"开始后，薇莉以一曲《莉莉·玛莲》成名。罗伯特听到薇莉的歌声后，潜入德国去与爱人相会，后来被捕。薇莉为营救罗伯特从事地下工作，最后以交换战俘的方式救出了罗伯特，自己却身陷囹圄。战后她去瑞士找罗伯特，却看到他已经结婚，功成名就，只有悄然离去。电影拍得相当冷静，看完却让人感伤。看电影时介绍导演刚刚英年早逝，很多年以后我才知道只活了三十七岁的法斯宾德是一位天才，也是德国新电影的代表性导演之一。在富于节制的叙述中，他不仅讲了一个令人悲伤无奈的爱情故事，更写出战争中女性的遭遇，写出在正义的背后往往有另一种冷酷。

在此之前，我看的电影一写到纳粹时期，就或多或少有些正邪不两立的倾向。《爱与悲伤的波莱罗》里，以法国香颂歌手皮雅芙为原型的故事，是我看的第一个以战争中女性的无力和无奈为主题的，女歌手由于为德军唱歌战后受到羞辱。《莉莉·玛莲》更多了一重看上去代表正义的一方对爱情的不容忍。电影的力量有时是巨大的，能够以诉诸感官的方式动摇人心中固有的观念，在我的青年时代也是文化冲击的一部分吧。

四

青春多醉酒，当时七荤八素，若干年后却是美好记忆。在日本第一次醉酒是同学聚会，我掌勺做了几个菜，厨艺还不熟练，难免手忙脚乱。匆促之间，空腹喝了一瓶啤酒、一杯红酒、一杯威士忌，然后就什么都不记得了。后来同学讲我曾经忽然放声歌唱，然后一头睡倒。而我记得很清楚的是醒来头很晕，是一位师兄用自行车载着我从城南回到城北的公寓。第二大早上8点50分有一门课期中考试，我睡了两个小时，就在漆黑的夜里挣扎着爬起来，用凉水洗个脸，然后复习功课。天亮不久，脚底踩着棉花般去了学校。那门功课我居然考了个A。

第二次醉酒，却是真的喝太多了。那是去外地看同学，边饮边聊，一时兴起，又去了一家酒吧，把口袋里的钱全都掏出来换酒。出来下楼梯时，都有一点跌跌撞撞。外面月光皎洁，在校园的小路上已经走不直了。我是借宿一间空着的宿舍，走到房间门口，明明房间在左边，却身不由己推开了右边一扇门。幸好那是学生宿舍的电视房，但在里面看电视的一个学生还是被吓了一跳。我向他道歉，然后一转身就把对面的房门撞开了。我嘴里说着"真对不起"就关上了门，再醒来发现自己和衣睡在地上。

记忆就这样筛去为数众多的平淡无奇日子，留下一些瞬间，构成一个人的过去。我在十几岁时就觉得，其实人只是为某些时刻而活，绝大部分的时间与生命没有意义。这种想法的背后，隐藏着对人生目的与意义的怀疑，与主流、与大多数人格格不入，尤其是在一个貌似百废俱兴、蒸蒸日上的年代。混迹在全国一年仅仅选一百名的留日本科生之中，大多数都是今天人们所说的精英、学霸，不乏内心满怀宏图大志的家伙。好在我从小不与人争论，也很少和别人讨论价值观。世界上我感兴趣的那么多，时间根本不够用。所以我很习惯和别人平行。两条小路的交叉，终究是某种缘分，或者由于某种原因。而且我对自己的想法比较坚守，一方面出于自信，一方面由于宽容自己，觉得还是爱怎么想就怎么想比较好一点。对自己宽容的一个副产品是对他人的宽容，因为自己内心的任性，对于不同的想法、对于各行其是的活法，反而比较容易接受。在追求成功与成就是理所当然的年代，我很自觉地走向边缘化，在文字中、在感觉世界里寻找自己期待的瞬间。也许是一句诗，也许是一杯酒，也许是一个眼神。

1983年秋天，苏芮的歌声像一阵山火般席卷，《是否》《请跟我来》与《酒矸倘卖无》都是传唱了三十多年的一代经典。然而，最感动我的却是《一样的月光》：

> 谁能告诉我，谁能告诉我
> 是我们改变了世界
> 还是世界改变了我和你

如今一年会有那么两三次，我独自一个人在地下室唱卡拉OK。偶尔还会想起这首歌，想起一样的月光，曾经照着无处安放的青春。

在日本学英国史

一

我在日本上大学时，本科的体制是前两年在教养部学习普通课程，每年有一定的学分要求，有一部分必修课，选修课内容相当广泛，跨学科甚至风马牛不相及都是常见的事情。一年两个学期，大部分课是全年的，也有一些只需一个学期。开学时上的课，在一定时间之内可以选择不修或者放弃考试，所以我会一开始选二十多门，然后停掉不喜欢或者感觉太难的课。当时在中国选修课还只是传说，喜欢偷偷摸摸去别系听课的我，这一次堂堂正正地从日本文学史到意大利语、从社会学到高等数学，完全按兴趣或者一时兴起选了一堆。

不过，东北大学虽然是仅次于东京大学、京都大学的六所战前帝国大学之一，却有严进宽出的倾向，头两年的教养部尤其如此。虽然日本人大多严肃认真，不过文学院的学生相对比较自由散漫，这一点估计不管哪个国家都是如此。风气影响所致，我从第二学期起，就恢复了旷课的习惯，或者因为打工，或者由于打麻将，或者干脆就是睡懒觉起不来床。兴趣本位的教养部时期是一段快乐时光，很多同学都是不好好上课，参加许多社团活动。我先是参加合唱团的，德语歌唱得舌头转不过来，不到一学期就洗洗睡了。后来参加电影研究会、哲学读书会，对于日语的提高有很大帮助。当然我也因此看了不少欧洲文艺片，喜欢上了伯格曼；走近了胡塞尔、海德格尔，虽然用日文阅读终竟有些隔阂。

到了三年级进入本专业学习后，情势陡变，不仅上专业课的大课，而且要跟着研究生后边参加导师主持的讨论课。每个星期或者要阅读好几本指定的书，或者要完成外语经典的部分翻译与读解，于是娱乐减少、熬夜增加；就连穿着也因为和西装笔挺的导师经常近距离接触，收起牛仔裤，改穿西装外套了。我的导师吉冈昭彦先生，是日本战后一代学者里研究英国近代史的顶尖学者，他身材健硕，步履缓慢，眼睛不大，看上去很和蔼，但是对学生要求十分严格，批评起来不留情面。他第一次接见我就带着有点神秘的微笑问：你怎么会到日本来学英国史？我很老实地告诉他，我自己也不知道是怎么回事。

1981年寒假过后开学第一个星期，我被系里找去，告诉我被选拔去英国留学。那时候留学还属于天方夜谭，外国遥远得像另外一个星球。我的第一感觉基本上就像中了张彩票，不过从此以后我再也没有运气中彩，其实并不知道那是一种怎样的心情。无论如何，能够去留学当时属于天上掉馅饼，以至于去哪里留学反而不那么重要。第二天系里改口把我从英国送到了日本，我倒也没有觉得怎么样。还是计划经济、政府指令的年代，一拍脑袋就做决定的事情时常发生，我们这一代人又从小就习惯了荒诞，因为什么事情都可能发生，人会逐渐变得钝感。从在长春接受外语培训时，日本老师就会问：你为什么要去日本学西洋史？我只能回答，这是国家保送的，我自己不能选择专业。我的回答对方显然不能理解，后来我发现，只要不是国内出来的人，都不能理解。

日本的西洋史学界也以东京大学、京都大学分别为中心，分为关东和关西两个学派。吉冈先生"二战"后不久毕业于东京大学，所著《近代英国经济史》是1981年就入选"岩波全书"的名作，然而我对于经济史全无兴趣也不得其门而入，只好和先生商量了几次，锁定国际关系史的方向，主攻19世纪英国的东方政策。没有专业选择权的悲催，在大学三年级时显现，我被告知不能改专业，也不能换学校，甚至更加优厚的奖学金也不可以接受。

二

80年代日本还是吸烟蔚然成风，与中国不同的是，不少女性也抽烟。文学院的女大学生里，就颇有几位烟瘾不小。其中一位，如今我已想不起她的名字和专业，只记得她告诉我，每天抽一盒到两盒烟。她眼神明亮，言辞犀利，能谈论尼采，喜欢辩论。和她聊一会儿我就有败下阵来的感觉，倒不是因为肚子里没货，我对自己的知识储备还有点信心，就是讨论有点深度的问题时，头两年日语明显不够用。她豪爽的性格和像男孩子一样的打扮让我不觉得她是一个异性，不过一年级时她是唯一一个我觉得可以谈得来的日本同学。聊了几次天以后，我发现她其实简单阳光，说话直来直去，不像同龄的中国同学，或多或少心灵上有着艰辛生活留下的阴影。好像是岁末班级聚餐，她喝得有点多，我送她回公寓，到了楼下，她忽然靠在我身上，可是她身上传来的烟味让我对她一点感觉都没有。十多年以后，我在江南小镇歌厅里听辛晓琪的《味道》："我想念你的吻，和手指淡淡烟草味道。"不禁想这真是女孩子的歌与感觉。

吉冈先生也是烟不离手，从三年级跟着他每星期上两到四个小时的讨论课时，便是老师和学生围着一张长条课桌吞云吐雾之际。许多思想的火花在高谈阔论的氤氲中发生，也最终消失在时光的烟雾里。我在高度意识形态化的环境里长大，大约与此有关吧，对历史的兴趣和理解在上大学之初还是偏向于文化思想史。吉冈先生明显对此不感兴趣，他告诉我他主要的研究在经济史方面，研究方法是史料分析为基础的实证史学。我是在很多年以后才体会到，实证史学的本质之一是对意识形态的高度警惕，先生对文化思想史的保留态度其来有自。大概出于这种实证精神，吉冈先生特别强调史学研究拒绝追逐时尚，拒绝光说不写，要收集所有找得着读得懂的史料，下大功夫写论文。后来我读到傅斯年先生"上穷碧落下黄泉，动手动脚找东西"的名言，颇感其相同之处。吉冈先生平日骑一辆旧自行车，早上9点左右到研究室，晚上六七点回去，有时会一直到10点多才走。他生活规律，不苟言笑，颇符合历史学家无趣的形象。接触多了，发现他学识其实广博，而且不知则已，凡所知之事，都有相当坚实的了解。我此前那些三脚猫的知识，经常被先生诘问得无话可说。我此后于历史人生，多少养成一些注重细节、打破砂锅问到底的习惯，实应感谢先生的潜移默化。

80年代的中国，在外人眼里仍然属于铁幕那边，吉冈先生也曾经以为我一定熟悉一些革命导师的著作，听说我什么都没有读过时，先是一惊，然后大笑。他告诉我，"马克思还是很了不起的"，我以为他只是这么一说，也就只是笑笑。不料到了硕士第一年，他开的研究生本科生阅读讨论小课，内容竟然是《资本论》精读。精读的方法，是每星期读一两小节，然后句段解释，旁征博引，细究其义。一年下来，统共才读了《资本论》第一卷的第一部，然而先生对马克思的了解之深，当时让我十分震惊。后来我才了解到，东京大学战后是左派学生大本营，直到60年代初这里的青年知识分子都不乏叛逆精神。所谓"讲座派马克思主义"是东大学派经济史学的主流，吉冈先生年轻时是其中重要人物之一，三十出头就在1960年成为日本史学史上颇有名气的"吉冈·堀米论战"的主角之一。

关于历史学是否对现实社会发生作用这一点，当时吉冈先生是持肯定态度的一方。我不知道吉冈先生指导我时有了怎样的转变，他很少谈论现实，但从他的只言片语中，我曾经感到无论是对日美还是对以苏联为首的阵营，他都是持批判态度。我二十多岁时，自然倾向于介入的生活态度，认为批判精神与现实关注是知识分子应有之义，吉冈先生未置可否，仅仅告诉我先把论文写好。他曾经说过，李君有才华但是不用功，而历史学者不必有才华但必须用功。

我花太多时间在读闲书上，专业方面就不够用心，先生批评得没有错，但是我还是很难喜欢上一个不那么感兴趣的领域。在读硕士课程的时候，我有一半的时间钻到图书馆的地下室阅读19世纪英国外交部文件的微胶片复印件，还有一半时间在读维特根斯坦的《哲学笔记》，难免史料上功夫不够扎实，维特根斯坦也读得不甚了了。

三

我考大学的时候，热爱20世纪欧洲小说、醉心于新知，想报的志愿，不是外国文学就是世界历史。到大四时，读了《陈寅恪晚年诗文释证》、《历史与思想》和《史学与传统》等书，体会到民国学人自胡适以降，多以西学方法整理国故，才是学术的主流所在。那年5月父亲去复旦大学讲学，我随同前往，询问有无回国考中国思想史研究生的可能性。校方相当通融，同意我免试政治，留学四年后，那自然是一门一考就要砸的课。不过更多的长辈学者，还是劝我在国外读研，不久考本校硕士又轻松过关，终究没有回国上研究生。

1988年李宗一先生以客座教授访问庆应大学，我给他当翻译陪同参加日本著名中国史学家的聚会，又一次起了换专业的念头。庆应大学的山田教授也欢迎我考他的博士生，然而换专业换学校是不被批准的，也就意味着无法延续奖学金，又没有申请到其他的奖学金，东京居，大不易，遂作罢。不过这一番折腾让我明白，在日本学英国史更像是命运开的一次玩笑，终究要寻求改变。大约在那年夏天，我给几位美籍华人学者写信，芝加哥大学的邹谠先生回了一封满满五页的信，亲切而细致。在此之前，芝加哥会让我想起电影《美国往事》，黑帮与枪声。8月在颐和园划船之后，青年时代的一位至交启程去了芝加哥，时不时收到他的来信，遥远的城市忽然变得清晰起来。不过我丝毫没有意识到，芝加哥是一个即将以奇特的方式嵌入我生命的名字。

吉冈先生估计察觉到了我的不安分，有一天把我叫到他的办公室，一如既往严肃地重复一遍博士课程只是培养一颗学者的种子，关键不在于课题本身，在于通过研究课题打磨论文，植入做学术的方法。这些话我由于听多了有一点木，坐了一会儿就道谢告辞。我感到先生有一点点不高兴，不过多年来他的严肃不免让我觉得难以亲近，而我自己貌似开朗随和，其实也是经常隐藏起自己内心的人。博士课程几乎没有课，除了一星期一次的讨论我很少见到吉冈先生。一个喧嚣与骚动的夏天过后，我重新开始在研究室读书到深夜的生活。有一天晚上吉冈先生也走得很晚，临走时推开研究室的门，看见我独自一人坐在灯下，说了一声："在努力呢！"我赶忙站起问候，他挥挥手说："有一些事情我想告诉你，我对别人讲过，现在我也要对你说，你其实是个优秀的学生。"后来我去美国，临行前向他告别，他显然心中有些感慨，但是没有说出来，我们也没有多说几句，只是对坐着抽了一支烟。最后他掏出一个信封说，"这是我的一点心意，没有多少钱，到那边总有用得着的时候。"我和吉冈先生一直仅仅是保持着一定距离的师生关系，我完全没有想到他会这样，当时一句话也说不出来，除了执弟子礼表示感谢，我还能说什么呢？那天下午骑着自行车离开大学的时候，我心潮澎湃，差点栽到沟里去。

四年以后，我出差回到仙台，在文学院门口留了一个影，但是我没有上五层，因为我知道吉冈先生早已退休，不在这里了。

时光流逝，我离日本越来越远，英国史的书和论文都留在了仙台，不知所终。在某个午夜，独酌一杯威士忌，忽然想起吉冈先生，上网一查，他已在2001年逝世，享年七十四岁。

从霓虹灯到月亮的距离

一

　　有一年在上海，一位留学日本多年的海归对我说："咱们到真正的居酒屋去。"夜上海是一座灯红酒绿的迷宫，朋友驱车穿行在高楼灯火与霓虹灯之间，忽然拐进一条不起眼的弄堂，闹中取静处，一盏居酒屋的灯笼微微摇曳。

　　最近二十多年来，上海与国际同步，很自然地接受了日本餐饮文化。朋友说这间居酒屋的主人其实是本地人，然而招呼客人的当炉老板娘却是一位风韵犹存的中年日本女性，说话热络、言辞有礼，和店里偏暗的色调、橙色的灯光一起，把居酒屋定位在比较高大上的一端。深秋晚上正是穿外套的季节，有一半以上客人是西装笔挺的株式会社社员，这样的风景从80年代末以来还是第一次见到。据朋友说，这里是酒好巷子深，本地人来得并不多，客人多半是在上海的日本人或者海归。在店里听到说话，多半都是日语，也是时光倒流的感觉。

居酒屋我去的次数不是很多，在那里必吃的烤鸡串、关东煮却是青春记忆的一部分。1982年仙台国分町的七夕节夏夜，灼热的白色路灯把一条窄窄的街照得像不夜城又像是摄影棚。第一次见到马路上间隔不远就会坐着或者躺着一个喝醉的男人，有些还打着领带。我自己也喝得晕乎乎的，"松竹梅"名字起得雅，度数又低，温过后喝起来很容易就一杯杯下去；一边喝一边聊天，很容易就产生煮酒论英雄的幻觉，自然也就很容易飘飘然了。要抬起头仰望夜空，看见繁星点点，才知道自己不在摄影棚，也不是梦中。这是我第一次身在其中，感受一条熙熙攘攘霓虹灯闪亮的酒吧街。此前在北京，无论是多么热闹的，酒终人散后，所见只有路灯昏黄，老人在灯下摇着大蒲扇下棋。

婉言拒绝朋友要送我回家的好意，独自摇摇晃晃，步行五公里走向学生公寓。为抄近道，最后穿过一片墓地，这时新月已经冉冉升起，我的酒也醒了。在墓地门口台阶前坐下，双手合十，看着月亮。那一夜我不知道霓虹灯距离月亮有多远，就好像我分不清是在迷迷糊糊的酒吧街，还是在清冷的月光下更加真实。从那以后的三十多年里，无论是日本、美国还是中国，和平年代的城市越来越灯红酒绿，霓虹灯与墓地上的月光，越来越像人生的两极。

大学一年级时，不时请我去居酒屋的是一位台湾学长，当时已是硕士生，有家室，看上去老成大哥的样子。我是1949年以后到文学院读书的第一个来自中国大陆的留学生，而且天生一头鬈发，有些文学青年的样子，似乎一时间引人注目。两岸当时还是敌对状态，出国前经常被教导要提高警惕。文学院的台湾留学生都是研究生而且多半是女生，一聚在一起就叽叽喳喳，更衬托出身材高大、言语不多、常带微笑的L。他浓眉大眼，南人北相，因为在眷村长大，"国语"（台湾对普通话的称谓）说得很不错。虽然有一点点夸张，但是他说话的豪爽风格，还是很有助于让他能够与人一见如故。我不是个有多少防人之心的人，尤其不善于拒绝别人的热情，所以当他邀请我去居酒屋喝酒的时候，想都没想就答应了。酒喝了一次就有第二次，年轻时往往喝着喝着就有了似乎无话不谈的氛围。L开始对我宣传三民主义，我起初笑而不答，把话题轻轻拨开。我素来自己不宣传什么，但也不喜欢被宣传。当他再一次回到这个话题时，我只好老老实实告诉他：关于民国和国民党的历史，我知道得不会比他少。那时候我年轻记性好，虽然对于历史的了解很浮表，编年大事记和基本脉络却背得滚瓜烂熟。我没有见到过台湾70年代的历史教科书，大概也有很多歪曲与屏蔽吧。除非是历史专业出身，或者是对于真相努力追求者，一般民众的历史知识，尤其是近现代史，很多碎片化，不乏虚假信息。关于同盟会到国民党的早期历史、关于北洋时期直皖奉三系的兴衰演变、关于孙中山改组国民党联俄容共的过程，L是几乎完全不了解的，听我侃了一次以后，他再也不提这个话题了。倒是问过我一次，我怎么会了解这些。我也就实话实说，告诉他我父亲主编《中华民国史》，我近水楼台，能够看到的东西自然多一些。我也反问他为什么会那么信三民主义，他告诉我家里很多长辈在土改和镇反运动中都被枪毙了。

把话说开，人与人相处就释然了。不过一年之后他就离开了仙台，临行前自然免不了开怀畅饮，喝完了也就彼此相忘于江湖。

兼职中文私人教师时与学生合影

二

咖啡馆与广场有三个街区
就像霓虹灯和月亮的距离
人们在挣扎中相互告慰和拥抱
寻找着追逐着奄奄一息的碎梦

我第一次听到这首歌时，已经过天命之年。无论是咖啡馆还是广场，都是四分之一世纪以前的往事。咖啡馆是我的青春之歌，在今天留下的痕迹是，无论我走到哪里，每天早晨第一件事就是喝一杯咖啡。回到中国是回到绿茶社会，就连"婊"这个字都和绿茶连在一起，虽然我有时更加警惕貌似高洁的贞节牌坊。

日本的咖啡馆和中国的一样，是不续咖啡的。美国则除了星巴克很少有咖啡馆，但一般饭馆提供的咖啡都是可以免费续的，只是多半不怎么好喝而已。我在日本是把咖啡馆当茶馆，一坐几个小时，或者读书，或者和朋友聊天，直到关门的时候才离去。

绵延温暖的时光后来就成为一个梦境，偶尔在将醒未醒之间出现。穿越长长的、点着矿灯的隧道，回到三条町上那家老板娘有点口吃的咖啡馆。在我当中文私人教师的几年，下课后常常带着学生去那里。田村是药厂的课长，刚满三十岁，还没有结婚，个子高高的，眼睛小而亮，说话尖而急促。我刚刚见到他的时候，并不怎么喜欢他的精明与器局，不过我是主张专业精神的人，从来避免把自己的感觉带入到工作之中。而且田村虽然口语不大流利，却已经在阅读原版《子夜》。认识他久了以后，感觉他虽然不好玩，却是个非常好学的人。出生在山里一个飘雪的村落，田村高中一毕业就去了东京，再也不曾回到故乡。他十分勤奋，彬彬有礼，极其重视也遵守规矩，从仪表到思考方式都是一流会社社员的模子。我导师那一代战后日本东京大学精英，不少受马克思主义影响；我的另一个朋友曾经是1968年学生运动领袖，也因此对中国有天然亲近感；相比之下，田村这一代的保守化十分明显，恰恰与七八十年代日本的高速成长相呼应。

每星期上一堂课，每次下课后去咖啡馆里聊会儿天，春去秋来，不知不觉就成了生活中的一部分。大约三年过去，田村的日子一成不变，他年纪轻轻当上了管理职，再往上升可就没那么容易。他每天工作到很晚，没有时间也不擅长交际，虽然有过几次相亲，但还是找不到自己的另一半。有一天我隐隐感觉到他内心的焦虑，也忽然觉得他的头发好像越来越稀疏了。那天下课，他忽然对我说："我们去喝一杯怎么样？"我有些惊讶，但还是答应了。已经是80年代最后一个早春，天气还很凉，但是应该不会下雪了。上研究生以后，很少来国分町，随田村进入一家新的酒吧，里面竟然有一个北京女孩在那里打工。虽然在东京从1987年起已经常见，但是仙台这样闭塞的城市还很少有外国女郎。我看到田村的小眼睛一亮，反应过来原来他喜欢上她了。当灯泡本来就是我不用别人教就会的，再说异国遇见老乡，老乡还是个漂亮姑娘，也是令人欣喜的。不过芊芊是个话痨，那种语速很慢的温柔，其实是因为到日本还不久，两种语言不断打架的结果。除了有关自己姓名和身世的小小不诚实以外，她性格开朗活泼，根据缺什么想什么的原理，正是田村喜欢的类型。我第一次见到素来严谨细致的田村忽然豪放起来，万元钞一张一张往外掏。夜里两点，消费完一瓶法国干邑白兰地，田村舌头已经有点大，我送他上了出租车，然后去取放在离酒吧间不远小巷里的自行车。在那里遇见了刚刚下班的芊芊，她也去取自行车，换下短裙丝袜高跟鞋的工作装，穿上牛仔裤，看上去判若两人的她笑呵呵地告诉我她就要去东京了，"我没告诉田村先生，还是麻烦您转告吧"。然后她就骑上车，挥挥手，从小巷的另一头消失在黑夜里。我回到国分町上，灯光还很亮，只是夜太深，街上人已经不多了。

我记不清是我告诉田村芊芊去东京的事，还是他自己知道的，只记得他来了一个电话，告诉我他想停中文课一段时间，声音有点疲惫、有点低沉。

三

芝加哥郊区是没有霓虹灯的，许多街道连路灯都没有，只有月光。我住的小区环绕着一个人工湖，走一圈刚好两公里。在夏夜，我时常围着湖散步，月光落在安静的水波上。往往走两三圈也遇不见一个人，只是偶尔经过某一幢房子会引来屋里几声犬吠。在这里，想要远离人群是一件容易的事，所谓孤独也就是真真实实地周围没有一个人。

在空旷的地方，只有月亮看上去很近。一个人经常与月亮对话，很难说是活得真实；而在上海弄堂里的居酒屋，烤鸡串、关东煮都做得很地道，却也不见得不是虚幻。我的海归朋友和我啜着久违的烧酒，有一搭没一搭地说起各自的往事。我忽然发现他读研究生的大学正是L离开仙台去读博士课程的地方。

"你认识L吗？"

"当然啦，他是我们学校最资深的先辈学长之一，现在在南方，生意做得风生水起，还经常做些慈善事业，是一位著名的台商了"。

我一点也没有诧异，倒觉得这样很自然：L一直是思想很正统、事业心很旺盛的人，时代不同，他的思想与追求也就与时俱进了吧。当年我就听说他是同学会会长，想来那时他对自己所说的一切，就有着一种使命感吧。

我平常极少喝日本酒，不管是清酒还是烧酒，饮后或者是睡不着，或者是第二天起来头疼。那天虽然尽兴，回到酒店却辗转反侧。日本其实是一个独特的国度，离开后在美国或者中国很少有地方能唤起我的回忆。拉开窗帘看魔都夜晚灯火，不远处江水缓缓流过。那年9月，当夏天已经尘埃落定，忽然接到田村的电话："李先生，您是不是要走了？"我大吃一惊，但是又不会撒谎，就告诉他"是的"。他说"看来我猜得没有错，我去看看您，和您告别吧"。我最后一次到那家以前常去的咖啡馆，和田村匆匆忙忙见了一面。我照例开玩笑说："你以后找个中国姑娘，中文就会说得更好，老婆比老师管用多了。"临别时，田村行了一个九十度鞠躬的大礼。此后我没有听到他的消息，听说那家咖啡馆也早就关张了。

　　去年中秋月全食的时候，人们纷纷在草地上用望远镜或者相机寻找隐隐发红的月亮。我也凑热闹架起三脚架，用多年前的入门级单反相机拍十分业余的照片。倒也因此在后院树影之间，看月食的全过程、色彩明暗的变幻，第一次感到月亮原来也会这样震撼。

　　　中秋黯澹月全食
　　　此夜平生几度痴
　　　天狗血轮何所忆
　　　沧波海上掷杯时

天花板的雀斑占领了眼睛

一

那是一个乡村小站

灰色风泠的黄昏

列车远行

化作儿时玩具

80年代是文学青年的时代，不过那时不似今天，没有网络更没有自媒体，连打字机都没有，码字如果想要发表，必须要把手稿寄给编辑，把命运交到他们手里，然后要等很久才能知道结果。另一方面，越难的事情越有效益，往往一篇小说、几首诗就造就了一个小有名气的作家。

我本来也是一个文学青年，不过阴差阳错，在80年代初就被送出去留学，在生活环境发生急剧变化的同时，断了文学梦，但是因为年轻，继续为自己写诗。因为是给自己写，就不太认真也没有好好保留，经常是写在一张纸片上，然后夹在书里或者本子里，一放就是几十年。上面这几句就是在一张纸片上的诗，注明写于1985年12月10日，题目是"乡村小站"。

日本的大学是4月1日开学，之前有一个半月的春假。1983年春假时，我背起一个相机包，里面装了一台尼康单反FG和标准、长焦、广角三个镜头，开始周游日本。学生有的是时间，但是囊中羞涩。头一年日本国铁推出"青春闪光18岁"的慢车套票，两千日元一张，有效期二十四小时，能走多远算多远。我就这样大部分时间乘慢车，从仙台一直游荡到长崎。

80年代是日本的黄金时代，安定繁荣、干净整齐。外国人还很少，无论走到哪里，对我这个能说日语的中国人大多热情周到。当时治安尤其好，我住的学生公寓夜不闭户，房间根本没有锁。我乘慢车远游，有一段是夜行列车，整个车厢只有我一个人，我不但没有一点不安，反而觉得十分惬意，想起了《金蔷薇》里的一段场景。

日本的火车本来就很安静，多数人都读书，很少有人高声喧哗。我带了一本太宰治的《斜阳》。在太宰治之前，我仅仅读过一点点川端康成，以为很美很日本，到仙台后修日本文学史才明白，川端实际上是一位很国际化的作家。1981年在长春学日语时，读到刚刚出版的《斜阳》中文版，用今天的话说，这是一部很毁三观的小说：直白不加掩饰地颓废、下沉，走向毁灭、死亡过程里的美感，有一种不可名状的震撼。在夜车的灰白灯光下读日文原著，却是一种很不同的感觉，"破坏会使人感到悲哀和伤心的，但却是一种美丽的东西"。日文相对节制一些、模糊一些，不似中文往往明确而夸张，反而能让人更深地感到唯美感性的暧昧力量。

太宰治出生在日本本州岛东北端青森县地方名门之家，自幼受到良好教育，锦衣玉食，却很早就有厌世倾向，多次自杀未遂，最后还是在三十九岁刚刚写出最好的作品时跳河溺亡。太宰治浓眉高鼻，英俊而目光忧郁，一生风流，时常有和爱人演出殉情自杀的冲动。其中有一次，和他一起自杀的女友死了而他没死，因此几乎被起诉杀人罪。他的最后一部小说《人间失格》在相当程度上就是讲述这一切的自传，写完后他就和新的女友自杀，这次两个人都死了。

天蒙蒙亮的时候，列车抵达终点。是一个小镇的车站，小小的候车室、售票处的木造建筑应该还是"二战"前的。3月初的早晨还是很凉的，我伫立在月台上抽烟，看着天空慢慢亮起来。铁路那边，丘陵点点，新绿渐渐清晰，沾满露珠，晶莹透明，微微闪光。

二

陈旧、不说话的长凳

落满了故事

候车人躺着

想起带星星的车票

木村君兴奋地告诉我楼上来了一个中国美人时，我只是耸了耸肩，因为我知道日语里的"美人"就如同今天中文里的"美女"一样，都当不得真的。木村君看到我的反应，有点着急："真的，真的是大美女！"

木村君胖胖的，面白唇红，戴一副黑色宽边眼镜。他虽然喜欢谈论女生的颜值，其实是个很单纯、内向的小伙子，好像还没有过女朋友。我们同学四年，有三年我经常抄他的笔记，他的大方慷慨不免让我有点不安，所以我总是耐心听他讲他来去匆匆、不靠谱的单相思。我经常夸奖木村君，说他无论研究历史还是做情报都是一把好手，搜集史料或者了解一件事细致全面。没过两天，他就告诉我新来的中国美人姓陈，来自香港，然后缠着我："你一定要介绍我认识她。"

文学院留学生本来不多，新添一个就算是个事儿。不几天，就有师兄师姐招呼大家中午聚餐欢迎新同学。于是在咖啡厅我第一次见到陈雪倩，自然是用日语称呼她"陈桑"。她并不是木村君说的那样是大美女，却是南方佳丽，小巧玲珑，说话柔声细气。

第二天我就带着木村去了她的研究室，告诉她木村是她的倾慕者。陈桑脸有点红，木村君则是大红脸，结结巴巴说不出话来。一来二去，我和陈桑熟了些，偶尔串门聊天。她虽然来自香港，却是在大陆长大，那时文学院里大陆学生还很少，所以见到年龄背景相似的，还是很高兴。

陈桑告诉我她的硕士论文题目就是太宰治的《斜阳》时，我多少有些惊喜。在日本留学几年以后，不会再觉得太宰治很了不起：他的作品有些青春小说的味道，他很天才，但也就不免因为天才写得太快而且剑走偏锋。不过，他毕竟是我阅读的第一个真正日本的作家。

我问陈桑怎么看《斜阳》里和子"人是为恋爱与革命而生"的主张，她说那个时代的人就是这样子的呀。我说太宰治可是一个唐璜，最要命的是老想自杀的时候和一个女人一起死，典型临死也要拉个垫背的。她说那是太宰治反抗社会的一种方式吧。我说他对情人太田静子最差劲，用了人家的日记写《斜阳》，然后就甩了她找别的情人。她说是啊，而且静子爱他爱到给他生下一个女儿，真是不可理喻。然后她停顿了一下，感叹了一句："男人没一个好东西！"我笑着说这是男权社会里女性的标准台词，潜台词还是想找个好男人依靠啊！她一愣说："李桑，你这话我得好好想想。"

一转眼到了冬天，晚饭后我经常踏雪走五里路去研究室，一边喝着咖啡一边读书到深夜。有时在楼道里会遇到陈桑，和我一样在写论文而且写得不怎么顺利，眼见她两个月之内圆脸变成了尖脸，眼神里开始透出一丝坚毅。我心中一凛，仿佛看见她清秀瘦小的身影里倔强的内心。

我在研究室里倒有一半时间读闲书，从维特根斯坦到古代艳情小说。那是一个多雪的冬天，有一晚雪很大，已近午夜，我就打算在研究室拼几把椅子和衣而睡了。忽然有人敲门，我开门一看是陈桑："我下楼看见你这里灯还亮着，就过来问问你要不要我开车送你回家。"我说不必了，不在一个方向。我感觉到她有话要和我说，就请她进来坐。果然，沉默一会儿后，她忽然说，"我离婚了"。我压根不知道她结婚了，所以听得张大了嘴不知道说什么。"你那天说得对，女人要从心里自立……"说完了她就起身离去，身影消失在黝黑的楼道中。

三

天花板的雀斑

占领了眼睛

往事已涨满斗室

　　同学群里贴出一张合影，其中有我，看眼镜和衣服应该是1986年夏天拍的。许多熟悉的旧日同学，看上去都是那么年轻。照片里那副眼镜当时新配不久，春天打排球的时候，球直接落到了鼻梁上，眼镜成两半飞出，于是就换成了合影中的那副眼镜。

　　也是那年春天，我突然收到了高中时女友的一封信。已经好几年没有联系了，她告诉我她即将毕业、即将远行、即将结婚；她也告诉我她一直觉得我是最能够理解她的人，信里附了一张照片。这是一种回顾、一种问候、一种告别。

　　樱花刚刚散去，落花满地之间，我以为自己领悟了生如樱花、在绚丽之后死去的日本美学。这种自我感觉，终究是青年的狂妄，此后的长长岁月有时会提醒我，生活是一个不断重复领悟的过程。

　　因为留学，我在经历一个短暂的邓丽君时期后，一下子就进入外国流行音乐。大学时代是听披头士、猫王、西蒙和加芬克尔、卡朋特、芭芭拉·史翠珊的岁月，自然还有鲍勃·迪伦。《答案在风中飘扬》（*Blowin' in the Wind*）还是彼得、保罗和玛丽三重唱（Peter, Paul and Mary）唱得好听。《斯卡伯勒集市》也是经常哼着走路的歌：

Are you going to Scarborough Fair?

Parsley, sage, rosemary, and thyme;

Remember me to one who lives there,

For once she was a true love of mine.

你要去斯卡伯勒集市吗？

香芹、鼠尾草、迷迭香和百里香；

请代我问候住在那里的一个人，

因为她曾经是我的真爱。

也因为留学，我一直保持在边缘人状态。个人史在一定程度上也如同历史，发生本是偶然，结果终成必然。我从小学起偶然辍学八年，进大学不久又偶然留学八年，结果更多时间是游离在社会之外。就算我天性不边缘，最终也有了自我边缘化的习惯。这种习惯于实际生活无益，于况味悲欢审视内心却大有好处。

我们的成长，大多是一个被嵌入社会位置、灌输行为规范的过程。久而久之，就习惯于出于责任与义务扮演自己的角色，生活在别人眼中。在留学生还为数不多的80年代，留学是一个进入更高角色的准备过程，然而在我却感觉是一次脱离角色的逃避之旅。

从大一到大二，我一直是哲学读书会的成员。读书会的实际负责人江田学长，已经是理学院的硕士生，个子不高，相貌非常老成，待人和蔼体贴，是非常适合在东方当领导的人。他对海德格尔情有独钟，讲起来滔滔不绝。我印象最深的，是他从时空流动的角度对既存社会秩序的批判。这种听上去富于学理的批判，在当时令人耳目一新。进入本世纪若干年后，我在《日本经济新闻》的人事任免版看到他的名字，他刚刚当上一家著名上市公司的董事。

如今回首，思想上的逃避倾向与生命渴望热烈的生活是一种无解的冲突，从正常人的角度看更接近自寻烦恼。25岁的夏夜炎热烦躁，我搭上一列慢车去海滨，在一个无人车站下车，坐在月台唯一一条长凳上，听远处海浪的声音。车站背后的小村庄已经休息，星光灿烂。

四

平硬原野上的风景

一条静止的铁路

一个乡村小站

陈桑读完硕士就转学去东京读博，临走时少不了送别会。我问她今后有什么规划。她有些答非所问地说，她一旦停下来就想要个孩子了，但是不想结婚成家。我说太田静子倒是独力抚养她和太宰治的私生女，女儿长大以后也成了作家，不过静子好像活得很辛苦。

话题一转，我们谈到80年代的日本：经济增长、中产阶级社会稳定，人们忙忙碌碌，追求一份触手可及、现实合理的安定生活。

比起大正和昭和早期，浪漫精神好像更少了，也许这是战后发达国家秩序的代价吧。不过从另一个角度看，日本向来没有严厉的道德清规，也没有意识形态统治，所以才会辈出在某一个方面走极端或者极致的作家，太宰治如此，三岛由纪夫亦然。前者的放弃，后者的疯狂，背后的支点都在于日本独特美学里向死而完成的决然。就连静子，也是因为女子教育的发展和女性意识的自觉，而以《斜阳》里和子带来新生命的方式履践自由自在的灵魂。

在那个闹哄哄的送别会上，这样貌似很严肃的聊天有些不合时宜，却是留下来的唯一记忆。再听说她的消息是二十年以后，另一位阔别许久的老同学和我联系上。我们在电话里把以前共同认识的同学一个个排过去，他听说陈桑在大病一场后出家了。

"她后来没有结婚生孩子吗？"

"她从来没有结婚，也没有子女。"

老同学告诉我，她现在浙江西部山中，恢复了一座荒废的古寺、办了一间小学，弘法施教，那里应该是她的祖籍。我们感叹了一番，日历就翻了过去。去年冬天经过浙西，忽然发现距离她的寺庙不到一百里路，就请朋友开车带我去了一趟。不巧没有见到本人，只看见她的照片，才知道她现在法名莲清。从照片看上去，旧日容颜仿佛依稀，剃度之后已经没有多少性征，目光沉静而遥远。

当迷茫、执着、喧嚣的时光不再，留下的是某个乡村小站，我曾经在那里下车，目送列车缓缓远去。人生本是一列慢车，不断进站出站、上车下车的过程。很多年不曾去日本，有一次在飞回北京的天上看电影《海街日记》，车站上少女独自伫立……

圣诞灯光里的往事今宵

一

2016年的圣诞夜去老朋友家，他住的高尚别墅小区许多人家圣诞灯光明亮，画出星星、马车与树的形状。我们分享一位烹调有专业水准、银发酷似贝多芬的朋友现场掌勺的佳肴，啜着泸州老窖，讲过去的故事、那些用钢笔一个字一个字写下来的诗与书信。时变世迁，如今我们用语音输入码字、在一部智能手机里储存了一生的图像与文字。看着从童年到青年的旧照片，我们就像每代人一样，缓缓走进追忆逝水年华的第三乐章。

2017年元旦下午，我去排练选自歌剧《茶花女》的《饮酒歌》。我从中学时代起偶尔客串，粉墨登台唱歌，《黄河颂》《教我如何不想她》《菊花台》都唱过，但还是第一次唱这首1975年就从"外国民歌200首"学会的名曲。当时印象深刻的歌词是："好花若凋谢不再开，青春逝去不回来。人们心中的爱情啊，不会永远存在……"据说那一年不满十五岁的我，已会感叹人生短暂，主张及时行乐。那时还是物质匮乏的年头，偶尔有一天吃到一盘炒鸡蛋都要兴奋半天。在我的记忆里，所谓行乐不过是打十二小时扑克，或者在空无一人的八大处山顶上奔跑唱歌。

我在少年时没有抄写警句的习惯，偶尔倒是会有自创箴言的轻狂。大多数自鸣得意的句子或言之无物、说了白说，或差之毫厘、谬以千里。仔细想来，喜欢简单化、总结真理的倾向已经是几代人的一种思维习惯。之所以如此，不见得是忽悠别人，对于更多人而言，是一种自圆其说、自我安慰的需求。有了这种警惕感之后，我就很少再说结论性的话。不过十几岁的时候，我会忽然冒出一句："可笑而不自知是滑稽，可笑而自知并且能够自嘲，则是有些幽默感了。"

然而我那时丝毫没有意识到，一个未经世事的少年两眼发直、念念有词地嘟哝"人生可足道者，唯爱与死而已"这种画面其实相当滑稽。虽然这句话本身似乎不错，但没有经过又怎能懂得，岁月的流逝里可以称之为爱的并不常见，只有死亡不可避免。

我因为一直辍学在家，就不需要或真或假地使用时代的革命语言去表达或思考，习惯于把自己锁在东一榔头、西一棒子读来的语言系统里。虽然回到学校以后，我逐渐蜕变成一个社会人，但这种习惯似乎还是影响了后来的人生道路与选择。比如在读书时我经常被老师批评"不够积极主动要求进步"，又比如在需要做出选择时，我往往很自然地想要逃避、想要躲进自己的世界。

不过人生道路更多不是自己选择，而是时代决定的。改革开放之初，有过很短暂的一段时间每年派少数大学本科生出国留学。从七八级到八二级，一共有大约三百八十名大学生在设在东北师范大学校园内的"留日预校"接受外语培训后留学日本读本科。前三期是每年一百人，第四年五十人，最后一年三十人。我是正当中的第三期，在此之前与在此之后派出的都是理工科学生，只有第三期从全国选拔了四十五名文科生。

"留日预校"是1979年由教育部成立的"中国留学生赴日本留学预备学校"的简称，似乎现在还在。在2009年我曾经收到通知，庆祝留日预校成立三十周年。我没能去，看照片已经不在原来的地方。去年有一位同学去拍了照片，当年住的宿舍，现在成了派出所。

不久前在微信上重逢失联三十五年的学长，他记得是在1981年2月，寒假后刚刚开学时，我在他的宿舍告诉他系里让我下午去，他说"估计是要送你去留学"。我没当真，对他说只要不是查我干没干坏事儿就知足了。

学长的分析是正确的，只是一开始系里告诉我是去英国，过两天改去日本了。父亲、母亲都是抗日一代，听说我要去日本，并不怎么高兴。不过他们从我十三四岁以后就不管我，我上大学以后就更管不了了。我在北大上了一学期以后，新鲜劲过去了，多少有点失望。人往往要在离开很久以后才会怀念，我对北大也是如此。或许因为年轻反叛，或许只是由于一直生长在北京，我那时特别希望远游。1981年出国留学还十分罕见，国外世界更非常遥远，所以有机会去留学，还能在经济上独立，感觉是天上掉馅饼。当然天上掉下来的从来不是馅饼，而是一种命运。

那一年命运砸在一百个大学一年级学生头上，他们在3月初抵达还很寒冷的长春。不少男同学胸怀壮志，以至于有一次我在辩论寡不敌众后自称"李布衣"。那时候我还孤陋寡闻，也还没读过两本武侠小说，不知道李布衣是挑着招牌算命的，身份可能是江湖术士，也可能是武林高手，不甚分明。

二

远远的，一朵红唇

一朵微笑，消失在即

飘在这瓷灰色边城小街暮色里

请让我忘却疮痍

忘却风尘行役

在你的沉醉里憩息

要知道

为了这瞬间的记忆

彳亍的岁月已不堪算计

以上的诗句写于1981年12月25日，当时我正在长春接受日语培训。1981年的冬天很寒冷，宿舍里暖气若有若无，屋里只有二三摄氏度。我睡觉时用两床棉被把自己裹得严严实实。只露出半个脑袋。第二天早上鼻子有时会有一层白霜。

在改革开放之前，圣诞节是西方资产阶级的节日，代表着腐朽没落，中国人民自然是不过的。到1981年，日本文部省派出的教师团第一次带来圣诞节问候和圣诞歌，大概是《铃儿响叮当》的日语版吧。不过印象最深的是那场新年音乐会，同学们用日语演唱了贝多芬《第九交响曲》第四乐章里的《欢乐颂》大合唱，我是领唱，同屋M君指挥。二十年后听说他自杀身亡时，首先浮现在我眼前的就是他指挥时的样子和日语《欢乐颂》歌词的第一句"晴朗蓝天"，我唱着这一句，热泪盈眶。

M君和我在1981年3月5日一起登上哐哐作响的火车，颠簸十七个小时，奔赴长春留日预备学校。他个子不高，鬓发清秀，一双忽闪忽闪的大眼睛，说话时脑袋微向前伸，认真得有点急切的样子。越是认真的人越容易被逗笑，一路上我用扑克牌给男女同学算女朋友或男朋友是几流的，口中鬼话连篇、滔滔不绝。一般给美女帅哥，算的都是三四流的，给自己算的自然是一流的，逗得M君大笑不止，脑袋一抖一抖的。到达长春后的第一堂课上，老师让我们自我介绍，轮到M君时他顿了一下说："鄙人……"一阵低笑声后，他涨红了脸，很真诚地介绍了自己。接下来是我，拍拍后脑勺说："不才……"引发哄堂大笑。

M君和我同寝室，睡在对面，又和我一样是个夜猫子，11点熄灯后，或者轻声聊天，或者在楼道里看书。他虽然学经济，但是喜爱音乐，会小提琴也会指挥；他内心敏感，本质上是一文艺青年，也是我侃文史的主要听众。我在东北师大图书馆找到一本二十年无人问津，所谓"供内部批判用"的"黄皮书"——《西方美学理论选编》，晚上搬了椅子坐在楼道昏黄的灯光下读。M君披衣出来，我对他讲，越讲越开心，声音不知不觉大起来，直到对门女生寝室齐声一吼："别吵了！"我和他落荒而逃。

那年M君才十八岁，他一直是学校里的模范学生，被教育得为人严谨内向，思想简单正统，和我恰好相反。但是他愿意听我的胡言乱语，也愿意告诉我他不快乐的少年。这样的信任和友善让我感动，这样的感动一直持续到我最后一次见他。那是1988年，他已经海归工作，我回国探亲，他执意要让我去见他的女朋友。心情好的时候，我是一向愿意当灯泡的，何况他的女朋友是一位美女。我能感觉到M君很爱她，当然要有意无意之间狠狠捧朋友一把。M君下楼送我时，一面道谢，一面问我觉得怎么样，我衷心祝他幸福。

此后的十几年，时常听到他的消息，知道他家庭幸福、事业顺遂；听说他坐着凌志400去接同学，一面聊天一面还在批阅文件。好像是在世纪末，我忽然接到他的电话，告诉我他正在美国访问，刚刚见了格林斯潘。他说话一如既往的真诚，发自内心地劝我不要再在国外浪费生命，赶快回国服务。我们相约下次在北京聚会，然而再回北京时我接到的已是另一位同学的电话，问我要不要去他的墓上放一束花。

约十年前，在日本庆应大学读博士的一位中国留学生曾经远洋电话采访我。她是专门研究70年代末到80年代初留学日本的大学本科生人生轨迹的，和我谈了许久，后来还把她的论文寄给我。我读了一遍，很量化也很像一篇论文。不过像我这种小时了了、大未必佳的范例，如同逝去的M君一样，属于数据里不具足够正能量典型性的那一端，也就被自动过滤了。杜工部有云："同学少年多不贱，五陵衣马自轻肥。"人生轨迹随时间分岔，或平淡或浮沉。我在十年前也曾写过颇有自知之明的颔联："平生所擅唯游戏，朋辈先飞半栋梁。"

三

我是一口掩埋了歌声的古井

我是一只摔断了翅膀的夜莺

唉，朋友，你毋需失望，何必担心

一个静谧的夜晚

我们相逢的青藤下

月光透过竹扉倾听

虽然心会没入阴影

梦永远向着黎明

微信是个好东西，让那些在时间里彼此走散的人，只要能想起就能找到。三十五年前在长春经常一起喝酒聊天的朋友，就这样秋天里在一个微信群重逢。用他的话说："远古军团逐渐复活。"我不知道那时是不是有一个军团，我只记得那时确实有一群小伙子和姑娘，友谊、爱情与爱慕，说不完的话与写不累的信。我和他曾经喝着酒彻夜长谈，然后睡两个小时去上课，哈欠连天。温和的日本女老师对我说"上课还是要忍耐一下，别睡觉"。那些心情激动的美好时光，到了日本不过一两年就变得恍如隔世，然而今天在世纪的两端分别有十多年时，反而清晰如昨。

在我的印象里，那时长春市区很小，火车站在北头、南湖在南头，一条斯大林大街贯穿南北，街道宽阔，冬天一到晚上街上就几乎没人也没车。在宿舍里冷得扛不住时，我沿着斯大林大街从东北师范大学步行去吉林大学教工宿舍朋友家借宿。朋友单身，有两间小屋，虽然狭窄，却很温暖。我就是在这间小屋里写下热情诗句，所在的日式两层小楼，墙上也确曾爬满青藤。

阔别多年的朋友在微信上问我："当年你爱的女孩如今在何方？"一个人的一生中，总有一段时间，诗不需要远方，就在你的心中，1981年于我就是这样一个年份。在1984年圣诞仙台的雪夜，我从文学院走回家，看青叶大道上一排孤零零的圣诞灯闪动不已，想起已经过去的情景，写了《圣诞节随想曲》：

　　　冬天的无声围起我

　　　路灯开始睡眼惺忪

　　　为一个竖起领子

　　　穿大氅的背影

　　　我怔住

离开长春的前一个晚上是毕业告别聚餐，九个多月的培训终于结束。培训每星期四十二节课，从字母开始到参加日本文部省留学生大学入学考试，用现在的话说，是一次漫长的魔鬼训练。正是因为这样辛苦，那天晚上的聚餐成为道别与狂欢，好像不少人都哭了。我干了二三十盅白酒，然后在零下十五摄氏度的午夜，走着"之"字，回朋友的家里收拾行李，一进门就醉倒了。

朋友是父亲第一期研究生的儿子，比我年长两岁，沉静寡言、宽厚友爱，和疯癫话痨的我成为对照。那年两个人各自从工厂和学校归来，炒一盘花生、喝半瓶白酒的冬夜，成为记忆里的一道风景。留学以后，和他鲜有直接联系，但偶尔听到他的消息：结了婚、有了孩子，岁月静好。时光流逝，到了这个世纪的第七年，他的父亲来美国打电话给我，我才知道他竟已在几年前因病英年早逝。

四

希望是一只不死鸟

有时飞到海角

有时归来把你萦绕

她住在你心中

你不必把她寻找

她从来不是真实

你把她忘一会儿更好

我希望，希望你去探望那竹扉

当我不再能归去

"在这儿，他曾是生命"

你对着空气低语

你并不要求回答

连风都不曾轻泣

我希望，最后的希望

你也把我忘记

在圣诞节下午，新闻速报80年代大歌星乔治·迈克尔（George Michael）当天上午去世，享年仅五十三岁。乔治·迈克尔从1981年任威猛乐队（Wham）主唱成名，威猛乐队是80年代第一个访华演出的西方摇滚乐队，中国的第一代摇滚乐手多受其影响。他最著名的经典是《无心轻语》（*Careless Whisper*），几十年后还在传唱。乔治·迈克尔是希腊裔英国人，先是在英国成名。1984年威猛乐队在美国轰动后传入日本，一时间到处都可以听到"时间不能修补/挚友的无心轻语"（Time can never mend/The careless whispers of a good friend）。

80年代的仙台，还是一个闭塞的内地中型都市。七十万人里没有多少外国人，金发碧眼的还是相当打眼。街道干净，但相当朴素，唯一透露出繁华洋气梦幻感的，就是12月市中心青叶通大街林荫道与街心花园绚烂的灯光。当我一面感受着灯光一面走向电影院时，忽然毫无理由地有一种不久会离开这个城市的预感。

西班牙导演维克多·埃里斯在1973年出品的这部电影，貌似儿童影片，实际上十分晦涩。如果不了解《蜂巢幽灵》的历史背景，很难明白其象征意义所在。故事设定于1940年，前一年西班牙内战结束，第二共和国覆灭，佛朗哥效仿法西斯威权统治，直到1973年都仿佛坚不可摧。电影问世于严厉的出版审查年代，除了点出年份，都表达得曲折，以致被认为是儿童电影。它在日本1986年上映后颇受好评，多因其唯美元素，其日文名"蜜蜂细语"也有误译之嫌。我读到的电影介绍，其作者似乎对电影的寓意没有什么感觉。我在电影院里看完第一遍，隐隐约约觉得自己很多地方没有看懂，于是又看了一遍，回想着历史，深受震动。

西班牙乡村的夜晚是蓝宝石色的，战后这里空旷寂寥，看上去衰老的父亲整日研究蜂群，母亲总在给不知在何处、不知是谁的旧情人写信，光线幽暗的房子宛如蜂巢。沉默与压抑从电影开始就飘浮在空气中，对白极少，镜头悠长。光影之美，也许恰恰因为摄影师几乎失明。

安娜是个六岁的女孩，沉静、纯粹、充满幻想。在某种意义上，一个人的幸与不幸都源于幻想。弗兰根斯坦的到来和姐姐的话，让安娜相信怪物没有死，废墟上的脚印更让她深信不疑。也许，怪物的确未死，它和蜂巢一样，是始终笼罩在画外的象征。被枪毙的是她在寻找怪物时邂逅的那个善良的逃兵，死去的是童年，取而代之的是在血色中的成长：姐姐用死猫的血涂唇，红唇象征着女性的成长。而安娜选择了对暴力的拒绝。孩童的拒绝是彻底的，安娜是聋哑还是会恢复其实不重要，重要的是她不再去面对这个世界。

我并没有很快离开，但是下一个留在记忆里的圣诞节已到80年代最后的日子。我从中国城买来九毛九一磅的草鱼，按傅培梅展示的菜谱红烧，电视上传来罗马尼亚的枪声。从此以后，圣诞节变成公司假日，年复一年，提前计划度假，去温暖的南方，然后回到北国寒冬。偶尔回想青年时期的拒绝与固执，其实还是因为"希望是一只不死鸟"。有时我问自己：如今的温和与通达，究竟是出于历练与智慧，还是仅仅因为在不知不觉中习惯了妥协与放弃？

是啊，在圣诞夜有佳肴美酒，有二三友人共忆青春，夫复何求？喝到微醺时，朋友的女儿从楼上下来，不知什么时候，她长成了一个亭亭玉立的大学生。我想起她出生不久襁褓中的样子，想起那年去看朋友，驱车奔跑在乡间公路上，两边的田野草色金黄。所谓时光，就是下一代人在做梦，我们开始回想做梦时的情景。

有人在死去，有人在成长；关于未来的梦，一般不会成真；生活和世界，一般不会如人所期待的那样发生。然而曾经有过的梦本身，成为温暖的记忆，融入圣诞节的灯光里。

美国笔记

一

　　五月花盛开的时节，又来到波士顿。从机场一落地，取了租好
的车，开到莱克星顿。亲戚去年从芝加哥搬到这里，已经安居乐
业，两位千金也在健康成长。我们第一次相见在老大出生的时候，
这次看见她甜甜的笑容，真是欣慰而感叹时光飞逝。莱克星顿是当
年打响美国独立战争第一枪的地方，如今是一个安静的郊区小镇，
也是医学生物高科技的中心，而且学区极好，是新移民的首选居住
地之一。这里的亚裔已经占人口四分之一，据说前几年时不时有同
胞提着两箱现金，眼睛都不眨一下就买下了房子。我去亲戚家，开
进一条林木幽深的小巷，路边散步的大约是刚刚从国内来探亲的
老人。

　　当年保罗·列维尔星夜兼程报告殖民地民兵英军即将来袭，民
兵因而有备，于是战争从这里开始。如今物换星移，在静悄悄中，
许多中国人把美国的起点染上了东方色彩。我在小镇中心街道上品

尝了很地道的中国菜，唯有葱姜焗龙虾这道菜提醒我这里是盛产龙虾的波士顿。

我第一次来这里是二十七年前的秋天，在离莱克星顿不远的牛顿住了一星期，是波士顿郊区典型的那样一幢有长长的回廊的百年老屋，晚上星月满天，蝉鸣阵阵。老屋的男主人来自中国，是我一位好友的亲戚。他个子高高的，相貌堂堂，性格安静，说话很少但是待人很亲切。他的夫人是一位世居波士顿的白人，在中国大学里担任英语老师时认识并喜欢上了他。跟着夫人到了美国以后，几年之内有了三个可爱的混血孩子，他就一直在家忙着照顾他们。三个小家伙最大的五岁，小的还在襁褓之中。我是平生第一次如此近距离和三个金发黑眼的小天使在一起，有时还会趴在地毯上和他们玩耍，如今两个大的也都是而立之年了。

男主人告诉我，牛顿镇上几乎没有中国人，他已经很久没有说中文了。孩子们上床后，在安静的晚上听他安静地讲他的故事，有幸福也有寂寞。我好像还和他喝了一杯，也许是我独酌。9月下旬的波士顿，入夜其实有些凉了。

那一年我突然把自己放进了一种不确定的境况，匆匆来到美国，除了年轻，重新一无所有。在牛顿的一星期，与世隔绝，时间悠长。看到男女主人在老屋养育新生，缓慢成长，开始体会日常生活在新大陆有着多么不同的面相。此后的四分之一世纪，我目送一代代留学生这样在郊区安居乐业，成为热心抚育下一代的中产阶级。与男主人告别时，我们彼此互祝一切顺利。在海外生活久了以后心里自然知道，一次道别后如果不去寻找，更多的时候就不会再见面。

二

在去年发表的回忆高中时代的文章里，我曾写道："国门开放之初，老外开始来到中国，但还是很少见，走在街上会像大熊猫一样被人侧目以视。与闭关锁国时代相比，最大的变化是人们不再恐惧躲避，尤其是年轻人开始主动和外国人接触。我近距离认识的是一对美籍华人伉俪，先生是云南王龙云的七公子，年轻时曾经是父亲的学生，夫人当时任教于哈佛燕京学社，来北京做研究由父亲接待。他们在北京饭店长住，那是当时北京城里最好的酒店，据说现在里面装修得也还是很不错，但是外表十分不起眼了……龙先生本非汉人，虽然个子不高，但深目高鼻，相貌俊秀。他生长在民国时鼎食之家，却因龙云起义而就读人民大学，接着又因为乃父被打成'右派'远走美国。这些经历在他身上留下一种独特的气质，神态做派与那时北京大街上的人们截然不同，在我的记忆里，他温文尔雅、沉默寡言，面带笑容倾听，但极少表态。夫人全老师恰恰相反，热情健谈、交游广泛，来北京不久就结交了许多朋友。在他们北京饭店的房间里，我见到形形色色的人进出，不乏名流与高干子弟。我印象最深的却是他们的两位女公子，当时一个十一二岁，一个七八岁，大约继承父亲，长得像洋娃娃，眼睛清澈如水。后来我在美国久了，看朋友的孩子慢慢成长才明白，那样的眼神是因为从小生活容易，心地单纯……"

我没有提及的是，当年全老师两度主动提出做担保人让我到波士顿自费留学。第一次是在我上高中时，第二次是在我上北大以后，她提出了很具体的方案，大致是先住在她和龙先生的家里，然后自己勤工俭学。1980年全国人民都还一穷二白，自费留学完全靠国外亲友帮助。由于去美国留学的人还极少，读本科的更近乎无，据说只要有人担保，什么考试都不需要。我入北大不久，就通过考试免修大一英语，升入二年级英语快班，因此少年气盛，开始满怀对留学美国的憧憬。就在此时，我被保送留学日本，不仅是天上掉下一个馅饼，更是一种荣誉。于是我彻底把波士顿忘怀，直到八年多后，我在一个风雨交加的午夜飞抵波士顿，从人影稀稀落落的停机坪往外走，心中感叹命运还是把我带到了这个城市。

　　来接我的是一位当地学生会负责人，穿背带裤、西装呢外套，微鬈的长发、留大胡子，看不出年纪，一下把我镇住了。不过他说话声音细细的，柔和而不苍老。令我惊讶的是，他似乎早就知道我，告诉我他认识孙思白先生。我却没有记住他的名字，若干年后在波士顿和朋友聊起来，竟然不知他是谁，去了何处。第二天或者第三天，由他带路，我第一次到哈佛，参观了校园，记得不少楼房年久失修，不像如今老黄瓜刷绿漆，面貌焕然一新。

　　我带朋友参观哈佛校园那天，学生已经放假了，校园成为观光者的乐园。哈佛大学校园其实是很朴素的，除了主图书馆气派一些，没有什么厅堂会所。几天后即将举行毕业典礼，草坪上到处支起大帐篷，摆上桌子，准备狂欢庆祝。临时搭起的一个台子，几千把折叠椅，就是主会场。80年前中国校友会捐赠的华表上边是胡适题的词，不远处，几个学生坐在阳光灿烂的屋顶上读书。第一次在哈佛像前照相，见到那只被虔诚的家长和学子们摩挲得闪闪发亮的脚。在5月的校园里转悠的有一小半是同胞，或者实现或者在做哈佛梦。

在80年代最后一个秋天，中国留学生大多是同龄人，数量不算多，但是都有着因为上哈佛而生的自信。我在当时学生会负责人家里住了一夜，他身材不高，穿一件旧毛衣，很整齐利索。这位七七级的学长走路很快，笑容开朗，健谈和气，但是言谈间有一种意志坚定的气势。当时哈佛出名的几位留学生我多半见到了，不过后来在财界学界上位的精英大多不在其间。在楼道走廊里偶然遇见高我一届的学姐，滔滔不绝地说了两个小时，告诉我哈佛的好。这位学姐后来出入于美国两党之间，亦堪称一时俊彦。

美国的学术界本来就比日本的气象要大出许多，那一年又屡屡遇见比我年长、口若悬河的高人，让我颇有些向往之心。不过现实的生存与发展总是第一位的，我离开了象牙塔，遇见的人们大多蔚然有成，但也大多不在学术界。大约在十年前我们这一代人初步尘埃落定时，曾经写过两句诗："平生所擅唯游戏，朋辈先飞半栋梁。"游戏有时玩不下去，栋梁也可能中途坍塌。我离开牛顿搭灰狗长途大巴去芝加哥，马萨诸塞90号高速公路两边葱葱郁郁。我在长途车上给朋友写信："这里的风景美好，我很想远离人群，过一种宁静的生活。"我不曾想到这一趟大巴的终点就是中年生活的起点，宁静的日子过得很快，四分之一世纪如白驹过隙。直到有一天我忽然认识到，自己很多时候和大多数人一样，不自觉地追求一种稳定的生活状态，虽然不是不明白，不确定性才是人生的常态。

三

灰狗在一个清冷的早晨抵达芝加哥，我背着两大袋衣服从长途巴士站走出，在克林顿街上迎着明媚的阳光。一个很邋遢的青年对我伸出手："先生，你能给我一支烟吗？"

朋友把我接到海德公园住了两个星期，他和两个老美合租了一套三室一厅的公寓，房子古老，屋顶很高。绿色长毛地毯看上去好像在好莱坞老片里见过，后来才明白是大概有二十年没换过那种。朋友的室友里，有一位我仅见了一面，印象深刻的是他屋里不仅养了小猪，还养着眼镜蛇。另一位在神学院读研究生的大卫，身材高瘦，彬彬有礼，很有教养但也有一点端着。朋友去上课时，我在厨房里遇见他，聊过几次。大卫是我在美国遇到的第一个可以谈文史哲的老美，我的英语结结巴巴，词不达意，他说的话也是似懂非懂。不过谈玄归谈玄，外国人账都算得很清楚。快要搬走时，大卫告诉我：你在这里住这么久，水电煤气费还是要交一份的。临走那天和他结账，清清楚楚一分不差地交了钱。大卫穿着朴素，但是可以看出来衣服多是名牌，后来才知道，他其实是个美国富二代。大卫本科读的是经济，那是芝加哥大学最好的一个系，一毕业就能够进美国一流企业工作，他却毕业以后一转身就进了神学院。没有再见过他，也许如今在某个地方当神父吧。

年轻时基本是月光族，所以在日本留学八年，临去美国账户上只有三千美金。囊中羞涩，神学也好、玄学也好，都不敢谈。我学的专业，本来就是在国外无用，也很难找到教职的。当生存成为日常生活的基本需求时，别的只好不去多想。一年以后，我搬到郊区租了公寓，每天早上7点半起床，熨好衬衫打上领带去上班，成了一名公司职员。又过了一年多，我在一个安静的小区里买了一幢小房子，开始割草、修整灌木。秋天满院落叶，扫叶子时我忽然有些茫然：这就是美国梦吗？

之后的许多年里，我过着和许多在公司工作的美国普通人相似的生活：朝九晚五，日复一日，一年出去度两三次假。其间去过几次波士顿，大约是1992年，偶然结识一位朋友，一聊之下他竟然就是龙先生和全老师在80年代初担保到美国来自费留学的另一个人，由此我联系上了他们伉俪。那年冬天，我去波士顿看望他们。龙先生在哈佛大学对面开一家名为"燕京饭店"的中餐馆已经很多年，当地华人与留学生无人不晓。我的朋友告诉我，龙先生对来自大陆的留学生尤其照顾。当天晚上龙先生专门设一席招待我，那是我来美国后第一次吃到正宗的北京烤鸭。在席间我告诉全老师当年她送给我的安迪·威廉姆斯（Andy Williams）和肖邦华尔兹，是我最早的外国音乐原声带。

四

这次我带的朋友和我都是学历史出身，自然想去哈佛燕京图书馆看看，然而我认识的人早已离开那里。偶然和高中同学提起，她久居波士顿，曾经创办舞蹈团、排球协会，如今在跑马拉松，充满活力，交游广泛。已近午夜时分，她和朋友联系好，第二天中午两个人亲自带我们去参观图书馆。

哈佛燕京图书馆不大，却是海外汉学圣地，上一次来这里应该已是二十七年前。到了图书馆更有奇遇，掌管善本书库的女士，以前住在芝加哥郊区，就在隔壁的镇子上，说起来我和她的先生还曾经有数面之交。这位也是来自北京的朋友为人十分豪爽，看到我们朝圣的心情，就很痛快地让我们进到书库里看了个够。图书馆里随处可见从董其昌到陈宝琛的墨宝，书库里有许多宋明善本、装潢精美的明代藏传经书，还有种种秘籍。如果有一天能够在这里读一个月善本书，幸何如之！然而自从离开大学以后，这种幸福近三十年可望而不可即。在一定意义上，象牙塔是人生的海市蜃楼，一旦离开再也无处寻觅。

一面感慨着，一面就要离开图书馆时，忽然有人提起燕京饭店，在开了四十多年以后，不久前关张大吉。我不禁插嘴说：我认识那里的龙老板呀！世界真的很小，新结识的朋友竟然和龙先生伉俪过从甚密。她告诉我，龙先生早就把燕京饭店盘出，最近是接手的老板在寸土寸金的哈佛广场无法续租，只好关张了。

次日下午，走在市中心著名的自由之路的红砖人行道上，天空蔚蓝，街道两边的两百年老屋鳞次栉比，修缮得干净亮丽。一楼临街多半是小饭馆，游客们坐在露天。这是今年第一个夏日，北方的城市忽然生机盎然。波士顿是美国最有历史的地方，这里的碑文与雕塑充满自豪。在这样的下午喝着咖啡，我对朋友说起《美国往事》，这部电影1985年甫在日本上映我就去看了，里面的音乐我非常喜欢。真实的美国往事，自然没有好莱坞大片里的暴力、背叛与幻灭，而是在平淡的日子里迁徙、寻找与逃避。总有一些遥远的隐痛，曾经想要遗忘，终竟无法忘却。在行行止止之间，经过的事、路过的人不知所踪。我还记得龙先生的家在休伦街，甚至隐隐约约还记得门牌号，却已断了联系二十多年。

同一天晚上，我在一家川菜馆见到龙先生和全老师。他们刚刚从中国回来，听说我在波士顿，就执意要请我吃饭，这份长者情谊，令我感动无言。在席间自然说起许多往事，说起已不在人世的先父母，说起1979年的北京与龙先生伉俪的风采。全老师依然快人快语，中气十足；龙先生已经八十多岁了，步态仍很稳健，目光依然明亮，说话还是不多而谦和，只是头发比当年稀疏许多。少年锦衣玉食、青年追赶革命、中年打理餐馆，变幻的一生似乎在龙先生身上。没有留下太多痕迹。我看到了他们的外孙女照片，又是一个长得像洋娃娃的小天使。

久别重逢时，不知不觉里时间过得飞快，餐馆快要打烊时，我目送全老师驱车归去。然后我也在月光下开上高速公路向南奔驰，又一次把波士顿留在身后。

风城岁月偶回眸

一

不久前和两位好友去中国城吃饭，难得不是自己开车，看路边的风景。我方向感还好，平常是不用导航的，所以一下高速公路就对朋友说："前面右转，就是我刚来芝加哥住的地方。"于是我们在洛克街转弯，3024那幢房子还在那里，看上去也没有太多改变，依然是水泥台阶，让我想起那个冬天的夜晚台阶上有冰，我一脚迈出去直接摔到街上，那种疼痛的感觉是很难忘的。

那是一幢三层小楼，近百年了，有前门、后门，每层分成两个单元出租。我租了二楼前门临街的单元，应该说是最好的，当时不过每个月二百五十美金。由于原来是家居不是公寓，房子大而无当，有四个房间，却没有布局。两个小房间只好做储藏室，占了不少空间；两间大一点的，分别做睡房与客厅。入门处是厨房，一个轰隆作响的冰箱，只怕有半个世纪的历史，和在黑白老电影里看到的几乎一模一样。地毯是绿色长毛，也是60年代的颜色和式样。

朋友和我缓缓开车走过春天的傍晚，温暖蔚蓝。街上走过的人，不是墨西哥人就是亚裔。当年我住在这里的时候，华人极少，也没有多少来自中南美的，主要人口构成似乎是东欧新移民。那是80年代的最后一个秋天，树叶开始落的时候，我在洛克街住下。夏天还没有过去多久，我背着两旅行包衣服来到芝加哥，把一屋子书籍、音乐卡带和黑胶留在日本。想起母亲曾经告诉我的话："当你开始一段新的旅程时，身外物是带不走的。"入夜，风吹得窗玻璃哐哐作响。第二天早起，人行道上已是一层黄叶。我站在门口点起一支烟，望着灰色多云的天空。

住下来就要安家，不两日，朋友开车带我去十四街著名的周末跳蚤市场。车顶上绑着双人床垫，后备厢里放了一辆自行车，后座上塞进去一张折叠桌和椅子，如今我无法想象，一辆小小的日产森特拉怎么能装下那么多东西，然后像牛车一样，缓慢地打着紧急灯开回公寓。第二天又去买了一台二十七时索尼电视机，订了一份《芝加哥论坛报》。来到一个新的国度，看新闻、读报纸是改进语言、适应环境的最快方式。于是，看着柏林墙渐渐倒下的过程，开始了当时完全想不到的漫长芝加哥岁月。

那辆崭新的十二速山地车，加上一个"U"字形钢棍锁才五十美金，价格低得令人难以置信。后来，一个已经在这里居住多年的朋友一语点破：卖主多半是偷来的。从秋天到初冬，这辆自行车是我的交通工具。第二年住在芝加哥大学的朋友拿过去，锁在他公寓楼下停车路牌的铁柱上，某一天早晨起来，发现路牌被卸下来，连车带锁都被偷走了。

在美国，自行车本来就是用来锻炼身体的，真正的交通工具是私家车。第一场大雪飘落的晚上，朋友和我在城北买下我平生第一辆车，是丰田车里当时最小的特赛尔。我用这辆银灰色的五门掀背车学习驾驶，第三次就撞在桥柱子上，撞扁了一个轮胎和前面的挡泥板；第四次直接上了高速公路，在手脚发抖中把离合器挂到第五挡，时速冲到一百一十公里，感觉开了五分钟才恢复了呼吸。

我就这样学会了开车，然后去考驾照。考官是一位胖胖的黑人女性，看不出年纪，语速极快，又有口音，我几乎一个字也听不懂。我专注于听她说话，一出考场，第一个停车牌就没看见，直接冲了过去。开了一圈回来，她朝我笑笑说："你开得还不错，过两星期再来考吧。"这几乎是我唯一听懂的话。

但是一旦会开车，再回过头去走路、骑自行车，让私家车趴在街上，是近乎痛苦的。再说每天有许多事需要进进出出，有车和没车的区别实在太大了。在接下来的近一个月里，我一直在路上，走遍了大半个芝加哥。我有一张上路学车许可，但那是要求开车时旁边有一个人持驾照一年以上的，我一个人开车，就等于无照驾车。许多年以后，我会把自己当作反面教材，告诉后来的年轻人：那时我年轻胆大，刚到美国又比较无知，不清楚如果被逮着会有多严重的后果。

在去西北大学参加同学聚会的路上，我进超市买东西，下车时没熄火，直接锁了门，就把车钥匙锁在车里了。我无计可施，只好请警察来开门。身高六尺多的大块头警察，笑容满面，手竟然很巧，用一个铁丝钩子，几分钟就把门打开了。我连说了四五遍谢谢，然后匆匆开车离去。同学听说了以后告诉我："算你小子有运气，警察叔叔如果发现你没驾照，可以当场逮捕你。"

二

考下驾照没几天，就迎来了90年代。我第一次开上湖滨大道去芝加哥大学，在一个刚刚认识不久的朋友家聚会。晚饭后一起看电影，放的是我推荐并带去的《美国往事》，里面有些镜头让在场的女生感觉不大舒服。我意识到自己有些欠考虑，索性提前告辞。回来的路上，湖滨大道已经车辆稀少，一片冷清。月光落在积满灰白色旧雪的湖畔，明亮而凄凉。我停下车，在路旁点燃一支烟。并没有什么具体理由，我哼着《美国往事》的主题旋律，热泪盈眶，仿佛是一份不甚分明的敏感、一次难以表达的无奈。其实当时我并没有很清楚的自觉：一个时代和我的一段生命正在成为过去。

从1981年春节离开北京，我并不曾亲历中国的80年代，仅仅是一个旁观者。身处偏远的仙台，我既不曾接触也不熟悉这十年里崭露头角的中青年精英，反而是到了美国以后，有补课的感觉。那一年有许多人曾经是芝加哥的过客，还是在芝加哥大学，一幢古旧的公寓楼里，房间里挤满了人，光线相当暗淡以至于我看不清许多人的脸，只听到主人在介绍刘再复、甘阳、李陀等名字。那天半讲座、半漫谈的内容我已然记不得了，好像是刘再复感叹：现在的知识分子没有上一代知识分子那样有个性。他举的例子之一，是金岳霖先生每天坐着一辆平板三轮车去上班，坐在中间，身旁摆些书，旁若无人地读着。金先生的平板三轮在学部（即后来的社科院）是有名的，然而我恰好读过他50年代否定自己的文章，想到他的特立独行最后只剩下一辆三轮车，心中另有一种感叹。

80年代的余晖尚未散去，无论是刚刚离开故国的风云人物，还是已来美数年的留学生，都还在关注和沉浸在其实与我们毫不相干的变局之中。三元是芝加哥大学留学生的名人之一，小平头、白衬衫，身高一米九，像个打篮球的，进出门时习惯性地弯一下腰。不过当时中国篮球队前中锋张卫平也在芝加哥大学，所以三元还不是华人里最高的。他看上去大大咧咧，胆子也大，据说深更半夜都敢出没在治安不怎么好的海德公园。

三元是我的学长，1977年高考恢复即考入北京大学西语系英语专业，80年代中期到美国留学。我去他家里参加过几次聚会，第一次见到他，听到他自我介绍："This is 三元"，最后那个"元"字是带着纯正京腔"儿"音的，然后咧嘴一笑。他的夫人程玉是程潜的小女儿，曾经参与北岛等人创办的《今天》，我早闻其名，不想在这里见到。当时芝加哥大学文科学生差不多一半是北大校友，时不时在一起高谈阔论，三元更是交游广泛，一时间他家成为中国留学生的聚会据点之一。

然而我对大的理论总是心怀疑虑，对来自传统或是集体无意识中的参与热衷总是保持距离。这既因为自己的经历，更由于个人对历史的理解：动荡时刻固然如同打鸡血一样激动人心，然而越是在大的波澜里，个人越无能为力，而且越少本来就有限的所谓对命运的掌控。早在弱冠之年，我就在给朋友的信里写过：悲观与逃避是我的一种倾向，也许已经深深浸透在潜意识里。

在1990年春天，我不再觉得象牙塔是一个容我逃避的栖身之地。理论建构显得前所未有的苍白，课题研究似乎不足以成为精神寄托，而更像是选择一个现实饭碗。我每天读《芝加哥论坛报》一个不起眼角落里的桥牌例解，经常开车漫无目的地转悠一两百公里，中西部空旷平原带给我自由而沧桑的感觉。

虽然聊天有时嗨，在日常生活中大多数人活得很实际。留学生奖学金多半微薄，衣食住行、柴米油盐是每天要面对的事情。花三四千美金买的二手车就属于豪车，多数人都是开一两千块钱的。还有不少人开几百元买来，或者到处生锈，或者轰隆作响，仿佛随时可能抛锚的旧车。学会开车并不是为了自由的感觉，而是通向各种可能性的基本技能。老布什总统签署了一项行政命令，使得留学生可以合法工作，以前不开车的也纷纷上路去打工挣钱。

春光明媚的季节里，关心时事的人越来越少，走出校门的人越来越多，也是再正常不过的事。我找到工作，搬到郊区，租了一个一室一厅。那是一个花园式公寓，四幢两层小楼围起一大片绿野芳菲。我的客厅面对花园，有一扇落地窗，我啜着咖啡望着窗外安静的花园，觉得生活几乎不是真的：忽然周围大多是金发碧眼，彬彬有礼、客客气气；忽然变成上班族，朝九晚五，日复一日。

三

初到美国认识的几位朋友，大多是七七、七八级大学生，胸怀大志，能言善辩，皆是一时俊彦。对国家大事的热情转瞬即逝，对追求财富的冲动持久不息，从人性的角度看是很正常的。当一位朋友从几百英里外深夜驱车到我的公寓，不知疲倦地鼓吹办印刷厂和买卖黄金这两件听上去完全不搭界的生意时，我被侃到一头雾水，根本插不进话去。最后只是很不好意思地告诉他，可惜我银行账户上只有两千块钱。我不知道他是否相信我的话，当时很多人以为我已经留学多年，又来自繁华的日本，一定有些积蓄。殊不知我喜欢与关注的，向来是无用的、很难产生效益的文史音乐一类，又因为年轻，不知存钱，所以到美国不久就急于找工作，没有做生意或者自费读书的资本。生活就是这样，在某一时刻由于种种具体原因做出的选择，影响之长久是自己完全想不到的。等我再次发现可以不用去上班时，已经是四分之一世纪之后。

90年代的头几年，是数以万计的中国留学生在美国毕业工作，买车买房，结婚生子的时期。早在1991年，我的同龄朋友里已经有住在三百平米（约等于三千英尺）别墅的，当时价格其实不到三十万美金，首付只需百分之十。在他家的聚会，来了五六十人，车子停出一条街去，一多半是本田雅阁或者丰田佳美，客人们如同参观博物馆一样参观豪宅。

也是在那一年，北岛在芝加哥大学举办作品朗诵会，会后我在大学咖啡厅里和他见面。他委托我在芝加哥代理刚刚复刊的《今天》，不久后我收到了二十本，除了送到图书馆外，还放到为数不多的中文书店里，然而过了很久也无人问津。我本是最不擅长营销的，那次鼓起勇气问了身边的一些朋友，却没有人要买或者要订阅。一位外语系毕业的朋友，据说曾经很爱写诗，此时电脑硕士读得焦头烂额，新生儿嗷嗷待哺，和我说了几分钟就挂了电话。不知道是不是因为80年代读诗的人太多，90年代竟然没有人要读了。风尚的变迁，自有文学的与非文学的理由，倒也呈现出其"水性杨花"的本质。

那时常在一起喝酒的朋友，在皇城根下长大，少年时蹬平板三轮，能够让一轮悬空，像骑自行车那样飞快。记得刚到芝加哥不久，有一次去他的公寓，和他还有他的同屋，三个文科生聊到午夜，预言我们这一代留学生，二十年后经济地位一定会大有提高，但是人文素养未必有多少长进。近三十年后，他们一位从教授成功转型为房地产公司老板，另一位成了著名的传教士。

不过两三年工夫，芝加哥大学的那群文化人便已云散：刘再复去了科罗拉多，李陀回到北京，甘阳走得晚些，听说后来在芝加哥大学博士没读完就远赴香港。三元兴趣转移到创办留学生科技园的宏伟计划上。从此后的发展看，他的想法有相当一部分是很先驱的，不过先驱的结局往往并不美妙，所谓"长江后浪推前浪，前浪死在沙滩上"。我并不知道多少他的事情，不过我隐约觉得他画的饼不太靠谱。这仅仅是我的一种直觉，或许由于我自己有很不靠谱的一面。不过我一向独往独来，活在当下，对未来持怀疑态度。三元则还是要做一番事业，这一点与他的雄心勃勃的同代人并无不同。我一直认为不靠谱的人最好自觉地游离于人群之外，但是三元总在寻找与人合作的机会。他很聪明，一方面亲和力很强，也有实际运作能力；另一方面天马行空、任性而为，在当时毁誉参半，宏图未能付诸实践也就是很正常的。

在匆匆忙忙中年里，一转眼就好几年没见面、不通音讯。再听到三元的消息，是他已经离开芝加哥，偃旗息鼓，像许多中国人一样，改行IT、养家糊口，仿佛留学生组曲中的一个音符。随着岁月流逝、白云苍狗，三元的故事早已被遗忘，他也消失在茫茫人海中。

物质生活的迅速改善，自然带来蒸蒸日上的感觉，对个人、对社会来说都是如此。我也渐渐习惯了作息规律的日常生活和背后那种人到中年的安定感。我早已认识到，无论在怎样的时空，不合时宜的感觉都会在一定程度上存在，而且我并不想去适应和改变，那么只有在可能的范围内保持距离。这种若即若离的生活方式不知不觉就持续了很久。

上个世纪的最后一夜，芝加哥气温在零下二十摄氏度左右。和远道而来的亲戚吃完晚饭，我忽然兴起说：这么冷的天，也许不会有那么多人进城，我们上高速试试能不能开进去看世纪焰火吧。果不其然，刺骨的寒冷打消了许多郊区人出门的念头，我们竟然一路畅通抵达密执安湖畔。天文馆、水族馆沿岸车山人海，下车等待放花的人们用滑雪服、厚毛毯把自己裹得紧紧的。因为是临时决定，什么都没有带，我只好开足车里暖气，摇下车窗，伸出脑袋看黝黑湖面上的天空。

那是一场璀璨迷人的花火，离我如此之近，仿佛就在头顶上绽放。在闪烁的光亮与起伏的噼啪作响里，我所属的20世纪消失在欢声鼎沸里。那一刻我也从车里出来，在冰天雪地里搓着手、跳着脚，和人们一起欢呼，心中悲欣交集。

四

黄鹤楼空空一水
金陵风雨雨千帆

这是我在世纪之交写的一首七律里的一联。90年代连诗都很少写，罔论其他文字。不过古人云：不行无聊之事，何以遣有涯之生？我依然保留着读书与游戏的习惯，又因为工作关系，90年代后半多少见证了江南一带的迅速发展与繁华。

再见到北岛已经是2007年的除夕，他来芝加哥，下榻于此间著名画家周氏兄弟府上。他本是约我去谈有关参加《今天》网络版编辑管理事宜，结果只谈了一会儿，就变成丰盛的晚餐、红酒和唱歌。在读北岛的诗近三十年后，听到他的歌声，是一种很难忘的美好感觉。

从那以后又整整十年过去了，在不知不觉之中，我沿着文字的小路回到故国。当记忆中的场景不可辨识时，或许只有文字才能恢复人生的连续性。

不过真实的人生是断片的，而且有时十分突兀。今年春节将至的周末晚上，我在一个歌舞晚会演唱了两首歌，和许多旧友新知寒暄社交。归来后，看到多条新的微信，其中有一条是问我："你认识三元吗？"我回答说我认识，这位年轻朋友就告诉我，三元当天早些时候因为滑翔伞事故去世了。听说这个消息，我一句话也说不出来。也许这就是天意吧，让他这样一个人以这样一种方式离去。

三元一生爱折腾，然而生活中折腾不成事的人从来远远多于折腾成事的人，一件事不成，总要找些别的继续。喜欢上这种有高度危险性的运动，想来也是年近花甲时的一种寄托。他事故发生时当场身亡，应该也没有多少痛苦。在美丽的加州阳光如此的最后归宿，对于他也是死得其所。

生死浮沉的故事，最能提醒光阴的流逝。虽然在经常风萧萧兮而别名"风城"的芝加哥，洛克街上的小楼依然保留着砖的颜色。

风城岁月偶回眸

谁望神州北固楼

江海一麾烟织香

山形依旧月如钩

一

　　忽然收到一条微信，告诉我编委会决定暂时不定期关闭"今天"网站。随着岁月的流逝，该发生的迟早会发生，凡事有盛必有衰，筵席有聚终有散。"今天"网站建立了十多年，改造成一个具有多个板块、互动功能的综合网站也整整十年。如果往上追溯，"今天"网站的创办原本是为1991年北岛主持复刊的《今天》杂志提供网络版，不过在转型为综合网站之后，其内容、管理团队与纸版杂志没有太多关联。再往前追溯，则是1979年油印的蓝色封皮《今天》杂志，我在美术馆大街好像是从自幼患小儿麻痹症拄拐的画家马德升手中买下，第一次读到北岛的《回答》。里面还有他的小说《波动》，如今记得的人已经不多了。三十八年过去，"今天"这个名字，曾经与北岛、芒克、多多等著名"朦胧"诗人连在一起，已经是当代文学史的一部分。

　　余生也晚，1979年上高一下学途中在西单看到贴在墙上的《今天》，和许多同龄人一样，立马被击中。那几年写的诗里，在在有早期《今天》的影子，比如下面这一首《青春岁月》：

我们的生活
啤酒杯里的阳光

灰蒙暮色里
一盏初燃的橙黄

为达到极限
久久踟蹰在数轴上

一个不定方程
一个没有方向的矢量

这首短诗写于1981年。如今回首，二十岁的时候，由于青春期激素分泌过剩，才会写出那许多诗来。而看着那些泛黄的诗笺，岁月悠悠，便往往有了那个时代充满诗意的错觉。后来人关于80年代的回忆，大多基于这种错觉。偶然看到1980年北大学生竞选的一些老照片，一片蓝制服臃肿棉袄的海洋，提醒我那是一个匮乏的年代，那也是一个渴望自由而不得的年代。诗化那个年代，不过是一代人对青春岁月的怀念和自慰，倒映出现在虽然物质丰富得多，人的物质化却也赤裸裸得多，精神与心灵面临的困境，其实与80年代并无两样。

那年我在长春接受出国留学前的外语培训，某个夏夜，我和一位在吉林大学读研究生的朋友大聊文学人生，喝了二十多瓶啤酒后摇摇晃晃归来，就写了这首诗。后来好像就没再见过这位朋友，只记得他姓周，名字已想不起来了。我的生活中，像这样彼此成为短暂过客的情形有过多次。过去了，便似"你看风景，风景看你"那样藏在记忆里。

早期的留学生是突然之间就被投掷到一个完全陌生的环境中，周围几乎没有中国人、听不到中文、看不见中文书。在留学的头两年里，我没有读过一本中文小说，更看不到国内的诗歌。不过由于文化冲击和远离故乡的感觉，那两年是我写诗最多的时期，虽然写完了没有想过发表，只是静静睡在抽屉里。这段经历倒也不知不觉地坚定了我对诗的认识：诗是写给自己的，我只在内心有感觉时才写。

因为80年代远居化外，对中原故土发生的事情所知有限，以至于好几次别人对我介绍80年代成名的人物，我却一无所知。一片茫然间，就让对方感觉不爽也未可知。我是个颇为迟钝的人，不大在意别人对我的感觉，也往往不够注意对方的感受。

不过，我很在乎是否办好别人托付给我的事情。《今天》刚在海外复刊时，我受朋友之托，曾代理其在芝加哥的发行并与北岛有一面之缘。朋友不了解我清谈尚可，一去推销就患失语。那次代理完全失败，无疾而终。很长一段时间，一提到这件事我就有点惭愧。2006年，芝加哥《文化与生活》主编辛放奔忙操办了一场《今天》创刊二十七周年纪念活动，时隔十五年后又见北岛。这一年我开始和朋友做网站，相当投入。辛放见此，便推荐我参与"今天"网站的管理。

第二年的除夕，北岛来芝加哥，约我去见他。他并没有多谈办网站的事，只说了几句，就告诉我："你来做吧！"那个除夕和北岛唱歌一直到午夜，第二天我写了一首七绝。

记丁亥新春

丁亥新春，蒙北岛之邀，与凤城著名画家周氏兄弟除夕家宴。主人殷勤劝酒，宾客引吭高歌，遍唱儿时旧曲，尽欢而散。北岛兄乃一代诗人之代表，名满天下，自不待言。而流寓海外几二十年，更令人感慨。因占一绝以记之，一哂。

江关名动流离多
岭外遥看魍魉过
闻道香江风日暖
他年再唱旧时歌

二

我就这样成为"今天"网站管理团队的一员，这个团队人并不多，大多数在海外留学工作多年，都是义工，出自爱好，没有报酬，这样反而有较多的共同语言。主编王瑞、技术管理宝明、作家陈谦、远在澳洲的仄佳都是在这时认识，从此成为好友。北岛不久去了香港中文大学任教，网站测试改版成功。主版有了互动功能，逐步开通了论坛、博客等板块。

秋天到来时，"今天论坛"开始运营，著名诗人韩东任管理员，但很快由我接替。起初，我受到一些质疑，因为没有人听说过我的名字，仿佛从石头缝里蹦出来这么一个管理员。然而，感谢北岛的大力支持，他和著名诗人柏桦等亲自出任版主，社长欧阳江河、特邀编辑李陀都来论坛发言。我尤其感谢北岛对我的信任：有什么事情问他，他总是说"你看怎么好就怎么办"，"照你的意思办"。

后来的发展证明，让我这样一个外来人来管理诗歌论坛可能是个不错的选择，无门无派、不明就里对于论坛的开放性恰好是必要的。其时我恰好在另一个网站"燕谈"做总版主，现炒现卖刚刚有的一点经验，从网友中聘请义工版主、每月扩大论坛版面，使"今天论坛"成为一个以诗歌为主的纯文学园地。进入本世纪后，新诗日趋小众，诗歌论坛多半高冷，而采取会员制的"今天论坛"在诸位同人的共同努力下，不到三个月会员逾千，单日帖数数百。海内外不少颇有名气的诗人加入论坛，发表作品、参与评论，一时间颇有群贤毕至，少长咸集的气象。

网上论坛兴起在20世纪末，2007年时全盛期已过，"今天论坛"仅赶上一个末班车。当时许多名人已经在论坛受过伤，或者感觉疲劳，所以有那么多文人来到"今天论坛"，超乎我的预期。即使有主题，论坛这种形式本身是开放的，参与者自然鱼龙混杂，口水与争吵时有发生也是在所难免的。然而我在为写这篇文章重新翻阅部分早期旧帖时，仍然不时发现光亮，足以令人欣慰。

"今天"原来的问题在于成员多"40后""50后"，且多在国外，于国内诗歌界未免有些隔阂。所以我在选任版主时，大半请的是"70后"国内诗人。最早的版主里，浙江诗人商略、北京诗人张祈非常认真努力，也参与了许多"今天"网站的编辑工作。后来有更多优秀的诗人作家出任版主或"今天"网站的编辑，时至今日还名列编辑的黑光、冰夕都是论坛早期会员。阿乙当年初见时还是一位十分清秀的青年，如今已是国内外知名作家，看上去也多了几分沧桑。《今天》杂志诗歌编辑廖伟棠后来也出任诗歌版版主，他和另外两位至今还在做版主的诗人龚纯（他的网名"湖北青蛙"似乎同样有名）、揭春雨都和我神交颇久却从未谋面。

　　"今天论坛"陆续设置了"散文小说""文论翻译""人间书话""影音艺术""女性写作"等板块，铁打的营盘流水的版主，许多优秀的人在这里来来去去。大多从此成为朋友，虽然不曾相见，却也一直关注。有些渐行渐远，这也是很自然的事。有几位或许有分歧、误解、成见，但我一直记得他们为论坛付出的心血。论坛时代还是在电脑上打字，不像现在可以在手机上语音输入。我人在北美，是英语电脑上用拼音写中文，费时费力，因此发言尽可能简短。这样在管理论坛时，难免有沟通不足之处，言语之间导致误会。再说我虽然性格温和，但也有很坚持或者很固执的时候。不过我习惯于记住他人优秀的地方、美好的一面，这恰是由于我理解人性充满弱点，人大多时候经不起考验，因此宽容于己于他都十分重要。

　　诗歌论坛版主换得最多，记得有丁南强、小杨柳、李浔、杨典、沈方、陈律等优秀诗人。曾任"影音艺术"版主的苏七七、玛特，"女性写作"版主的倪湛舸都很有才学。虽然论坛沉寂已久，但时至今日，周新京、辛泊平、梁小曼、朱昌海、宋逖、江涛、马兰、紫鹃、海客还挂着版主的职务。以上的名字还不全，有不少人我或许还没有提到。他们都是"今天"历史的一页，中间有不少人是坚持了十几年的，一直默默奉献，在此告别之际，我满心感激与祝福。

"今天论坛"虽然是以新诗为主，却有一个绝大多数新诗论坛所没有的古体诗词板块，而且水准相当高。这要感谢创建"文言旧邦"版的嘘堂，他带来了一群古诗词造诣很高的朋友，发表了不少优秀或者很有特色的作品。在这个板块，就连吵架都往往会出现一些需要查康熙字典才认识的字。军持、小金的作品功力很深，还有后来也做版主的小森素行等诸多诗人当年都名动一时。也是在这里我才知道孔大作家捷生兄原来古诗写得非常好，曾经斗胆奉和。

三

2008年春天，北岛专程到硅谷湾区召开"今天"网站编辑部会议。这是我第一次见到编辑部同人，相谈甚欢。这份愉快的印象，因此后合作无间而一直保留至今。没过多久，汶川大地震发生。"今天论坛"在第一时间开设了哀悼纪念特刊，我一直相信在灾难到来时，文字自有它独特的力量。

那一年发生了很多事：夏天里，北岛兄约我为他主编的《七十年代》回忆文集写文章，并亲自帮我修改。我从他那里学习了数易其稿、洗练语言的写作态度，受益匪浅。北岛夫人甘琦这时刚出任中文大学出版社社长，发来一本与历史有关的书稿问我的意见。我大力推荐，不久这部书出版后果然颇受好评。

论坛人气渐高，会员过万，博客也开通了。有了互动的"今天"网站较之以往兴旺许多，与此同时，我们一直坚守着网站的品位与文学性，这一点从"今天推荐"的作者名单以及各栏目发表的作品上可以清晰地看到。在总体而言文学趣味与成果都颇为可疑的年代，以世界经典为自己心中的标高，既不趋时尚也不自我陶醉显得尤其必要。

我个人以为，"今天论坛"最成功的栏目是诗人作品现场讨论。作者与读者齐集一堂，实时互动，同时刊发部分自选精品，就此展开品评，如此留下来的对话、作品与评论都颇多精彩。当时论坛每两三个月策划举办这样一次大型活动，先后推出潘维、桑克、蓝蓝、余怒、陈先发、杨典、宇向等诗人的现场作品讨论。他们风格迥异，但是大多都可以说是这个世纪在国内有重要影响的诗人。我此前与他们素昧平生，之后也大多没有见面与更多的交往，完全是通过作品决定人选，也要感谢他们愿意光临参加这一无偿的互动。通过为他们提供平台，"今天论坛"也呈现自己以作品为准，兼容并包的开放取向。

2010年1月，年仅四十八岁的浙江诗人梁健因病逝世。梁健是我在"燕谈"的网友，偶尔唱和，本来说好这年3月我回国时见面的，却英年早逝。他名气不很大，为人散淡，在诗酒自娱中度过时光，有些诗写得很好：

我承认我真的忘记了方向

那一条唯一通往清醒的镜子

我不得不在黄昏

依靠死亡

依靠死亡

一寸一寸醒来

他去世后我代表"燕谈"网诸友草了一联，送到他追思会上：

曾经把酒吟诗，生当尽欢矣，挥洒自在悟佛缘

相约契阔燕谈，去也堪悲夫，寂寞无言惜英年

梁健后事，大多是他浙江的诗人朋友们代为打理的，其中颇有参与"今天论坛"者。我于是想到在论坛共同合作，办一个追思他的作品讨论。对于一位诗人，也许这是一种很好的纪念方式。事实上，那确是一次既有深度又感人的现场讨论，许多参与者是在这次讨论中第一次被梁健的诗感动。几年后，他的作品在长江文艺出版社结集出版。

3月初，同样只有四十八岁的张枣也患癌去世。张枣生前就已被公认为"60后"诗人里极富才情的一位，他《镜中》的名句早已脍炙人口：

只要想起一生中后悔的事

梅花便落满了南山

张枣曾任《今天》的诗歌编辑多年，往昔旧识，闻其噩耗，无不悲恸。"今天论坛"在他逝世次日开设"纪念张枣"专版，四天后举办追思网谈。我记得北岛在追思网谈上回忆，张枣在邮寄诗歌稿件时，为了给《今天》节省一点邮费，会把每一页诗稿的空白部分剪去。柏桦引用当年在北京摆流水席的奇人黄珂回忆：张枣知道黄家保姆有胃病，每次回德国都会记得给她带胃药。这些细节往往见出一个人的一部分，听来颇令人难忘。

2010年是一个令人悲伤的年份，年底又有一位女诗人马雁去世，年方三十一岁。2011年论坛的开始，就是纪念她的专场。死亡的气息有一股凉意，2010年微博的迅猛兴起，意味着论坛的式微。网上聚散如潮水，来得快去得也快。在论坛趋于冷清以后，"今天"网站作为一个平台继续存在，但不复热闹的互动。

四

长存的唯有友情：从2008年到2011年，几乎每次我回北京，彦华都会召集在京同人聚餐。2013年我去洛杉矶时见到王瑞，口占一绝：

晴日早秋晤旧朋

倚山筑舍玉临风

我与陈谦

归来欲赋红尘在

灯火连天大梦中

2014年陈谦来芝加哥，在我家地下室讲小说，听者三十多人，私人文学讲座能有这样规模如今不容易。2015年春天回北京，又一次见到旧友新朋，已是微信时代，网站的事很少有人提起。秋天宝明来我家，说起一些早期的事，竟然已是很遥远的感觉。

对于我来说，也真的是很遥远了。从2011年我再度着迷黑胶，在古老的录音里度过几乎每一个午夜。两年前重新下决心码字，从此一发不可收。我素来做一件事会很投入、会努力去做到自己心中不留遗憾。虽然一件事会做多久，只有在成为历史后才能知道。"今天"网站于我也是一段难忘的缘分、美好的记忆，当我想起时，也就会想起那一年纪念张枣的诗句：

梅花从不曾抵达

即使抚摸着手稿

即使梦见——

长安已不再下雪

一

是的，在那个春雨霏霏的下午，我目送着她的背影消失在小巷中，突如其来的直觉告诉我，也许再也见不到她了。

> 一个人是另一个人的过客
> 相逢有时只是一种想象
> 在没有丁香的雨夜
> 穿过小巷也穿越时光

1990年，我找到工作后搬到郊区，开始漫长的美国普通人生活。第一个住所是一个花园式公寓，四幢两层小楼围起一大片绿野芳菲。那是一个宁静而茫然的夏天，公寓面对花园那一边是一扇落地窗，我经常在黄昏时分，看着窗外发呆。波澜起伏的80年代结束，我也随命运的河流漂到了美国，每日有条不紊，周而复始。

从某一个黄昏起，我看见一个人在花园里缓缓散步，远远望过去应该是位东方女性。不久我就发现她很守时，几乎像康德一样，晚上7点钟出现在花园里。有一天我下楼抽烟，和她打了个照面。出国近十年，练出一看东方人的表情与衣着就能判断从哪里来的本事。我和她打招呼，接着就问了一句："你是大陆来的吧？"她一说话，我就知道她不仅来自中国而且来自北京。那时候一出大学门到了郊区，来自大陆的中国人就非常少见，所以一见之下，竟有一点亲切的感觉。

同在天涯，又是近邻，自然就来往得多了起来。如茵从来没有告诉我她的年龄，她身材结实，皮肤姣好，看上去年轻，但是目光和眼角却透露出几许痕迹。她平时话不多，说话很客气，显得很有教养但是也有效地保持了距离。第一次聊天我就知道她曾经住在大佛寺一带，离我小时候的家很近。说着说着不免问到她父母，她幽幽地说他们都已经不在人世了。对话一下子卡壳，停顿了一会儿，她说起别的，我也就从此再不问她家里的事情了。有一天在楼道里碰到她，她说："昨天晚上听见你在放维尼亚夫斯基第二小提琴协奏曲了，是不是韩黛尔拉的？"我大吃一惊说你太厉害了，竟然听得出是哪个小提琴家的版本。如茵说自己站在楼下听了半天，"文革"前在家里听唱片，这张特别熟悉。大佛寺地处东城的腹部，不乏深宅重院，是各朝各代形色人等混居之地。一个不起眼的人，身世也可能像胡同里的井一样深，所以我从小习惯不去打听。

80年代来美国的中国人途径相当单一，基本上都是留学出来的。如茵却不是，关于什么时候到的美国她一直语焉不详，她在做

272

什么我也百思不得其解，除了在附近的社区学院学英语以外，她好像什么都不做。她告诉我她是作家，老公还在国内，一时半会儿出不来。她手头没有自己的作品，多年以后我在网上谷歌她的名字也查不到，大概是另外有笔名吧。不过当你认识一个人以后，读不读她的作品有时候也没有那么重要。

二

郊区小镇很安详，刚刚进入朝九晚五的我，偶尔会觉得心里空空荡荡，那时候还没有互联网，就从中文图书馆里借回来几十本武侠小说。我原本并不太喜欢古龙，这一年却不仅仅是他的作品，而且读遍了温瑞安，那种不合逻辑的孤绝或许契合当时的心情吧。二十多岁时非常喜欢索尔·贝娄，当我来到了他所在的城市，竟然再也不想去读了。曾经以为是非常荒诞的小说，其实只不过是真正的现实主义作品，而我的人生轨迹，总是通往意想不到的方向，有时就觉得现实比小说还要荒诞。

武侠小说看多了，总不免有一点负疚感。到美国时间还短，想提高自己英文的紧迫感颇强，就经常去借电影录像带看。小镇图书馆电影很多，除了旧日经典还有不少纪录片是我爱看的。有时借到一部觉得不错的电影，会邀如茵来看，她会带一点零食或者水果，看完电影聊一会儿天然后回去。在一个风雨之夜，我租了一盘第一次在奥斯维辛实地拍摄的电影《魔鬼集中营》，写一位希腊犹太裔拳王和难友拳击供纳粹取乐，看完真实而暴力的镜头，打开房间里的灯，我看到如茵脸色发白、饱含泪水。我问她是否OK，她匆忙地站起来跑到厕所里呕吐，然后就打开公寓门冲了出去。过了几分钟我打电话问候，她说已经没事了，对不起。我说应该是我道歉，让你受刺激了。

那以后有一段时间我没有见到如茵，再见到她时身边站着一个魁梧的男人，她介绍说是她老公。里程很健谈，为人外场豪爽，就是说话声音有些尖细。攀谈之下，原来他是80年代文化界小有名气的人物，只是我孤陋寡闻不知道罢了。文化热戛然而止，圈中人天各一方，里程也费尽心力到东部的一家大学当访问学者，想第二年去读文化人类学的博士。他生长在部队大院，十五岁就去当兵，后来从部队直接考上大学，一路顺风顺水，腰板笔直，充满自信。在大学读哲学系的那几年，正是百废俱兴、新思想纷至沓来的时期，里程不仅接受得快，而且兼具写作能力与行政能力，毕业不过两三年，就写出了一本论弗罗姆《逃避自由》的专著，然后转向翻译介绍福柯，当上了一家地方高校的外国哲学教研室主任，跻身于知名青年才俊的行列。

里程和我一见如故，有几个晚上聊起文史哲，一直聊到夜里一两点。他口才很好，交谈时身体微微前倾，目光直视对方，很认真很诚恳的样子。说了些什么大多记不得了，只记得我曾经告诉他，美国的人文类博士很不好拿，拿到博士后出路也很渺茫。那时候在美国的中国留学生和家属一共有八万多人，有一天晚上酒喝得爽了满嘴跑火车，一致预言二十年后我们这拨人一定会经济地位上升，文化水准下降。微风习习的夏夜是柔软的，如茵时不时给茶壶续些水，笑盈盈看里程和我抢着说话，仿佛看着两个大男孩。

夏天过得很快，天气转凉的时候，他们开着那辆排气管轰轰作响的1983年日产桑德拉去了东部。临行时，如茵将她养的两盆花留给我，我说我可是什么都养不活的，她说你只要记着每星期浇一次水、多晒晒太阳它们就会茁壮成长。里程帮着把花盆放到我房间里，然后他们就开车上路了，离去的时候，我看见早晨的太阳落在他们脸上。

<h1 style="text-align:center">三</h1>

不住在一个城市，很自然联系就逐渐减少，从开始偶尔打电话聊天到每年寄一张圣诞卡要不了几年工夫。90年代固定的电话号码或者电子邮箱还不普及，一换往往彼此就失去了联系。我年轻时是不习惯煲电话粥的，80年代末将大部分信件付之一炬以后也不再写信，不知不觉间和许多朋友断了音信。和里程、如茵夫妇本来就是短暂的萍水相逢，不久也就各自消失在茫茫人海中。

我在上世纪末的4月走在江南小镇，那里春风沉醉，灯红酒绿。出差的时候，我会向同行的老外解释"感情深，一口闷"是什么意思，他们大多表示理解，偶尔有人会问中国是不是同性恋也很多。办成事总在酒酣耳热后，所以90年代回国时每日黄昏以后的时光，大多在餐馆、咖啡厅、茶馆和歌厅里消磨。

有一天接待我的陈总带来了另一位客人林总，据说也是从美国回来的。杯盏之间，他提到弗吉尼亚州的一个小镇和那里的一家大学，我灵光一闪："你认识里程吗？"他说当然了，还在一起打过扑克呢。林总告诉我里程已经海归几年了，听说是在北京做生意。我问他如茵在哪里，他说不清楚，只知道没有回来。

80年代的青年学人有一大半都在90年代下了海，听到里程放弃了文化人类学，我没有半点惊讶，只有一丝感叹。我自己在不少朋友回国发展时，选择回到美国，恢复平淡清闲的日子。生活如牌局，也如一张张黑胶唱片，沉浸其中时不觉得，一回首过得飞快。四分之一世纪后，我领悟到无论在怎样的时空，音乐与文字永远是心灵安放的方舟。不知不觉间，我又回到了游走在人群边缘的文人墨客之中，虽然不再抽两毛八一盒的迎春牌香烟，散装二锅头也早已成绝响。

在798的一个现代艺术展上，我偶遇里程。一开始我没敢认：他已经满头白发，身体发福，旁边站着一位少妇，牵着一个学龄前儿童。是他先叫出了我的名字，我们激动地握手拥抱，就像老友多年重逢，也确实是二十多年没见了。他向我介绍了他的妻子和孩子，然后说，兄弟，找个日子哥儿俩喝一杯聊聊。几天后的一个晚上，他请我在金融街附近一家看上去很有档次的餐馆吃饭。在只有我们两个人的包间里，抿着法国红酒，互道别来经历：他的淘金岁月已经收手，娶了年轻的娇妻又晚年得子续上了香火，外人看来应该是很圆满的吧。酒足饭饱之后，回忆起当年坐在从跳蚤市场买回来的旧沙发上喝威士忌，里程忽然说："还是80年代到留学之初的那几年最美好！"他问我是否听到过如茵的消息，我告诉他没有，也不知道她如今在哪里。里程长叹一声："其实我这辈子最爱的还是她，不过也最受不了她。"他加重了些语气："你知道吗，她有时候简直不是女人！"我忽然感到，人一说到自己私密的事情，往往语言很匮乏，而且表达得很含糊，不过我也不想去问、去确认他到底想说什么。

那天晚上他追溯了自己的一生，告诉我许多私人的事情与感受。我想恰恰是因为我们彼此并不熟悉，人生路上也不曾交集，他说起来反而顺畅自如。很多时候，故事叙述的视角和语言本身也成为故事的一部分。里程的目光还是很真诚，我们每个人都有需要真诚地说出自己的时候。我也是一个中国男人，很自然地就理解了故事背后的追求与获取、成功与茫然、占有与失落。他一边说着，我一边走神地想：也许我们真的开始老去，青年时代汲取的思想与新知，往往敌不过被成长环境植入的基因。

不知道为什么，我更关注里程提到如茵的时候。他告诉我他们90年代中期就分手了，如茵坚决不肯跟着他回北京。我也第一次知道，如茵曾经目睹她的父亲倒在地上被拳打脚踢，大人把她带离现场。等再一次看见父亲时，是躺在门板上已经没有呼吸了。里程说起这一段也微微激动，他说当年他很难过自己终究没有能力让如茵快乐，她始终不曾走出记忆的阴影，在80年代最后一个冬天不顾一切地到了美国。他心甘情愿地追随她，几年后却发现在那里找不到自己的位置。

四

几次话到嘴边，但是最后我没有告诉里程。那是南锣鼓巷还不似现在这样热闹的时候，星星点点开始有一些私家小餐馆，有些时光的陈旧，也有些隐秘感。狭小陡峭的楼梯，只能容得一个人行走，吱呀作响，楼上也是三张四人座的小桌，就已经相当拥挤。我12点半准时到达，等了半个小时朋友来个电话，把我放了鸽子。饭总是要吃的，我自己点了两样，要了瓶啤酒，和老板聊天。中午生意清淡，年轻的老板听口音是江浙人，说话软软的不紧不慢。他是个名牌大学生，毕业后漂到北京，做了几年IT，喜欢又学了些烹调，就开了这么一家私房菜，客人大抵是文人、艺术家、年轻白领，还有我这样的海外游客。

楼下的门铃响了，老板匆匆下楼去，隐约听见他在打招呼："您怎么来了？"楼梯响起脚步声，我下意识瞄了一眼，一个中年女人正在升起，我一眼就认了出来："如茵！"

她瘦了许多，光阴的皱纹也就更加清晰。我再一次感到她目光中的笑意，但是笑意背后，好像多了一点宁静的清明，无悲无喜。说到自己时，她也很平静，仿佛在说别人的事情。她告诉我对里程她很感恩，也很理解他会选择离开：对于男人来说，事业与成就感是最重要的。我问她这些年做了些什么，她说她曾经读了一个教育学硕士，之后当了几年乡村女教师，最近又念了神学院，毕业后做什么就交给命运安排吧。很多年没有回国了，这次回来是因为她唯一的哥哥突然去世。她帮忙安葬了哥哥，把原先寄存在他那里的东西处理，过两天就要回美国了。

"这样倒也清静，在这世界上我从此真的是一个人了。"如茵笑盈盈地对我说，我听了什么话也说不出来。

她提了一只大旅行包上楼来，打开包拿出一大摞旧书。"这些都是我以前爱读的书，如果你喜欢，拿两本去吧，反正我以后不会再读它们了。"我翻了一下，都是诗和小说，其中一本是我十五岁时最喜爱的《戴望舒诗选》。

和如茵在小雨中道别，轻轻拥抱了一下。从那以后，不曾听到她的消息。

蒙娜丽莎的流逝

一

炎热的伏天下午，在老屋里沏杯绿茶，读读旧书。翻出一本《蒲宁短篇小说集》，是80年代初上海译文出版社的"外国文艺丛书"里的一种。看看封底就知道，这一套丛书里有加缪的《鼠疫》、卡夫卡的《城堡》、赫勒的《第22条军规》和罗布-格里耶的《橡皮》，都是经典中的经典。辛格的《卢布林的魔术师》、太宰治的《斜阳》当年我也非常喜欢。印象不深的，反倒是后来在中国文艺青年中风靡一时的纳博科夫和卡尔维诺，无论是《普宁》还是《一个分成两半的子爵》。

是因为这本书我第一次听说蒲宁吧，在此之前，他因为反对十月革命，是俄国流亡作家，从1949年以后作品就不曾在中国大陆出版。实际上，在这本书出版的1981年，很少有人听说过"白银时代"这个词，我也是后来才明白蒲宁是"白银时代"主要作家之一，也是第一个获得诺贝尔文学奖的俄罗斯作家，他的部分作品早

《蒲宁短篇小说集》书影

在30年代就曾经被翻译成中文。

我在二十岁时喜欢蒲宁其来有自：他的短篇小说多半是爱情故事，他的文字即使翻译成中文也是诗一样的优美而忧伤。三十五年前我很喜欢，至今还觉得熟悉的一篇是《一支罗曼蒂克的插曲》，如今重读，说不上是一篇上乘的短篇小说，然而爱情的瞬间与悠远、柔软与绝望，大约曾深深打动了年轻的我吧。

蒲宁的短篇小说，故事并不复杂，往往还有些模糊。比如《一支罗曼蒂克的插曲》：一次突如其来的邂逅，一段交代不清、近乎子虚乌有的爱情，然后是更加突兀的死亡。但是他的语言紧紧抓住了你："蓝天展开在层层叠叠的山峰之上，茫无涯际。波浪般的山野在空明澄碧的晴空下显得分外苍翠，一直绵延到极远极远的地方……"

也是在蓝天白云之下，层峦叠嶂之上，90年代初的烟雾山中见到碧佳，和她一起的一行人开着两辆宾夕法尼亚州的车。不知道有没有人统计过，在我的印象里，远远不像也许女生更多的今天，早年留学生的男女比例严重失调，所谓"狼多羊少"。像碧佳这样一见就让人眼睛一亮的女生，自然更会有一群男生簇拥着她。碧佳是我同学的妹妹，通过两次电话后，发现5月的最后一个周末也就是阵亡将士纪念日都要去烟雾山，就说好在山顶见。我的同学虽然眉清目秀，却是个胖子，所以我根本没想到她妹妹是个大美女。

碧佳是个嘴很甜的姑娘，加上我是他哥哥的同学，所以一见到我就叫"李哥"，让她的同行者们对我侧目以视。我赶紧说："你叫我英文名字'大卫'就好。"在晴朗的烟雾山，她青春靓丽，眼睛流盼含笑。后来我又去过好几次烟雾山，每一次都是阴雨蒙蒙，再也没有见过蓝天。

碧佳一行人和我的队伍合流，一起在切诺基镇上晚餐。众星捧月，或者用21世纪的话讲，她是那一群人的女神。十几个人在一起吃饭，自然聊得很热络。我有时别人一热闹反而沉默，安静地喝咖啡。看一眼碧佳，她的眼睛好像蒙了一层雾一样，望着窗外的景色，似乎有点心不在焉。她忽然侧过头来，正好和我四目相对，我看到她的眼睛里一点笑意都没有。我不能确定她是否看见我，就对她微微一笑，她没有反应，我感到她的眼睛很深邃。

碧佳告诉我，她过了夏天就要搬到芝加哥读博了，我说好，那到时候你一定联系我。

二

几年前一位朋友到我家卡拉OK，唱了一首沙宝亮的《蒙娜丽莎》：

蒙娜丽莎

你不说话

是那么酷似青梅竹马

他唱得很投入，我有些感动，没有什么理由，也没有什么必然联系，忽然想到碧佳和她告诉我的故事。

她搬到芝加哥的时候，几乎有一个班的男同学送她。三辆车把所有的家具细软都搬了过来，我本来对她说可以帮她搬家，结果发现她根本不缺劳力。

　　冬天不远了，密执安湖畔厚厚一层金色的落叶。一个周末，我和碧佳在埃文斯顿一家小餐馆吃完午饭，送她回公寓。到了公寓门口停下车，碧佳说："谢谢你，要不要到湖边散会儿步？"我说"好啊。"晴朗而有些冷清的下午，滨湖的小公园里，有两三附近的居民在遛狗，穿着随意。碧佳长长的直发，褐色皮夹克下是苏格兰条呢裙和长筒靴，踩在落叶上发出碎裂的声音。

　　"你说我应该嫁给他吗？"初次聊天，碧佳就问了我一个难以回答的问题。我在国外已久，习惯对于如此私人的事情不发表意见："嫁，还是不嫁，这是一个哈姆雷特式的难题。"中午吃饭的时候，碧佳已经大致介绍了自己的经历：以哥哥为榜样，一路重点中学、名校本科、研究生读过来，然后出国读硕士、博士，读着读着就把自己读成了大龄女青年。我说："你没关系，我亲眼看见你后边跟着一个连呢！"她轻轻叹了口气，然后笑着说："其实我不想把自己随便嫁出去，所以才积压了这么多人。"我愣了一下说，生活中还是要随时保持一点幽默感的。

　　她说她很崇拜哥哥，爱屋及乌，所以对哥哥的同学也很敬重。我说："谢谢你，我会从很正面的意思理解你的话。"她咯咯笑起来："我说的是真的，我哥哥曾经提到过你，说你很有自己的想法，可是不知道自己要什么。"我又一次愣住了，胖子从来没有跟我说过这话，不过我知道这是他的原话。他的眼睛其实很亮，却总是眯着。由于面部肌肉随着时间增加，他越来越看上去总是笑呵呵的，我曾经告诉他，基本上他很适合做"貌似憨厚"这个词语的解释。

胖子和许多胖子一样，是非常聪明的。我们当年因为写诗，因为桥牌成为好友，但他在我还迷茫地徘徊在图书馆地下书库故纸堆中时，就毅然决然地去和别人办公司。用今天的话说他无疑是创业者的先驱，当然先驱有时候可能死得很惨。

"听说你哥哥已经在北京开奔驰了？"

"你对他开不开奔驰无所谓，对吧？"

"那倒也是，我更在乎回北京时他请我去哪吃饭。"

胖子很爱他的妹妹。他告诉我妹妹曾经有过一段青梅竹马的感情，可惜后来没有成，让他的父母很遗憾。他嘱咐我，如果身边有好小伙子介绍一下，可是我见到碧佳，就知道这完全是多余的。

碧佳没有谈以前的感情经历，只是告诉我到了芝加哥以后的两个月，有一个长得很帅的欧洲小伙子拼命追她："我有点招架不住了，有时候想要不就从了吧，你说呢？"我说："从不从是你自己的事，和别人没关系，你也不用听别人的意见。"

"谢谢你，我猜你就会这么说。其实除了你，我可以想象别人都会反对。"

"为什么？"

"我父母不会赞成我嫁给外国人，我身边的男孩子自然都会反对，我又没有一个可以谈这些事情的女朋友。"

交浅言深、推心置腹的谈话大多在瞬间过去，然后回到日常生活。天快黑了，我送碧佳到公寓门前，然后驱车迎着夕阳归去。

三

从小说的角度来说，蒲宁的《幽暗的林间小径》更为出色。一个老军官在旅途中遇见驿店老板娘，是三十年前被他遗弃的十八岁美丽女仆，她一直爱着他，终身未婚……"一切都会过去的，我的朋友，"他喃喃地说，"爱情、青春，一切的一切无不如此。这是一桩庸俗的、司空见惯的事。随着岁月的流逝，一切都会过去的。《约伯记》中是怎么说的？'就是想起也如流过去的水一样'。"然而她说："的确，每个人的青春都会过去，可爱情却是另外一回事。"他的一生并不幸福，而她并没有宽恕他。小说篇幅很短，写得紧凑直白，抒情而残酷。在结尾一段，蒲宁又引用了俄罗斯诗人奥加辽夫《司空见惯的事》："一条幽暗的林间小径蜿蜒在椴树间，姹紫嫣红的蔷薇在周遭争妍斗艳……"

短暂与长久从来既是真实，也是一种感觉。穿过幽暗的林间小径，留在身后的是岁月。似乎远去褪色的风景，有时候其实是在记忆的保险柜里封存。2014年9月，我忽然收到胖子的邮件，告诉我他女儿马上就要来芝加哥留学，他送女儿过来，希望见一面。我们多年来很少联系，虽然间接会听到有关他的消息。他所在的世界离我很遥远：风投、创投、天使、众筹这些词我经常听说，其实不明白究竟是什么意思。

如今美国各大城市的郊区都有味道相当地道、装潢也不错的中餐馆了。当我在斯考基镇一家川菜馆里，见到一个身材高挑、长发飘飘的女孩走过来叫我叔叔时，有那么一霎，我以为是碧佳忽然出现了。"你女儿真漂亮，很像姑姑！"胖子听了我这话，笑得非常真诚："很多人都这么说。"胖子剃了一个光头，穿黑色无领羊绒衫，挂一串木念珠。虽然小我一岁，但是胖子从来习惯于在我面前侃侃而谈，给我一些人生指导。更多的时候，我只有听的份。胖子是那种学一样像一样，而且归纳能力超强的人，所以听他讲话挺长知识，也是种享受，虽然不见得全信。

"你在浪费生命！"他斩钉截铁地说，那一挥手的架势和青年时代一样，有点夸张的果断。我岔开这个话题：

"碧佳在哪儿呢？"

"你不知道？"

"我上哪去知道啊！"

"她现在不得了，比我成功多了，自己的公司上了市，还经常做慈善事业，名气大得很。噢，对了，她改了名字，所以你即使看见过，也不知道是她。"

"她海归了？"

"回来十多年了。"

"那位南斯拉夫老公呢？"

"早离了。"

"再婚了没有？"

"没有。她一直一个人，越成功也就越找不到合适的人了。"

"这倒也是。"

那年冬天，我没有见到碧佳，偶尔会电话聊聊天。她声音绵软，但是并不嗲；她很爱笑，但是言辞犀利，这一点和她哥哥很不一样。和美丽的女孩子斗嘴自然是一件有意思的事情：

"你是个内心很坚定的女孩。"

"你是个内心漂泊，随遇而安的人。"

"谁娶了你都得跟着你走。"

"你只是看上去随和而已，其实固执己见，需要别人的宽容。"

这种你来我往也没有几次，频率很快就稀疏了。第二年春天的一个晚上，我突然接到她的电话，"你能马上来一趟吗？"她声音听上去有点不对劲，我放下电话立马就上了车。

这是我第一次到碧佳的公寓屋里。她一开门，我就闻到香水和酒气混在一起的味道。没想到外表打扮得很漂亮的她，屋里竟是家徒四壁，只有一张床、一张书桌、一把椅子。桌上一瓶红酒已经空了。她示意我坐下，自己也坐在床边，然后看着我，眼神有点含嘲带讽，又有点肆无忌惮的样子。

"谢谢你了。"

"你没事儿吧？"

"我挺好，你这不是看见了吗？"

"怎么喝了这么多酒，出了什么事吗？"

"没有，真的没有，谢谢你的关心。"

"那你能告诉我为什么喝这么多酒吗？"

她停顿了一下：

"我要结婚了。"

我也停顿了一下："祝贺你！"

我望着她，不知道该说什么。她也看着我，眼睛睁得很大，我忽然又有了她根本没看见我的感觉。沉默不知道持续了多久，我的砖头一样大的手机突然响了。

四

在2015年夏天，我接了电话，是胖子打来的：

"我妹要接见你。"

"好啊，在哪里？"

"你如果没有别的安排，明天她派车来接你去五台山。她除了冬天，平常住在山上。"

"她出家了吗？"

"也没有，也算是吧。我也不太清楚，我这些年很少见到碧佳，她给你的待遇我都没享受过，哈哈哈……"

第二天，一辆路虎揽胜停在我居所门口，下来一位干练利落的职业女性："李老师，是云总派我来接您的。"我又愣了一下，原来连姓都改了。

在细雨中登山去见云总，便有些腾云驾雾的感觉。五台山我从未去过，更觉深不知处。当越野车终于停在一幢相当古朴的庵寺前，我几乎有些不真实的感觉。当我见到身着青布袍，齐耳短发的碧佳，更觉得是在一场梦中。

"你没想到我现在是这个样子吧？"她很平静地看着我，说话的口气就好像我们昨天刚刚见过。

"是一点都没想到，我去年见到你哥哥时，就想不出你成了大富婆以后的样子。"

岁月在每个人脸上都刻下了深深的痕迹，尤其是神情里的沧桑，浸透在她的微微一笑中。

"你没怎么变。"

"老了，老了。头发已经稀疏，饭量不及当年的一半，比廉颇差远了。"

"还是那么爱掉书袋。"

"哪儿的话呀，读过的书都快忘光了！"

她一直看着我，眼睛依然深邃，但是多一分温和："谢谢你，这么多年一直守口如瓶。"

我挂了电话，看她依然在发呆，只好试图打破沉默：

"你什么时候结婚？"

"是你太太的电话吗？"

"是的。"

"我听见你告诉她，你在我这里。"

"是的。"

"你好像很诚实。"

"我想我只是不太会撒谎而已，记得《了不起的盖茨比》里的'我'曾经说……"

她凄然一笑，打断了我："别背书了。我想告诉你一件事，你答应我不告诉任何人，包括我哥。"

我自然答应了她，也一直对谁都没有讲，虽然这也仅仅是一个司空见惯的故事。碧佳的确有过一个青梅竹马的男朋友，但是在一个激情澎湃的春天，她突然爱上了另一个男孩，没有理由、没有原因。然而不久之后，那个男孩进了监狱。她在绝望中就考了托福和GRE，去了美国。又过了半年，那个男孩被放了出来。她回去看他，谁也没有告诉就结了婚，然后为他办出国陪读手续。但是就在这个过程里，她发现他在国内又有了一个女友。于是，当他抵达美国后，她就去离了婚，然后把前夫送到纽约，她自己来到芝加哥。

"你很爱他，对吗？"

碧佳轻轻颔首，我终于看到两行清泪流下。

"我想我真的明白你为什么要结婚了。我只能说，祝你幸福！"

"谢谢你。"

从那个晚上分手后，碧佳和我就断了联系。她不久就离开了芝加哥，打电话过去，她的号码已经不存在了。

路虎揽胜的音响自然是十分好的。下山的路上，我掏出手机连上音响，开始放《蒙娜丽莎》：

爱忘了有代价

会遗留下伤疤

曾经过的人只回头一笑就走了

那双手

至今也没穿过

你温柔的长发

被时间冲刷

茫茫人海无处寻

一

这是我在芝加哥二十多年来最温暖的一个秋天，9月下旬还只是一件薄薄的T恤。风吹过来暖洋洋的，走在芝加哥大学校园，绿草如茵。地标性建筑洛克菲勒纪念教堂的侧墙爬着青藤，二十六年前就是这样：葱葱郁郁之中看见岁月的痕迹。是的，如果没有记错，上一次去东亚图书馆还是1990年春天。我已经回想不起来当时图书馆的样子，就算想得起来，经过再装修后，旧日容貌也早就荡然无存。

第一次遇见文欣，就是在图书馆门口，冰雪皑皑寒冷的冬日，他和我都站在门外抽烟，相视一笑就聊了起来。他相貌清秀得像女孩子一样，在长睫毛背后的眼神有点蒙眬，说话声音柔和低沉。我以为他是江南才子，一聊天才知道原来生长在北方，但父母是南方人，因此说话没有口音。我虽然不在芝加哥大学读书，却认识不少朋友在那里，所以知道他的大名，好像是中国学生会的活跃人物之一。

芝加哥大学的地标性建筑洛克菲勒纪念教堂

站在图书馆门口，自然就聊起书。我们那一代留学生相对而言比较有学术冲动，尤其文科生里喜欢掉书袋、侃侃而谈的不在少数，文欣也是其中之一。他年龄和我相仿，却比我高两年级，当时再过一年就要拿到博士，正是读书读得最多、心无旁骛、开始出文章的时分。他腹有经纶，自然健谈，芝加哥大学文科又是理论迭出的地方，所以他说起来一套一套的。

　　天色渐晚，文欣邀请我去他家喝一杯。这种好事，我年轻时是来者不拒的。于是开着我车尾生锈的丰田特赛尔，跟着他排气管轰鸣的70年代福特，去了他离中国城不远的公寓。我本来就不是一个擅长讨论学术话题的人，而且在80年代末，象牙塔人生难以为继，深感迷茫。刚刚到美国几个月，一切都还不熟悉，时不时有焦头烂额的感觉。

　　在1989年圣诞节前最寒冷的一个夜晚，芝加哥城北一条灰色暗淡、积雪三尺的小街，朋友和我劝那个卖车的小伙子：这种鬼天气除了我谁也不会买他的车了。我的英语磕磕巴巴，不过不知道是我的诚意还是天气实在太冷，小伙子同意了我开的价。我用几乎冻僵的手递给他一沓现金，换了我在美国的第一辆车。两天后，第二次学开车，就撞到了水泥桥墩上。

　　生活经验与故事的交谈比起拿来主义的玄学文化，田野调查，定量分析，数学模型智商的社会、政治、经济学更加拉近人与人之间的距离。两杯酒和一盘叉烧肉下肚后，文欣开始眉飞色舞地说他炒股票、卖黄金的战绩，如今想来他在许多方面都是同代人的先驱。当年一个月只拿几百块钱奖学金，却敢于进股市、玩期货的我见过不止一个，都是从中国名校到美国名校一路读下来，极其聪明的人，另外一个公约项是他们大多数是学生会的骨干分子。

我曾经参加诺贝尔获奖者接踵不断的经济系留学生聚会，由于不管是马克思还是凯恩斯，乃至新自由主义经济学压根儿就没学明白过，当一位戴着深度近视眼镜的大师兄非常认真地问我怎么看待80年代经济特征时，我一脸茫然地回答他："倒买倒卖。"大师兄笑着说："话糙理不糙，不过还是要有点理论水平。"我只好做无辜状："我们历史系的理论水平从来不太高。"四分之一世纪后，当年的青年才俊不乏中国著名经济学家。历史系的学生十有八九改了行，不是做生意就是当律师，还有一半干脆改学了IT。

二

此前的十年，是一个人往往自以为独特的青年时代，其实和别人没有太大不同。在利比多的驱动下，我一阵一阵地满怀热情追求真理或者追求怀疑，中间穿插着伤筋动骨或者蜻蜓点水的恋情，当然也没少在桥牌或者麻将桌上消磨时光。那时并没有这样的觉悟：生命用在无用的事上，也许会带来更多美好的记忆。

在青春走向尾声的时候，我常常嘟哝郁达夫的名句："曾因酒醉鞭名马，生怕情多累美人。"然而到了美国以后，让我感触最深的却是最后两句："悲歌痛哭终何补？义士纷纷说帝秦。"那一年发生了很多事情，一代人都多少有些失衡，未来的世界忽然处于一种不确定的状态。有些人慷慨激昂、有些人小心沉默，有些人亢奋、有些人失落。我也逸脱了原来的轨道，忽然来到芝加哥，不知道未来会怎样，路该如何去走。好在学历史让我更多是在此刻与过去之中，而不是寄希望于未来。怀疑精神与保留态度不知不觉就浸透到了骨子里，一方面让我多少缺乏豪情、常感悲观，另一方面契合我自幼及时行乐、随遇而安的个性。

那一个冬天我忽然闲散下来，便从中文电视台的烹调节目学了两道菜，然后骑自行车去中国城，买九毛九一磅的草鱼回来干烧，公寓里飘满了炸辣椒的味道。酒足饭饱以后谈人生、谈文学，其实是80、90年代许多青年人生活的一部分。不过，许多自己觉得很文艺的青年并没有读过很多文学作品，所以"50后"往往仍然不脱苏联文学的夸张，"60后"在武侠小说和百年孤独之间徘徊，"70后"和教育部大院关系紧密：那里出了一个王小波，还有一个汪国真。

我后来才知道，在美国读文科博士真的很辛苦，也就难怪不少拿到或者没有拿到博士学位的文科生，后来成了反对美帝国主义的左派。文欣属于少数在美国读文科博士没有把文艺情怀读到爪哇国的人，我清楚地记得那天吃完草鱼以后我们谈了很久加缪。

加缪在1957年四十四岁时以小说《异乡人》获得诺贝尔文学奖，是历史上最年轻的获奖者之一。加缪本人从反法西斯记者到坚持批判精神的知识分子，一生在反叛与决裂中度过，三年后死于车祸。

人的困境或者说生活的荒诞，无从逃避又难以改变。《异乡人》主人公的漠然，其实是对生活秩序的一种无视。他对母亲去世、死刑判决的无动于衷，其实是一种生活态度。虽然不被理解，虽然于事无补，然而面对荒谬，无论是拒绝还是反抗，这种姿态本身赋予个人一种美学意义。

作为法国存在主义文学的代表人物，加缪在中国不似萨特那么出名。1980年萨特在北京传诵一时，人只是随意被投掷到这个世界上的存在。大学第一学期哲学课期中考试，艾思奇同志的教科书让我几乎不及格，被老师找去训话，靠大侃萨特把老师侃晕后及时脱身。然而多年以后记得住的是加缪，萨特留下的印象不过几句箴言而已。大概是因为法国文学胜于哲学，而萨特太富于哲学建构与思想领袖的野心。我倾向于法国的魅力在于文学艺术而不是哲学，加缪的魅力，也在于关于深层感受的反常识、非逻辑的表述。我没有想到在芝加哥大学深受严谨理论训练，业余还很美国地倒腾黄金的文欣，竟然对加缪很有感觉。

"无论是我们用理想主义、用人生目的给自己构筑的世界，还是我们漂洋过海来到这里接受的学术训练带给我们的关于这个世界的解释，在加缪那里忽然变得荒唐而毫无意义。

"不仅如此，当我读他的小说，明明知道他的故事在现实生活中几乎没有可能发生，而且他的故事在某种意义上根本就不是故事，缺乏情节也缺乏逻辑必然性，但就是能动摇你自以为深信不疑的理性，有一种震撼人心的力量。"

我一直以为文艺型思考和理论型思考的分界在于前者倾向于非理性的、往往是毁灭性的冲动，我们就着这个话题上溯到古希腊苏格拉底和神秘主义，这样的谈话当我们喝到半醺时，很自然地开放式终结。

那天晚上文欣睡在我家沙发上。半夜起来喝水，我看见很亮的月光穿过窗户照在他的脸上，他看上去有一点女性化、有一种瘦削的疲惫。

三

有大约半年时间，我和文欣时常在一起喝酒聊天。他独自住在一栋建造于20年代的三层小楼的二楼，面积相当大，房间古旧。深枣红色的长毛地毯至少有二十年的历史。窗户下面的暖气片还有圆角笨重的铁冰箱，都是只有在三四十年代的美国电影里见过的。然而文欣是非常爱干净的，在中国男性留学生里不多见。他把墙壁都刷成米黄色，厅里挂上几幅不知道是不是跳蚤市场淘来的古典时期油画。一套入门级的天龙音响，接了一对JBL落地喇叭，中气十足地放着邓丽君的歌。

"你这里温暖的色调、甜蜜的音乐，比较适合谈恋爱。"文欣笑了笑，没有接我的茬，他按说应该是有女朋友或者结了婚的，却一直是一个人。有一次我问他有没有女友，他说他曾经结过一次婚，但是很快就离了。他没有再多说，我也就没有再多问。经历与见证了许多故事后，弱冠即留学多年，没有习惯也没有兴趣去了解别人的生活，更很少谈自己，因此我们虽然来往颇密，却不谈多少私人话题，直到有一天在医学院做研究的王教授也来喝酒。

老王是西北人，酒量极好，健谈到一开口就滔滔不绝，而且声如洪钟，气势夺人。那天不知怎的，老王破天荒第一次说起自己的过去，声音一下就低了很多。原来他十七岁上大一就成了"右派"，下放到农场接受改造二十二年。1979年改正错划的同时，考上了出国研究生，于是在80年代开始的时候，他就一个鲤鱼打挺，从一个没有人记得住名字的西北山沟，穿着一件军绿棉大衣进了纽约城。

虽然苦难的岁月漫长，老王其实是个很简单的人。他一生只在两个地方待过：劳改农场和大学。他也不乏自嘲精神地说过：自己是四肢发达、大脑简单。他身体很健壮，一点也看不出年过半百。被时代抛弃了很多年的人，就像流浪狗一样，只有那些生命力特别顽强的人，才能够存活下来。所以我一点也不惊讶有一次在一个会议上，老王跟人争起来，一激动就眼冒凶光，好像要冲上去似的，把对方那个小白脸吓得话都说不利索了。

知道了老王的经历，对他偶尔露的峥嵘或者狼性就不觉得奇怪了。其实绝大多数时间，他看上去阳光和蔼、对人非常热情。这也是很自然的，老王从留学以后，命运发生了天翻地覆的变化：娶了老婆、生了孩子、拿了博士，真正实现了台湾人说的"五子登科"，心情舒畅也在所难免。不过他和很多人一样，最怀念的还是青春岁月，说起在农场夜里打狼的故事，神采飞扬。听老王讲完故事，文欣忽然说了一句："我小时候也是在农场里度过的。"

到晚上11点多，老王先走了。我本来也要告辞，文欣留我多坐一会儿。他又倒了一杯威士忌，慢慢抿着，两眼直视着前方。我们安静地坐了一会儿，文欣自言自语般地开口说："她没有能活着离开那里。"

文欣的父母原本都是江南的青年大学老师，1957年双双落难，发配西北。几年后，因为表现好摘帽，就地落户在农场中学教书。文欣在农场出生，长到十年浩劫里清理阶级队伍时，父母再度被关起来，他被送回原籍老家，和在那里只身一人的爷爷相依为命。他后来读书好，相当程度上得益于爷爷的教导，爷爷在民国时担任过报纸的主笔。然而一个孩子和一个病弱老人在一起度过童年和少年，是没有多少家的感觉的。有很多年，文欣静静等待着母亲的归来，然而母亲一直没有回来。文欣考上大学的那一年，父亲终于回来了，带回来一个骨灰盒。

四

还是在90年代中回国出差时，经常去卡拉OK歌厅，学会了刘德华的《忘情水》："曾经年少爱追梦，一心只想往前飞。行遍千山和万水，一路走来不能回……给我一杯忘情水，换我一生不伤悲……"有些记忆，曾经是生命沉重的负担，当时光不可逆转地流逝后，回首时发现记忆本身成为生命的一部分。我曾经写过：过去与现在的叠加构成此刻。

和文欣的来往，因为找到工作搬到郊区骤然减少。朝九晚五是日复一日的一道紧箍咒，人到中年忽然加速度，生活忙到来不及想，时间就悄无声息地从指间流走，往日的朋友也一不留神就彼此渐行渐远，久而久之就没了声息。

文欣不久后博士毕业，在东部一家规模不大的学院找到一个讲师的工作，于是就卖掉了老爷车，乘着飞机高高兴兴地去了。临行前的一个晚上，我进城去和他道别。一边感叹今后难得有人能够聊到这样的精神高度，一边心里明白：地理距离的遥远与时间会让彼此相忘于江湖。

有那么两三年，文欣和我每年通几次电话，聊聊近况、共同认识的人与事、电影、体育、选举。他的讲师当得只动嘴不动脑子，主要精力放在炒股票上。除了经济与法律，美国文科教职的年薪相对来说偏低，当时历史系助教授也就是三万美金左右，所以我认识的来自中国的教授不止一个炒股。对于怀着淘金梦来到美国的一代人来说，挣钱不多还要耐得住寂寞用功，实在是件不容易的事情，很多聪明人没有走下去。

90年代没有微信，电话号码和电子邮箱也会因为搬家、换网络服务公司而改变。在某个圣诞节我打电话给文欣，他的号码已经不复存在了，我用电子邮件发的贺年卡也被退了回来。

在世纪之交的夜晚，走在上海街头，我会想起小时候读过的一本书《上海——冒险家的乐园》。从这本书里，我第一次知道哈同花园，那里后来盖了中苏友好大厦，一个世纪前的繁华已经几无踪迹。我认识的不少朋友海归，我也是在这个时候听说文欣几年前就回国创业，在业内已经小有名气。

天气炎热，我穿着T恤、踏着拖鞋去赛特大厦，被前台拦住不让进，只好打电话给文欣。一位漂亮干练的女白领像电视剧里那样，穿着套装和高跟鞋健步如飞下楼来，把我领进文总办公室。文欣西装笔挺、满面笑容，十年不见，他发福不少，开始有些和气生财的面相。

我们在附近的沸腾鱼乡吃了一个午饭，然后他就匆匆地去开会了。这次见面，基本上都是他在讲公司如果不久后上市的前景。他炯炯有神地看着我："回来吧，这里才是你该待的地方！"赛特大厦离我在北京的旧居不过几百米之遥，晚上我在永安南里马路对面一家东北老板开的永和豆浆店和年轻的民工们一起排队喝豆浆。第一世界与第三世界如此贴近是这个城市最奇妙的景象之一，《北京折叠》说的也是这个。

此后的岁月里，文欣和他的团队共同打造的公司成功上市，他也成了一个不那么著名但也不大不小的励志人物。后来又听说他把自己的公司股份卖了，回到美国买了一条游艇，一个人住在船上，到处游荡，成了一个令人向往的传说。

微信发达以后，就连失散半世纪的幼儿园同学都从大洋彼岸或者地下冒了出来，文欣却彻底消失了。"同学少年多不贱"，当同代人占据了舞台中央时，他的杳无音信引发了种种推测与想象：是遁入桃花源还是天人永隔？是孤独自闭还是同性恋？种种传言不一而足。关注与八卦的传播交织在一起，原本是人际关系紧密的族群的特色之一。

不久前路过文欣当年住的那条街，老房子大多被推倒重建，虽然还是仿旧的样式，但街道整洁，不再是学生与穷人居住的地方，而是城市中产阶级的高尚社区了。我想起那天晚上，文欣拿着酒杯，目光清醒、语调平静的样子。他告诉我他缺少母爱、没有恋爱，上大学以后，多半时间忙于读书，与异性交往时往往不但没有兴奋感，反而觉得浪费时间。他告诉我从来没有人曾经点燃他的激情，一旦离开他在全力以赴的事情，一种倦怠感就会淹没他，也许这就是他一下子被加缪击中的原因。

那天晚上文欣话说得其实不多，语言很有节制，却更让人感到有力的绝望。我不知道该怎样回答他，或者说我不觉得有谁能回答他。我仅仅说，我们这代人经历的创伤与心理的扭曲，往往是自己不曾意识到的。也许每一个时代总会有少数人，他们内心的感受和隐痛，只能在非常遥远的时空，比如加缪那里，才觉得被呈现。这种感觉上的呼应无从也不必解释，发生本身就是很美好的。不过美好的事情往往也让人站在深渊的边缘，然而深渊里究竟是怎样，我们是看不见的，又何必去看见？

从文欣的公寓里出来，我走路有点不稳了，看见圆圆的月亮在天上摇晃。"月有阴晴圆缺"，我嘟哝了一句。

湖畔灯光幽暗

一

当我从梦中醒来，我才意识到2016年已是很遥远的往事。那一年的美国大选和那一年的雾霾一样，没有人还想得起来，历史事件的速朽，往往超乎人们的想象。我躺在酒店一张床单雪白的床上，墙也是雪白的，连屋里的家具都是白色。窗外蓝天明媚，让人想起小时候唱的歌："灿烂的朝霞，升起在金色的北京……"打开电视，一位戴着金丝眼镜的学者正在讨论当前经济形势，势头相当好云云。我们的一生就在各种形势的好好坏坏中流逝。我想我可能真的是老了，就连想起2016年的自己也会觉得那时很年轻。

那一年我住的小区是围着一个人工湖建造起来的，据说原来这里是一片森林，我后院的树也确实至少有五十年的树龄。离小区不过几百米远，方圆十多平方公里的森林保护区依然在那里，散步时一地金黄色落叶，林间有些树倒下、有些树成长，小径上的马粪让人忘记时代的变迁，有一种错觉，也许19世纪以来这里一直是这样。

90年代中打造"信息高速公路"的黄金成长时期，这个小镇的最后几块空地纷纷砍林伐木，兴盖高尚别墅住宅区。我的邻居要么是大公司白领，要么是小企业主或者律师、会计师等专业人士，衣着整洁、彬彬有礼，一多半人开着宝马、凌志、奥迪，不过这些车在美国不算豪华，我认识的华人也一多半家里至少有一辆。与其他一些有大量华裔和印度裔入住的小区不同，这里白人是压倒多数，恰好符合小镇的种族比例。地处大都市近郊，这里传统上是共和党温和派的地盘。茶党兴起时，曾经选出过一位茶党国会议员，但是两年后随着茶党的衰落，反而被民主党取而代之。

我的邻居里克圆圆胖胖、戴眼镜，像一个小号的新泽西州长克里斯蒂，厚厚的镜片背后，是一双含笑的小眼睛。冬天下雪的时候，邻居们和我不管是谁最先出来，在自扫门前雪的同时，会用铲雪机扫清几家屋前人行道上的雪。久而久之，无论春夏秋冬，遇见了就会站住聊一会儿天。他在一家银行工作，有不少中国同事，不过除了中国菜好吃，他对那个遥远的国度并不清楚，也不关注，当然他不至于像我二十五年前那个同事的小姑娘，问我从东京到北京坐火车要多久。我告诉里克，他的名字是我最早记得的英文名字之一，因为是电影《卡萨布兰卡》男主角的名字，因为电影里的里克是个超级大帅哥。里克听了我的夸奖，哈哈大笑说他要敬我一瓶啤酒。第二天他真的拿了一瓶"312"啤酒来，我才第一次知道原来芝加哥有自己很不错的品牌。

夏天时，里克邀请了几家邻居烧烤，我也去坐了一会儿。往年谈谈体育、说说经济，今年却是大选的热度相当高。里克说到奥巴马时满脸怒色，提起希拉里则是很不屑地说："那个女人……"我保持着沉默，心中却是一凛：平常挺温和的一个人，一谈政治就跟打了鸡血一样。

二

小区里一栋湖滨别墅，在空了一年多以后终于有了买主，插上了已售出的牌子。这是小区里最好的房子之一，不算已经装修的地下室，面积就有四千多尺，从网上的照片看，室内相当高档。又过了些日子，牌子没有了，却不见人进出。某个晚上，我遛狗经过，看见屋里灯亮了，与月光下远处深黝湖水对比，屋里的灯光显得幽暗。

第二天我终于看见了房子的新主人，是一个瘦削的中年男子，开着一辆很普通的本田雅阁回来。他戴着一副眼镜，双眼深陷进去，很寡言笑的样子。我朝他打了个招呼，他看了看我，微微颔首。从此以后，有时候会遇见，有一天他忽然说："你的狗很漂亮！"我当然回答谢谢，然后伸出手自我介绍。他的名字是格雷，一个人住在空空荡荡的房子里。初次说话，我习惯找对方爱听的，就说看到他房子里面照片漂亮。他好像没什么感觉，只说了一声谢谢。不过好听的话其实经常是被人记得的，后来我跑步经过他的房子，正好他在前面园里干活，我停下来和他说了两句话，他忽然说进来看看我房子吧，和照片还是不一样的。参观了他的大房子、赞

湖畔灯光幽暗

叹了湖景，我随便问问他是做什么的，格雷告诉我，他是个作家。我立马握住他的手，说我也正在朝着作家的称号前进，可惜是用中文。不过现在中国人口众多，大师都多到满街跑了。自媒体的广泛普及，往往带来鉴赏力的混乱与下降。格雷第一次露出笑容，他说其实哪儿都差不多，随着时光的流逝，大多数畅销书总是迅速被遗忘。我说我们这些第一代移民来美国后大多数是为了生活而生活，读书不多。我自己就很惭愧，美国文学的经典大多是少年和青年时代阅读的。

格雷说到的作家，我有一多半没读过。遇到一个渊博的人，是件开心的事，郊区多半住的是中产阶级，在专业知识细分化的今天，除了牧师能够谈天说地的人越来越少。格雷说："看来你读的都是经典啊！"他说得很真诚，也很客气，但是只读了几本经典往往意味着所知无几，不过比没读过经典强一点而已。

我告诉格雷，我最早读的是《马克·吐温短篇小说选》，其中最难忘的是《败坏了赫德莱堡的人》。那个以诚实、高尚著称的小镇，因为一袋金币声名扫地，最后印章上的格言也从"让我们不受诱惑"改成了"让我们受诱惑"。在动荡岁月中成长，见到太多的心口不一，马克·吐温关于人性幽暗处的叙述，直接击中了只有十二三岁的我。

格雷说这是马克·吐温开创的美国文学道路：进入隧道，打开矿灯，细看每一块岩石，寻找那些直通人性深处的纹路。我也同意写实、理性是从马克·吐温持续至今的传统之一，小镇生活、中产阶级、知识分子在那些大作家的笔下反复出现。我一不留神就走进了小镇，在那里度过了半生。现世安稳的生活，是需要程式化的习惯、价值观和宗教来维系的；一种倾向于固化的生活方式，自然以看上去坚实的表面，覆盖人性深处的湍流。

日常的帷幕需要一个事件来把它打开展现戏剧的真实，或者是一段难忘的个人经历，或者是一次突发的社会事件。大大小小的人物被镁光灯聚焦，哪怕仅仅是匆匆穿过舞台，也演出了所谓真实人生的另一面。舞台是颠覆性的，是生活中终究要面对的考验。大多数人是经不起考验的，他们需要在一条既定的现实可行的轨道上，依靠惯性向死而生。妥协、顺从、遗忘、遗憾总是比坚守、批判、记忆、追求容易得多。

三

徐深是小区里为数不多的中国邻居之一，而且还是大学校友，所以他刚搬进来时交往还比较多。不过谈话的内容多半是说说房子，或者听他谈谈孩子。徐深在我面前话不多，总是很谦虚地自称"学渣"，其实他学历优秀完整、做事认真踏实，在谦虚的背后大概是很自负的吧。和我们这代人的大多数一样，他是个目的性非常强的人，专业技术应该很好，对于与自己无关的事情一般不关心。由于和我没有多少共同点，他反而有时喜欢和我这个不靠谱的师兄聊天。

2016年的一场大选，搅动了第一代大陆移民的神经。他们大多数生活在郊区小镇，相对优渥，早已过上稳定的中产阶级生活。周日工作，周末去华人教堂或者中文学校；男人有空时打球，女人有空时跳舞、看电视连续剧。本来对政治漠不关心是华人常态，不少人以前根本不投票，徐深就是其中的一个。但是在夏天，他和很多其他人一样一百八十度大转弯，成了一个充满激情的特朗普支持者。每次见到我，他都会主动和我谈美国政治，重复他的看法，眉宇之间无意中已流露出布道者的气息。

其实太阳底下无新事，从冷漠到狂热，向来只有一步之遥，一场成功的民粹主义运动，就是推动这一步的触媒。如黑格尔所说，凡是发生的自有其合理性，历史上的种种集体无意识狂热，除去具体原因，也是深深植根于人性的。徐深因为有两个还在上中学的女孩，对于华人孩子上名校比例受限制以及有变性倾向者能否选择厕所这两个问题十分关注。他由此反对平权法案，强烈要求不能为了少数性取向不正常的人置大多数于不顾。我告诉他平权法案在历史上有十分重要的意义，在美国如果没有平权法案，可以说就没有今天包括华人在内少数族裔的地位。同性恋固然是少数，但是不能说是不正常的。徐深说："你这种说法是政治正确。"我说："政治正确过度可能有问题，但是政治正确本身是对极端思想和行为的制约，也是对你我这样的人的保护。另外，政治正确现在基本上成了一个带有贬义的流行语，这种现象的发生和这一词语本身是否含混，都是值得思考的。"

徐深是每个周末都去教会的，久而久之，说话态度里就多了几分谦卑，但是一聊政治，立马恢复了在许多校友身上可以看到的慷慨激昂。他说基督教才是美国的主流文化、立国的基础。他说很多华人在这里都是各行业的精英，不应该再以少数族裔自居，而应该有主人翁意识参与到主流社会里。我反驳他美国一直是政教分离的，多种族共生、多文化并存才是今天立国的根本，只有宗教右派才认为美国是基督教国家。主人翁意识和进入主流社会的愿望，不能掩盖华人是少数族裔中的少数这一事实，即使努力朝所谓主流社会靠拢，是否被带着玩并不取决于自身。

四

里克和徐深是小区里仅有的两家在院子里插了支持特朗普牌子的住户，特朗普获胜的那个周末，里克在家里开了一个大派对，街上停了十几辆车，还传来鞭炮的响声，徐深去参加了特朗普华人助选团的庆功会。

那天晚上月亮很圆，据说是几十年来最大的月亮。我在湖边散步，月光下的湖水微波起伏，温暖而神秘，氛围好像小时候读的福尔摩斯小说，月光下的结局出人意料。历史偶然性也往往如此，不经意之间就岔往另一个方向。经过格雷家的时候，我停下来想了一下，第一次去按他的门铃。格雷开门见到我一点没有惊讶的表情，只是说请进。他看上去一下子老了几岁，头发长了也没有理，倒让我有一点点吃惊。

我一直不清楚他是不是同性恋，他的生活中似乎没有别人，仅仅是他自己。格雷告诉过我他祖父是个传教士，父亲却是资本家，他之所以搬到这里来，就是因为继承了遗产，也因为他曾经云游居住过许多地方，现在疲倦了就回到距出生地不远的这里。

"生活在继续，谁当总统其实和你我没有半毛钱关系。"

"话是这么说，但是这个国家我感觉有些陌生了。"

我忍不住笑了：格雷不管读过多少人性的复杂、人生的无序，骨子里还是一个很简单的美国人，爱国、相信进步、有一个明确的大同理想。

"在这里我本来就是个陌生人，所谓历史进步，如果走快了就会有大的反弹。并不一定正义会战胜邪恶，真小人一般能够战胜君子，不管是真的假的。"

从格雷家出来，我又走到湖边看了一会儿月亮。在月光下，格雷家的灯光格外幽暗。我没有想到那是我最后一次见到他和他的灯光，两个月以后，我收到一张明信片，格雷告诉我他已经去了非洲。第二年春天房子上市，夏天时搬来一家非常阳光的中年夫妻和三个孩子，一辆奔驰、一辆宝马，入夜后家里灯火通明。

徐深有一段时间没有来找我，后来又恢复了来往。第三年他的大女儿考上了名校，他却丢了工作，匆匆忙忙搬到加州去了。从那以后，又过去了许多年，我们期待的世界，从来不曾到来，我们经历的事件，回过头看也许微不足道。

坎布里奇老人院的钟声

一

坎布里奇是一个安静的郊区小镇，在4月里春花烂漫、芳草菲菲。镇上的房子和居民一样上了年纪，有一多半是"二战"后十多年里盖的老房子，一小半是推倒重盖的。在靠近小镇中心的地方，60年代盖了一栋全砖墙的五层楼老年公寓，还拥有一片花园，远远看去相当醒目。因为学区好，近年来镇上的华人越来越多，据说亚裔在这里已经是仅次于白人的第二大族裔。华人的第一个特点是喜欢住比较新、比较大的房子，所以镇上几个高尚小区里华人比例更高；第二个特点是不少华人为自己的父母办了移民，办好移民来到美国后的下一步，往往是申请由政府补助的老年公寓。来自中国的父母在美国不曾有过收入，所以很自然进入可以享受福利的老人行列，坎布里奇的老人院有差不多四分之一的住户是华人。

有一年，我公司同事祖肖瑗请我去老人院参加一场敬老演出，我才知道肖瑗的父亲住在那里。肖瑗在国内读研究生后来到东部，和许多人一样，又读了一个电脑专业的硕士，然后进公司，办工作签证，申请绿卡，然后入籍。和许多人不同的是，她似乎一直单身，开一辆红色的野马跑车，黑色风衣竖起领子，染成深棕色的长发随风飘扬。

我和肖瑗不在一个部门，只是午餐时经常在公司咖啡厅遇见，有时就一起聊聊天。久而久之，她那些寻找金龟婿总找不到的故事多少也对我讲一点，也提到过她的父亲是在大学里教马克思主义哲学的老师，据她说是一个非常古板的老夫子。"你有点像他：网球、高尔夫、马拉松、瑜伽一概不会，只会戴着眼镜看书。"肖瑗是个非常活泼、精力充沛的人，每天时间安排得十分紧凑，在公司里也是上蹿下跳、无人不识。这样的性格加上能力，在美国公司里倒是如鱼得水，几年下来升了几级，有了自己的单间办公室。

就在这时，她父亲也到了美国。肖瑗告诉我，她母亲很早就去世，是父亲把她带大的，不过父亲经常看她不顺眼，她也受不了被他管制，所以当年吵架是家常便饭。

看来她父亲之所以入老人院，还是因为父女关系的张力。这在美国也相当常见：父母到了这边，人生地不熟，和子女强弱易势，难免有些寄人篱下的感觉。肖瑗在公司里已经当了几年部门经理，言谈举止间多少带着习惯做决定的口气。

美国大城市郊区华人多半是人到中年，身在公司，安居乐业的中产阶级，朝九晚五，教育子女之余，或运动健身，或歌舞表演，于是各种艺术团、舞蹈教室、合唱团如雨后春笋，大大小小的演出也络绎不绝，或颇具规模，或十几个人、七八条枪，多半是自娱自乐，互相捧场。

在中文学校和去老人院敬老演出，都是寻常的事。前者我因为没有孩子，也就没有交集，后者如果来找我，我也没有理由推托。再说我一直觉得中国人对小孩子的溺爱，远远大于对老人的关注。

那天我去给老人们唱了一首《滚滚长江东逝水》：

白发渔樵江渚上
惯看秋月春风
一壶浊酒喜相逢
古今多少事
都付笑谈中

二

演出结束后，肖瑗把我介绍给她父亲。我见到一位身材瘦高，腰板笔直，衬衫扣到领扣，戴一副黑框深度近视眼镜，满头银发的老人。"你唱得很有沧桑感。"祖老师很真诚地说。老人院里有一间棋牌室，墙色发黄，除了两张牌桌，还布置了几把维多利亚风格的太师椅和一张茶几。我们坐在那里，夕阳入窗，天空蔚蓝。闲聊自然是有一搭无一搭的，在聊天中寻找对方感兴趣的话题是我的习惯，"君自故乡来，应知故乡事"，我便向他请教国内世相，果然祖老师话多起来。有肖瑗的描述在先，我原以为他思想正统、为人刻板，不料一谈之下，反而是观念开放、颇具批判意识，简直有些老愤青。看到她父亲和我聊得兴起，肖瑗开始玩手机。

天渐渐黑下来，肖瑗说："我们一起出去吃个晚饭吧。" 我们往外走的时候，入口处的大钟忽然动起来，发出悠长的、音色有些喑的钟声。除了教堂，这样的钟声在美国并不常听到。

祖老师谈兴越来越高，在餐桌上说个不停。肖瑗每天不是健身就是跑步，所以不在乎多吃，胃口也好，她专注地大口吃菜，偶尔抬头看我们一眼，还有一次朝我做了一个鬼脸。

"您等一下，您是说您上的是人大？"

"是啊，我一脱军装就进了人大。"

"我父母都是人大的呀！"

当我告诉他父母的名字时，祖老师激动得声音都有一点发抖："你母亲是我的英语老师啊！你父亲是学校领导，经常给我们做报告，口才特别好，讲话从来不用稿……"

于是谈话进入追忆模式，我其实并不了解父母在50年代的事情，所以听得津津有味。肖瑗大概是吃饱了，坐在她父亲身边一边看手机，一边昏昏欲睡的样子。

似乎母亲提到过，有几年她曾经教"调干班"英语，从ABC开始。所谓"调干班"是50年代少数大学招收的特别班，学生是年轻工农干部或者复员军人，入学的文化门槛适当降低一些。因为中苏友好，当时的风气是学俄语，但也有少数学生要求学英语。

"于老师穿着朴素，但是很有风度，说话像大知识分子。"

母亲留下的照片很少，50年代只有一两张。从照片上看，她的确穿得保守朴素，戴着眼镜。不知道有没有想表明与自己出身的家庭、所受的教会学校教育划清界限这样一种想法，或是因为父亲是本单位负责人之一而谨慎小心，母亲说那些年她刻意低调，以在家相夫教子为主。燕京大学时代的美丽衣裳都埋在了樟木箱子的最底下，后来在"文革"里付之一炬。

祖老师不满十五岁就追随他的大哥参军，原本是根红苗正一类，不过后来土改时，他家因为有几亩地、雇过短工，被划成了富农；反右时大哥又被划成了"右派"，他的处境也就微妙起来。到了80年代才知道，他很早就被列入"内控使用"的名单，当然这不会告诉他本人。大学毕业后，他被分配到南方一个小城市的一所技校教政治课。他积极工作，坚决和家庭划清界限，然而他还是能够隐隐感到，组织上并不信任他。大学毕业很多年，他一直是助教，什么好事都轮不到他，结婚后分房子也是条件最差的一间。

"我也许是有点不满吧，'文革'一开始，我很积极响应号召，参加造反。但是第二年一武斗、一死人，我就觉得有点不对劲了，所以到1968年我就成了逍遥派，老婆又怀了孕，我天天在家做饭、做家具。1970年清查'五一六'时我被整了一次，不过也不是太严重，关了两个月学习班就放出来了。出来以后，我想我该读书，弄清楚这一切究竟是怎么回事。"

对于祖老师来说，很自然的选择就是重读马克思、恩格斯原著。另一个重要原因则是，那时除了革命导师的著作，找不到什么像样的书读，在小城市尤其如此。"这一读，再一结合'文革'几年的经历，就有了许多以前完全想不到的心得。我觉得自己忽然看清了很多东西，心里很兴奋，可是又不敢说出来，其实特别想对信得过也能理解我的人讲。"

在政治挂帅的年代，教政治课的老师还是很被人需要的。70年代初学校恢复招生，祖老师就成了教学骨干。他当然更加清楚什么是能说的，什么是不能说的。大约在1972年，他有一次去北京出差的机会。"那一次我去过你家，于老师对我特别热情，我和她长谈了一个下午，把我的想法都告诉了她。"祖老师说到这里时，我脑海里突然跳出一个画面，然而只一闪就消失了。

"我母亲是怎么跟您讲的呢？"

"于老师说她自己没读过马克思、恩格斯，我讲的她不怎么明白，但是她劝我不要以为自己能改变世界，她说你想想自己走过的路，你就会明白是世界改变了你。她又说你读的这些书当然很了不起，不过还有很多书你没有读过，还有很多地方你没有去过。她劝我把眼光放远一点，她说我相信我的孩子们会过得更好的，你的孩子还小，你有责任带好她。

"我当时其实并不很同意于老师，但是她的真诚和她的话让我特别感动。我只是她许多学生里的一个，而且毕业十多年从来没有和她联系过，在那个人与人之间充满戒心的气氛里，我能感到她的信任，真心为我好，说话毫无保留。"

这次北京之行使祖老师感觉豁然开朗："回来以后，我越想于老师的话，越觉得有道理。不管外边的世界怎么折腾，先要自己活得充实；而且我也还没有能力找出答案，更不要说改变什么。"他不再着迷于马恩经典，开始什么书都读，尤其是历史。《史记》《三国志》《资治通鉴》都是那时候补的课，他还开始把英语捡起来，跟着广播电台学、跟着《英语900句》学。这一切过了几年带给他意想不到的好处：恢复研究生招考后他去报考，虽然因为年纪过线没有被录取，但是由于考试成绩很好，被直接调入省城的师范大学当老师。

<h1 style="text-align:center">三</h1>

几天后，上班时遇见肖瑗。

"老爸一个劲夸你呢，他可喜欢和你聊天啦！你是学历史的，能够穿越到他的时代，不像我，对他讲的东西不感兴趣。"

"你是活在当下，你父亲上年纪了，自然沉湎在往昔关注的事物之中。"

"嗯，你和他有点像，经常活在过去。"

"历史和现实加在一起，才构成当下呀。"

"我从来对历史没有太多兴趣，就连自己过去的事情也很少去想。想想此时此刻，再规划一下未来，时间就已经不够用了。"

肖瑗在网上认识了一个男朋友，据说是从事金融行业的钻石王老五。两人关系发展迅速，她就更忙了起来。詹姆斯我见过一次，正宗的金发碧眼，人高高大大的，笑容满面，细长的眼睛在金丝眼镜背后闪着光。他说话彬彬有礼，语速很快，话也很多，语气里很自然地有一种充满信心和说服力的坚定不移。

她一忙起来，就难免顾不上老爸，偶尔会打电话给我，请我去看看祖老师或者送点东西过去。"他见到你比见到我还高兴呢！"

这话我是既不能回答也不会相信的，虽然祖老师见到我确实很高兴，总要留我说会儿话，时不时还要拿出酒和我喝一杯。虽然七十多岁了，他还在坚持读一些英语书，每天上网很多时间，对天下事知道得比我还快还多。

离开小城进入师范大学任教以后，祖老师与时代接轨，开始零星接触到弗洛伊德、存在主义、新马克思主义等。那几年正是呼唤人性回归，讨论异化，充满活力的岁月，祖老师为马尔库塞的理论所折服，也是为数众多的关于《1844年经济学哲学手稿》文章的作者之一。不过，他在省级学报上发表的文章没有引起太多关注，既未受追捧，也未被批判，只是为评职称的著作列表添加了一行。

和祖老师聊天，有一些时光倒流回80年代的感觉。他的词语系统自然不脱所受教育与教学的痕迹。在马尔库塞的影响下，更多了一份从异化角度对资本主义的批判。他对女儿的生活态度也因此表达了一种担忧："我觉得肖瑷就很单向度，不管衡量什么，都是拿钱来做参考。"我对祖老师说，如果马尔库塞活到今天，多半会很失望：大众化、商业化日益渗透全世界，不管在哪里都很难躲开。至于我们这些来到这里的第一代移民，还达不到单向度这个层面，更多是出于现实生存本能。

"是啊，你们这代人是很现实的。"

"嗯，您可能当年很理想主义，不过您那一代的绝大多数只怕也是很现实吧？不同的只是每一代人的现实追求内容而已。"

祖老师默然了一会儿："你知道吗，我特别感谢你母亲，是她把我拉回现实生活中来，要不然我真的对不起肖瑷和她妈妈。"

我忽然脑中电光石火："您留下一部书稿给妈妈，对吗？"

"是的，那是我花了两年时间读原著，对照批判当时的一些说法写的一部手稿。我特别天真，想请于老师去托人转交给上面。于老师说'谢谢你这么信任我'，就把稿子留下了。我以为她会去找人，可过了不久我收到她一封信，说最近读了李卓吾，有很多感慨，再看看我的东西，就觉得还是不要留下的好。她这封信大半用的文言文，还说得很含蓄，但我还是看懂了。事实上，我从北京回来以后，也就渐渐清醒了，想起来开始害怕，收到于老师的信，心里踏实了很多。"

四

我记得那是一个油布包，打开来里面是一个大牛皮纸信封，再打开来是厚厚的一大摞稿纸，有四五百页，四百格一页，抬头写着"××市农业机械技术学校"。蓝色钢笔字有些蝌蚪状，但是一笔一画写得很清楚。我不大明白母亲为什么把这份东西收在大衣柜最底层，不常穿的几件旧外套下面。那里是她最爱藏东西的地方，我曾经在那里见到过30年代黑底深红花天鹅绒旗袍、侥幸没有被烧掉的她年轻时的照片，还有一些她觉得珍贵的信件。那个油布包在那里躺了很久，大约到80年代初才消失，改放存折、我后来写给家里的信等等。

想必是母亲的重视引起了好奇，我才会偷偷把这个油布包打开，读信封里的手稿。书稿的名字我已经不记得了，但是扉页的题语至今记得很清楚："真正的马克思主义者是无所畏惧的！"书稿抄录了很多马恩列的语录，然而我印象最深的却是在那里第一次读到"高筑墙，广积粮，缓称王"。小时候满街的大标语之一就是"深挖洞，广积粮，不称霸"，这时忽然发现其出处自然是大开眼界。

我读到这部手稿时，"文革"已经快结束，人们已经不那么紧张兮兮，但母亲还是告诉我，她学生写的东西是要惹祸的。"你看就看了，但是对谁都不要讲。"我少年早熟，对这一点是拎得清的：当时读任何手抄本，一旦被检举揭发，至少是进局子的事，听说过不止一起传阅手抄本小说比如《少女的心》被劳改的例子，更何况这种文章，虽然我一点没看出有什么反动的地方。

"您的原稿还在吗？"

"于老师用李卓吾敲打我，我一下子醒悟到危险，肖瑗她妈妈也提心吊胆，我就一咬牙把底稿给烧了，然后喝了半斤白酒。"

"那您后来没觉得可惜吗？"

"幸亏烧了呀！没过多久，本来很要好的一个同事，私下里我多少说过一点我的想法和我在写东西这件事，不想他就把我揭发了。校革委会对我又是停课审查又是抄家，可是什么都没找到，过了一段也就不了了之。唉，躲过这一劫以后倒也没觉得多可惜。那部书稿在当时可能算是异端，但其实直到那时我读的书非常有限，见识也非常狭隘，根本不知道外面的世界有多人，思想有多么丰富。所以后来反而会想，如果就为这样一些想法倒大霉、遭大罪，还连累家人，其实不值得。"

我没有告诉祖老师，母亲并没有销毁他留下的稿子。而且她什么都舍不得扔，所以没准那个油布包还沉睡在北京故居的某个角落里。

那年冬天来得很早，11月初就下了一场大雪。中午在咖啡厅，我看见肖瑗一个人坐在窗边，呆望着窗外白茫茫的世界。我和她打招呼，她也只点了一下头。

"你没事儿吧？"

她叹了口气："我和詹姆斯分手了。"

"哎，就这事儿啊！这其实挺正常的，别太往心里去。"

她做了一个微笑："我要离开这里了……"

冬天还没有过去，肖瑗就带着父亲去了加州。离开后头几个月，还时不时能收到一张阳光明媚的照片，渐渐联系就少了。反而是祖老师有时候会给我发电子邮件，转些文章。过了两年，肖瑗终于把自己嫁了出去，找的也不是金龟婿，据她说是个沉闷老实的IT男。

母亲去世后，不再有老人在北京需要我每年回去尽孝，而且母亲的离去，多少改变我与故国之间的连带感。有好几次，我计划回去但没有回去。再一次回到北京已是几年之后，每天徜徉在饭局应酬之间，压根儿就没想起寻找祖老师的手稿这件事。

从北京回来不久，忽然接到肖瑗的电话，告诉我她父亲几天前在梦中突然就离开了这个世界。在电话里，肖瑗悲伤了一会儿就平复下来，告诉我她自己最近的生活：在努力想要个孩子，但是还没有怀上。

肖瑗来电话时我正在开车，放下电话后，我往右转去了老人院。那是一个4月的傍晚，老人院的花园里，一树树白色繁花盛开。在这北方的小镇，春天虽然总是姗姗来迟，但毕竟会到来。我在花园里散步，一边走一边想，下次回去一定要好好找找祖老师留下的书稿，这是他在这个世界上应该留下的一点痕迹，他曾经差一点成为受难者或英雄，二者都不是他想要的，于是他最终无声无息地消失在异国。

　　钟声忽然又响起，不知为谁而鸣。